30 Tage mit dir

Julika Wöltje

Wilk und Wilk GbR

D1675100

Impressum:
Wilk Wilk GbR
Tempowerkring 6
21079 Hamburg

ISBN-: 978-3-00-068928-4

Covergestaltung: Casandra Krammer – www.casandrakrammer.de

Covermotiv: © Stocker_team – Shutterstock.com

Für meine Leser -innen, die mit mir träumen.
Und für meine Schwester, die immer an mich glaubt.

Kapitel 1

Er bemerkte den leichten Zug kühler Morgenluft mehrere Minuten bevor er richtig wach wurde. Frische zog in sein großzügig angelegtes Schlafzimmer, umspielte sein Gesicht und wanderte dann weiter, in Richtung Flur. Er hörte die ersten Vögel zwitschern und konnte einen leichten Duft nach Jasmin wahrnehmen, der in der Luft hing. Doch auch wenn das Leben in der Natur bereits den Tag einzuläuten schien, so wusste er, dass es noch früh sein musste. Viel zu früh. Die Dunkelheit, die sich vor seinen geschlossenen Augenlidern breitmachte, verriet es ihm. Er drehte sich um und spürte die dünne Seide seiner Bettwäsche auf seinen nackten Armen, dessen feine, dunkle Härchen sich bei der Berührung augenblicklich aufstellten. Doch so sehr er auch versuchte, wieder einzuschlafen, es wollte ihm beim besten Willen nicht gelingen.

Also gab er sich geschlagen, brummte unzufrieden und drehte sich erneut um. Als er die Augen öffnete, fiel sein Blick auf den Wecker auf seinem Nachttisch. 5:07 Uhr an einem Sonntagmorgen. So früh war er schon lange nicht mehr aufgewacht. Außer natürlich, er hatte Nachtschicht. Dann befand er sich um diese Uhrzeit auf den Fluren des Krankenhauses, schaute nach seinen Patienten und flirtete mit den Krankenschwestern. Er musste erst um 8:00 Uhr bei der Arbeit sein und mehr als eine Stunde benötigte er nicht, um zu duschen, zu frühstücken und ins Krankenhaus zu fahren. Es blieb ihm also noch sehr viel Zeit. Er setzte sich auf, die Glieder noch steif von der Nacht und blieb auf dem Bettrand sitzen. Was sollte er jetzt tun? Er könnte ins Fitnessstudio gehen, um diese Uhrzeit war es dort angenehm leer. Oder sollte er lieber schon mal ins Krankenhaus fahren und die Akte für die Operation durchsehen, die heute anstand?

Er stand auf, ging zum Stuhl in der Ecke und nahm sich seinen Morgenmantel. Ebenfalls feinste Seide, genau wie die Bettwäsche. Er mochte das kühle, luftig leichte Gefühl, dass sich bei diesem Stoff auf der Haut breitmachte. Sarah hatte versucht, ihn von weicheren, samtigen Stoffen zu überzeugen. Er drehte sich im Gehen in die Richtung seines Bettes, in dem sie schlief und ruhig atmete.

Sie würde eh nicht lange genug bleiben, um etwas von der weichen Bettwäsche zu haben, die sie sich wünschte. Er zog eine Augenbraue hoch, als er sah, wie sie sich im Schlaf umdrehte, wobei sie ein Bein und die Hälfte ihres Hinterns entblößte. Er könnte auch einfach wieder ins Bett kriechen, sie aufwecken und sich noch etwas ablenken, ehe er zur Arbeit musste. Doch er ließ diesen Gedanken schnell wieder ziehen, denn Sarah war kein Fan frühmorgendlicher Aktivitäten. Genau genommen schien sie ab halb 10 überhaupt erst zum Leben zu erwachen. Nicht, dass das normalerweise zu Problemen führte. Sie sahen sich meist eh erst in den Abendstunden, wenn er Feierabend hatte und sie sich in der Stadt auf einen Drink trafen.

Mit einem letzten Blick auf ihren Po, dessen Rundung in der Morgendämmerung verführerisch schimmerte, ging er in Richtung Bad. Er zog die Tür hinter sich zu, stellte die Dusche an und genoss die Dampfschwaden, die schon bald aufstiegen. Das heiße Wasser prickelte auf seiner Haut und er griff zum Duschgel, um sich zu waschen. Nach fünf Minuten stellte er das heiße Wasser mit einem entschlossenen Handgriff aus und zuckte kurz zusammen, als das eiskalte Wasser auf seinen Kopf herunterprasselte. Anschließend stellte er das Wasser ganz ab, schlang sich ein Handtuch um die Hüften und ging in den begehbaren Kleiderschrank, der an das Bad grenzte. Er wählte ein hellblaues Hemd, wie jeden Morgen, eine dunkelgraue Hose und die passenden Schuhe. Auf die Krawatte würde er heute verzichten, schließlich war Sonntag und unter seinem Arztkittel sah man die Krawatte sowieso nicht.

Bevor er das Ankleidezimmer wieder verließ, nahm er seine Rolex aus der Schublade, in der er sie aufbewahrte und streifte sie über sein Handgelenk.

Die Uhr hatte seinem Vater gehört. Bei einem

Blick in den Spiegel fiel ihm auf, wie ähnlich er ihm mittlerweile sah. Obwohl, er berichtigte sich in Gedanken, er sah dem Vater ähnlich, den er vor zehn Jahren gekannt hatte. Niemand konnte wissen, wie sein Vater heute, im Alter von 65 Jahren ausgesehen hätte.

Er erinnerte sich an den stolzen, wortkargen Mann, der sich jeden Morgen für die Arbeit fertigmachte, seiner Frau einen Kuss gab und dann in das Krankenhaus aufbrach, in das auch er gleich fahren würde. In den meisten Erinnerungen aus Anthonys Kindheit kam sein Vater nicht vor. Beziehungsweise, er kam nicht persönlich vor. Die Anrufe, mit denen er seine Abwesenheit entschuldigte, waren dafür umso zahlreicher. Doch auch wenn sein Vater nicht häufig zu Hause war, so hatten sich die gemeinsamen Momente umso stärker in Anthonys Erinnerungen eingebrannt.

Er dachte an seinen siebten Geburtstag. Seine Mutter hatte eine große Party für ihn geschmissen und seine Freunde waren zahlreich erschienen. Sie hatten Sackhüpfen und fangen gespielt, riesige Mengen Torte und Zuckerwatte in sich hineingestopft und schließlich um ihn herumgestanden, während er seine Geschenke auspackte.

Er erinnerte sich an das strahlende Lächeln seiner Mutter, die sich über den Erfolg der Feier freute. Und er erinnerte sich an Harry, seinen Bruder, der rückwärts über die Ritterburg stolperte, die Anthony gerade erst ausgepackt hatte und dabei einen Turm abbrach. Der Streit, den dieser Vorfall auslöste, war vorprogrammiert gewesen, denn auch wenn die beiden Brüder keinen großen Altersunterschied hatten, Harry war nur drei Jahre jünger als Anthony, kamen sie nie gut miteinander aus.

Anthonys Mutter führte das oft darauf zurück, dass die beiden von ihrem Vater unterschiedlich behandelt wurden. Doch Anthony selbst war sich ziemlich sicher, dass dies nicht die Ursache war. Klar, er war als der Erstgeborene immer der ganze Stolz seines Vaters gewesen. Gleichzeitig hatte auf ihm aber auch die Last der Erwartungen geruht. Er hatte sich immer große Mühe gegeben, war sehr gut in der Schule und auch auf dem College vom Erfolg gesteuert gewesen. Trotzdem sah er seinem Vater an, dass er seine Erwartungen nicht erfüllte. Und nun war es eh zu spät, denn sein Vater war seit zehn Jahren tot und Anthony würde nie erfahren, ob er seinen Ansprüchen irgendwann hätte gerecht werden können.

Harry war immer schon ein Träumer. Er scherte sich nicht sonderlich viel um die Schule und die Meinung seiner Lehrer. Das bedeutete nicht, dass er nicht gut gewesen wäre. Auch er war aufs College gegangen und hatte, genau wie Anthony, Medizin studiert. Von außen betrachtet waren sich die beiden Brüder durchaus ähnlich. Doch Harry hatte immer schon eine andere Lebenseinstellung. Er tat Dinge, weil sie ihn glücklich machten und nicht, um seinem Vater zu imponieren. Als er seine erste Freundin mit nach Hause brachte, liebte er sie wirklich. Er hatte sich eine junge Frau ausgesucht, die ihn glücklich machte und mit der ihn mehr als nur körperliche Anziehungskraft verband. Als sie ihn verließ, brach es ihm das Herz.

Auch wenn Anthony Harry damals ausgelacht hatte, musste er zugeben, dass er seinen Bruder manchmal um dessen von Emotionen geprägtes Weltbild beneidete. Er selbst war immer schon sehr viel pragmatischer gewesen. Er wollte es zu etwas bringen im Leben, wollte seinen Vater von seinen Fähigkeiten als Arzt überzeugen, Geld verdienen und sicher – irgendwann einmal eine Familie gründen. Doch dieser Zeitpunkt war noch lange nicht gekommen.

Anthony kehrte in Gedanken zurück an seinen siebten Geburtstag und die Tatsache, dass sein Vater wieder einmal nicht anwesend gewesen war. Irgendeine Operation hatte ihn aufgehalten. Auch wenn Anthony wusste, dass sein Vater wichtige Operationen durchführte und dadurch Leben rettete, konnte er seine Eifersucht nicht unterdrücken.

Am Abend, als er in seinem Bett lag, kam seine Mutter zu ihm, um ihm eine gute Nacht zu wünschen. Sie versicherte ihm, dass sein Vater sich am Wochenende freinehmen würde, um mit ihm das neue Lego-Set aufzubauen, das er von seiner Tante Ann geschenkt bekommen hatte. Sein Vater hielt sein Versprechen. Nicht aus Zuneigung und

Liebe, sondern wahrscheinlich eher aus Prinzip. Doch das Ergebnis war für Anthony an diesem Wochenende dasselbe. Mehr als fünf Stunden beschäftigten sie sich mit dem Lego-Set, das aus einem Krankenwagen, mehreren Sanitätern, sowie Ärzten und einem verletzten Patienten bestand. Anthony beobachtete seinen Vater dabei, wie dieser konzentriert die einzelnen Teile gruppierte und anschließend in sauberen Reihen nebeneinander platzierte.

„Struktur, Ordnung und Sauberkeit", sagte er „das sind die Grundprinzipien für Erfolg."

Dieser Satz hatte sich bei Anthony eingebrannt, sodass er ihn wahrscheinlich in geschwungenen Lettern an die Wand im Eingangsbereich seines Hauses geschrieben hätte, wenn ihm dies nicht viel zu kitschig und sentimental gewesen wäre.

Nach diesem Leitsatz hatte Anthony sein Leben aufgebaut, auch jetzt noch, 32 Jahre nach seinem siebten Geburtstag und zehn Jahre nach dem Tod seines Vaters. Er war erfolgreich in seinem Beruf und bei den Frauen, hatte sein Haus elegant und modern einrichten lassen und wenn Martha, seine Putzfrau, dreimal die Woche kam, fand sie stets alles in bester Ordnung und Sauberkeit vor. Sie fragte sich sicherlich manchmal, warum er sie überhaupt angestellt hatte.

Er seufzte, wand seinen Blick vom Spiegel ab, vor dem er gedankenversunken stehengeblieben war, nahm seinen Schlüsselbund aus der Schale aus Edelmetall und ging zur Garage. Unter der Woche nahm er meistens seinen schwarzen SUV, um zur Arbeit zu fahren. Doch heute, an einem Sonntag, an dem die Sonne langsam hinter den Bäumen hervorkam und eine verirrte Libelle über die spiegelglatte Oberfläche seines Swimmingpools schwirrte, entschied er sich für die sportlichere Variante.

Eine Stunde später bog er mit seinem silbernen Porsche auf den Parkplatz des Cedars-Sinai Medical Center in Los Angeles ein, in dem er nun schon seit 8 Jahren als Herzchirurg arbeitete. Er hatte unterwegs noch in seinem Lieblingscafé, einem modernen Neubau, einen Zwischenstopp eingelegt, um sich mental auf die nächsten 12 Stunden vorzubereiten und einen Kaffee zu trinken. Schwarz und ohne Zucker, mit Schnickschnack konnte er nichts anfangen.

Als er in den Flur des fünften Stocks trat, sah er Lucía hinter dem Schalter stehen. Die Krankenschwester arbeitete hier bereits seit gut 20 Jahren und er hatte gehofft, dass sie heute während seiner Schicht da sein würde. Sie hatte eine beruhigende Wirkung auf ihn, von der er vor anstrengenden Operationen immer zehrte.

„Sie konnten wohl wieder mal nicht schlafen Dr. Taylor?"

Mit einem Zwinkern nahm sie eine blaue Akte aus dem Schrank hinter dem Schalter und reichte sie ihm. Er bedankte sich, verwickelte sie einige

Minuten in ein Gespräch, allein um ihre melodische Stimme zu hören und ging anschließend in sein Büro.

Die nächsten 50 Minuten würde er darauf verwenden, die Krankenakte seiner heutigen Patienten durchzugehen und sich mental auf die Operation vorzubereiten, die um 13 Uhr beginnen sollte. Doch auch wenn seine Schicht anstrengend werden würde, er freute sich auf die nächsten 12 Stunden.

Er liebte seine Arbeit. Nicht so sehr wegen der Patienten, deren gerettete Leben selbstverständlich ein netter Nebeneffekt waren. Doch was er wirklich liebte, das war die Macht, die er verspürte, wenn er Operationen am offenen Herzen vornahm. Er spürte, wie das Leben eines Menschen unter seinen Händen pulsierte und wie das Adrenalin durch seine Adern schoss. Er genoss die anerkennenden Blicke der Assistenzärzte, Praktikanten und Krankenschwestern, wenn ihm eine komplizierte Operation gelungen war. In diesen Momenten fühlte er sich unschlagbar und er wusste, er hatte es geschafft. Er hatte sich eine Position erarbeitet, in der ihn andere um sein Können, seinen Lebensstil und sein Ansehen beneideten.

Kapitel 2

Als er an diesem Abend gegen 22 Uhr das Krankenhausgebäude verließ, war er müde und aufgeputscht zugleich. Die Operation war zwar gut verlaufen, hatte jedoch deutlich länger gedauert als gedacht. Er schaltete sein Handy ein und blickte auf das Display, das ihm drei verpasste Anrufe anzeigte. Zwei waren von Sarah, sicherlich war sie sauer, weil sie eine Verabredung hatten und er zu spät kam. Der dritte Anruf kam von einer unbekannten Nummer. Er drückte auf den Knopf, um zurückzurufen und ging über den mittlerweile beinahe leeren Parkplatz zu seinem Auto. Die Abendluft war kühl und er bereute, seine Jacke im Büro gelassen zu haben. Gleichzeitig genoss er die frische Luft. Es war Anfang Februar und auch wenn die Temperaturen tagsüber angenehm waren, fielen sie abends deutlich ab.

Nach dem vierten Freizeichen hörte er es in der Leitung knacken und eine männliche Stimme meldete sich mit einem krächzenden „Hallo?".

Der Mann räusperte sich. Er schien bereits geschlafen zu haben.

„Hallo, guten Abend, hier spricht Anthony Tay-

lor, ich habe einen Anruf von Ihnen erhalten?",
sagte Anthony in geschäftlichem Ton.

Es blieb eine Sekunde lang still. Dann hörte
er die Stimme des Mannes erneut und diesmal
erkannte er sie.

„Hallo Anthony, hier ist Harry, dein Bruder.
Ich habe dir meine Nummer vor einem halben
Jahr gegeben, als ich sie geändert habe. Du hast
scheinbar vergessen, sie einzuspeichern. Wie dem
auch sei. Ich wollte dir nur sagen, dass ich am
Mittwochabend in Los Angeles landen werde.
Sehen wir uns dann am Donnerstag, so um 10 Uhr,
wie jedes Jahr?"

Anthony schluckte, dann räusperte er sich,
bevor er sprach. „Ja klar, 10 Uhr, wie jedes Jahr"
und weil er nicht so abweisend klingen wollte
fügte er hinzu „wir können uns auch um 8 Uhr
treffen, in dem Café, das dir so gut gefällt."

Sein Bruder willigte ein und sie legten auf. Anthony starrte auf den Bildschirm.

Das Gespräch hatte 53 Sekunden gedauert.
Nicht, dass sich die Brüder jemals besonders na-
hegestanden hätten. Aber noch vor einigen Jahren
telefonierten sie regelmäßig, mehrmals im Jahr,
tauschten sich darüber aus, was in ihrem Leben
passierte und was in den kommenden Wochen
auf sie zukommen würde. Doch die Abstände der
Telefonate hatten sich mit den Jahren vergrößert
und dieses Mal waren es die ersten 53 Sekunden,
die sie seit einem Jahr miteinander geredet hatten.

Anthony hatte im Dezember nach Philadelphia reisen wollen. Er wollte dort zu einem Kongress, an dem auch andere Spezialisten auf seinem Gebiet anwesend sein würden. Bei der Gelegenheit wollte er Harry besuchen. Einfach mal schauen, wie es seinem Bruder an der Ostküste erging. Doch dann war eine Operation dazwischengekommen und er war nicht zu dem Kongress geflogen und somit auch nicht zu seinem Bruder. Er redete sich ein, dass sein Arbeitspensum einfach zu hoch war, um sich frei zu nehmen und mehrere Tage zu verschwinden. Nicht, weil die Patienten ohne ihn nicht auskommen würden, denn im Krankenhaus gab es haufenweise ausgebildetes Personal und die besten Ärzte. Doch er wollte seine Position nicht gefährden. Am liebsten hätte er jede Operation selbst durchgeführt. Er wollte in die Fußstapfen seines Vaters treten und hasste es gleichzeitig, immer noch mehrmals in der Woche mit ihm verglichen zu werden.

Anthony war an seinem Auto angekommen, doch bevor er einstieg, legte er den Kopf in den Nacken und atmete tief durch. Dabei fiel ihm ein kleiner Stern auf, der ganz allein am Himmel stand. Er senkte den Blick auf sein Auto, stieg ein und fuhr nach Beverly Hills.

15 Minuten später war er zu Hause. Er genoss die Zeit in seinem Auto, wenn er von einer anstrengenden Schicht kam und plötzlich ganz allein in einem kleinen Vakuum zu sitzen schien. Die belebten Straßen flogen an ihm vorbei, dann

die großen Villen, die sich an die bergige Landschaft schmiegten. Er bog in seine Auffahrt und
sah Sarahs Wagen vor der Garage parken.

Verdammt, er hatte vergessen, sie anzurufen und
ihr zu sagen, dass sie sich lieber gleich in der Bar
treffen sollten. Sie hatte bestimmt zwei Stunden
auf ihn gewartet.

Sie war grundsätzlich unkompliziert, was wahrscheinlich einer der Gründe war, weshalb sie
überhaupt so lange zusammen waren. Doch wenn
sie eines hasste, dann ohne Vorwarnung warten
zu müssen. Gleichzeitig hatte Anthony keine Lust,
sich zu entschuldigen. Das sah er auch eigentlich
gar nicht ein. Er hatte sich ja nicht verspätet, weil
er noch golfen war. Die Arbeit ging vor, sie war
wichtig, wichtiger als irgendein dummes Date.
Und außerdem, was hätte sie mit der gewonnenen
Zeit gemacht? Noch etwas im Internet geshoppt
oder Trash-TV gesehen? Das hatte sie genauso gut
von seinem Haus aus machen können, während sie
wartete. Er hatte keine Lust sich zu entschuldigen, wusste aber, dass es nötig sein würde, wenn er
sich heute Abend noch entspannen wollen würde.

Er schloss seine Haustür auf und ging Richtung
Bad, um sich zu duschen. Nach einem langen Ar-
beitstag musste er die Krankenhausluft von seiner
Haut bekommen. Auf dem Weg zum Bad kam er
am Wohnzimmer vorbei. Er sah Sarah auf dem
Sofa sitzen, wo sie in eine ihrer Sendungen vertieft
war. Er seufzte und ging auf sie zu

„Sorry, dass ich so spät bin, die Operation

hat länger gedauert. Ich dusche nur schnell, dann können wir losfahren."

Er hatte eigentlich keine große Lust mehr, heute auszugehen. Es war spät, er musste am nächsten Morgen wieder früh aus dem Haus und an einem Sonntagabend war sowieso nicht so viel los. Doch wenn er sich schon verspätet hatte, dann würde er Sarah wenigstens den Gefallen tun, mit ihr in die kleine Bar zu gehen, die sie so gerne mochte.

Sie war eigentlich nicht sein Typ. Zu bunt, zu verspielt, zu weiblich angehaucht. Es war eine Bar, in die Freundinnen gingen, um zu tratschen und sich zu betrinken. Keine Bar, in der man Männer im Anzug sah, die sich nach dem hart erarbeiteten Feierabend einen Whiskey gönnten.

Sarah hatte ihn selbstverständlich sofort bemerkt. Noch bevor er die Haustür aufschloss, hatte sie das Auto gehört und sich schnell wieder auf das Sofa gesetzt und so getan, als hätte sie dort die letzten Stunden verbracht. Doch sie war keineswegs in die Serie vertieft, die dort über den Bildschirm flimmerte. Sie kannte die dumme Serie nicht einmal.

Als Anthony neben sie trat, starrte sie weiter auf den Bildschirm. Sie sah aus den Augenwinkeln, wie er sich neben sie setzte.

„Ich weiß, dass du sauer bist, aber wir können doch zur Feier des Tages in deine Lieblingsbar gehen" machte er einen erneuten Versuch.

„Was feiern wir denn?" fragte sie schnippisch. Er

15

fuhr sich durch die Haare und stellte sich dieselbe Frage. Dann hellte sich sein Blick auf.

„Wir können feiern, dass ich heute wieder ein Leben gerettet habe. Wir stoßen sozusagen auf den neuen Geburtstag der Patientin an."

Sie war sauer, aber viel mehr noch war sie enttäuscht. Sie wusste nicht genau, was sie eigentlich erwartet hatte. Sie wusste, dass er nicht auf Sentimentales stand. Er war pragmatisch veranlagt, Romantik war absolut nicht sein Ding. Und doch hatte ein Teil von ihr gehofft, dass er dieses Mal anders sein würde. Dabei hatten ihre Freundinnen sie vor ihm gewarnt. Anthony Taylor, der Herzchirurg im Cedar-Sinai-Hospital, war zwar angesehen und wurde von vielen Frauen und Männern umschwirrt, doch er war gleichzeitig auch ein berüchtigter Junggeselle.

Sie sah ihn gleichgültig an, „ist schon okay, wir müssen heute nicht mehr ausgehen. Ich bin eh schon müde, morgen habe ich ein Shooting und ich sollte am besten ausgeruht dort erscheinen."

Sie griff nach ihrem Handy und stand auf. Auf dem Weg zur Haustür drehte sie sich noch einmal um und sagte „Herzlichen Glückwunsch zum ersten Jahrestag", bevor sie durch die Tür verschwand. Er hörte den Motor ihres Autos aufheulen und anschließend das Knirschen der Kiesel, als sie etwas zu schnell die Auffahrt hinunterfuhr.

Dann war es still. Erst jetzt sah er, dass auf dem Tisch vor dem Sofa ein kleines Paket stand.

Säuberlich eingepackt in rotes Papier, mit einem weißen Seidenbändchen darum. Er riss das Papier auf und begutachtete das Whiskeyglas, das zu Vorschein kam. Sie hatte es gravieren lassen. Auf der einen Seite des Glases las er seinen Namen in geschwungenen Lettern. Auf der anderen Seite standen die drei Wörter, die sie sich bisher noch nicht gesagt hatten. Ich liebe dich. Er musste schlucken. War es wirklich schon ein Jahr her, seit er Sarah auf der Party eines Freundes kennengelernt und gleich am selben Abend mit nach Hause genommen hatte? Die Zeit war viel zu schnell vergangen und er hatte sich so in die Arbeit vertieft, dass er gar nicht gemerkt hatte, wie nach und nach nicht nur ihre Zahnbürste, sondern auch ihre Unterwäsche, Shampoo Flaschen und allerlei anderer Kram bei ihm eingezogen waren. Wie lange war es her, dass er zum letzten Mal mit einer Frau ein ganzes Jahr zusammen gewesen war? Das musste noch in seinen Zwanzigern gewesen sein und jetzt steuert er rasant auf die vierzig zu.

Sarah würde die ganze Woche unterwegs sein. Sie hatte Shootings außerhalb von Los Angeles. Wo genau, daran konnte er sich nicht mehr erinnern. Nun stand er vor einem Dilemma. Er hatte sich zwar nicht an den Jahrestag erinnert, denn in seinen Augen gab es keinen Grund zur Feier, doch er brauchte Sex. Unbedingt, besonders nach ihrem Liebesgeständnis, mit dem er sichtlich überfordert war.

Er nahm sein Smartphone aus der Tasche,

scrollte in seinen Nachrichten etwas nach unten, bis er den Chat mit Nathalie fand und schrieb ihr eine Nachricht. Dann ging er ins Bad, zog sich aus und stellte sich unter die Dusche. Das „Pling" seines Handys, das eine Antwort ankündigte, hörte er nicht mehr. Stattdessen konzentrierte er sich auf das Rauschen des Wassers und auf die tiefen Bässe der Musik, die er angemacht hatte. Er schaltete den Massagestrahl ein, ließ sich die verspannten Nackenmuskeln von dem starken Wasser weichkneten und merkte, wie die Anspannung des Tages, der Leistungsdruck und der Stress von ihm abfielen. Eine ganze Weile stand er so da, er konnte im Nachhinein nicht mehr sagen, wie lange. Mit geschlossenen Augen ließ er das Wasser über seinen Kopf strömen und spürte, wie es auf seinem Weg nach unten über jeden einzelnen seiner Muskeln floss.

Dann hörte er, wie die Tür der Dusche aufgemacht wurde, ein kühler Luftzug zog von außen in das Innere der Dusche, die mit Dampfschwaden erfüllt war. Er öffnete die Augen und sah sie vor sich stehen. Sie war schlank und sportlich gebaut, ihre Haut glänzte feucht, als sie zu ihm ins Wasser trat und er wusste augenblicklich, dass er sich freute, sie wiederzusehen.

Sie trat auf ihn zu, während er die Augen halb schloss und sich sein Körper bei der Vorfreude auf die Berührung, die gleich folgen würde, anspannte. Sie küssten sich mit der Leidenschaft zweier Menschen, deren Körper sich nach dem anderen sehnten, deren Herzen jedoch nie zusammengehört hatten. Sie wusste genau, wo sie ihn berühren musste und man merkte ihr an, dass sie die Kontrolle genoss, die sie über seinen Körper besaß.

Als er sie an sich zog und sich ungeduldig gegen sie presste, öffnete sie ihre Beine und ließ sich von ihm in die Höhe ziehen. Ihre Oberschenkel umschlossen seine Hüften, als er in sie eindrang und mit einem Seufzen signalisierte sie ihm, dass sie ihn ebenso sehr vermisst hatte, wie er sie. Er wusste genau, wie er sie zum Höhepunkt bringen konnte, doch er wollte den Moment hinauszögern. Als er merkte, dass ihre Atemzüge flacher und schneller wurden, hielt er inne, setze sie auf dem Boden ab und drehte sie mit dem Bauch zur Wand. Sie stützte sich an den Fliesen ab, während er erneut in sie eindrang. Gemeinsam fanden sie einen Rhythmus, der sie unentwegt dem Höhepunkt näherbrachte und als sie aufkeuchte, war es auch um ihn geschehen.

Sie waren nie offiziell ein Paar gewesen, doch diese Treffen fanden trotzdem regelmäßig statt. Und bisher waren sie immer sehr zufriedenstellend ausgegangen – für beide. Sie waren ein eingespieltes Team, dass trotzdem nie eine langweilige Routine entwickelte. Es handelte sich um eine rein körperliche Beziehung –
no strings attached. Doch genau das war es, was beide so genossen. Keine Erwartungen, keine En-

ttäuschungen, keine Verpflichtungen oder gebrochene Herzen.

Sie schliefen in dieser Nacht noch zweimal miteinander. Sie sahen sich zwar nicht besonders häufig, nutzten dafür jedoch jede Sekunde ihres Beisammenseins.

Als Anthony am nächsten Morgen aufwachte, war Nathalie nicht mehr da. Es wunderte ihn nicht, denn sie blieb nie bis zum Morgen und hatte sicher auch einen harten Tag vor sich. Nathalie arbeitete in einer Anwaltskanzlei. Sie sah in ihren engen Kostümen nicht nur umwerfend aus, sondern galt gleichzeitig auch als eine der besten Anwältinnen in Los Angeles. Für eine Beziehung war nie der richtige Zeitpunkt gewesen. Außerdem waren sie sich wahrscheinlich viel zu ähnlich, um zusammenzubleiben. Sie liebte ihre Karriere, hatte sich selbst hochgearbeitet und dachte gar nicht daran, für eine Beziehung Kompromisse einzugehen. Sie genoss ihr Leben, ihre Freiheit und ihren Status. Er konnte es ihr nicht einmal verübeln, denn er verstand sie nur zu gut.

Der Anfang der Woche verlief ruhig. Anthony arbeitete wie gewohnt, machte bei einigen Patienten die Visite und unterhielt sich in den wenigen Pausen, die er hatte, mit Lucía. Er genoss die Ruhe, die ausnahmsweise einmal herrschte, aß in verschiedenen angesagten Restaurants und verbrachte die Abende vor dem Fernseher.

Sein Lebensstil schloss faule Abende auf dem Sofa normalerweise aus. Wenn er nicht gerade arbeitete, dann verbrachte er viel Zeit mit Freunden und Bekannten, ging aus oder war auf Partys eingeladen. Umso mehr wusste er die seltenen ruhigen Abende zu schätzen. Mit Sarah hatte er seit dem Vorfall am Sonntagabend kein Wort gewechselt, doch er wusste, dass sie sich schon bald melden würde. Sie schaffte es nie, lange nichts von sich hören zu lassen.

Am Mittwoch wachte er schlecht gelaunt auf. Der Morgen war grau, es würde mit großer Wahrscheinlichkeit noch im Laufe des Vormittags regnen und er wusste in dem Augenblick, in dem er die Augen öffnete, dass es ein beschissener Tag werden würde. Kurz bevor er im Krankenhaus ankam, meldete sich sein Handy mit dem vertrauten „Pling", das den Eingang einer neuen Nachricht anzeigte. Er parkte auf seinem gewohnten Platz vor dem Krankenhaus und öffnete seine Nachrichten. Sarah hatte sich gemeldet. Sie schrieb, dass sie heute in der Stadt sei und sich gerne mit ihm zum Mittagessen verabreden würde. Er stimmte zu, nannte ihr Ort und Zeit und stieg aus dem Wagen, um ins Krankenhaus zu gehen.

Lucía empfing ihn wie jeden Morgen, gab ihm die Krankenakten der Patienten, für die er an diesem Tag zuständig war und verschwand dann wieder hinter ihrem Schalter.

Er schaute sich die Krankenakten durch, besuchte die Patienten auf ihren Zimmern und bereitete sich auf die Operationen vor, die diese Woche noch anstanden. Es gab keine besonders schweren Fälle, soweit man das bei Herzoperationen sagen konnte.

Als es 13 Uhr war, zog er seinen Arztkittel aus, streifte die Jacke über, die er heute mitgebracht hatte und musste an der Eingangstür des Krankenhauses feststellen, dass es schüttete. Der Himmel war dunkelgrau und in der Ferne konnte man das tiefe Grollen des Donners hören, das langsam in Richtung Beverly Hills zog. Auf dem Parkplatz hatten sich tiefe Pfützen gebildet und er wunderte sich, dass ihm der Regen vorher nicht aufgefallen war. So sehr konnte man sich doch gar nicht in seine Arbeit vertiefen, dachte er sich. Die Krankenschwester an der Rezeption, eine junge Blondine, die gerade ihre Ausbildung absolviert hatte, rief seinen Namen und reichte ihm einen Regenschirm. Doch auf dem Weg zu seinem Auto wurde er trotzdem klitschnass. Während er versuchte den Pfützen auszuweichen, zog das Grollen des Donners unaufhörlich näher. Endlich an seinem Auto angekommen, klappte er den Schirm zu und schob sich auf den Sitz. Er hasste es, nass zu werden. Nun würde er nach dem Mittagessen noch kurz nach Hause fahren müssen, um sich neue Klamotten anzuziehen, ehe er wieder ins Krankenhaus fuhr.

Los Angeles verwandelte sich in reinstes Chaos, sobald es regnete. Die Abflussrohre konnten die riesigen Wassermengen nicht auffangen und das Wasser sprudelte an verschiedenen Stellen aus den Gullideckeln. Langsam reihte sich Anthony in den stockenden Verkehr ein. Das Restaurant, das er Sarah als Treffpunkt genannt hatte, war zum Glück nicht weit entfernt.

Als er ankam, wartete sie schon auf ihn. Sie hatte sich an einen kleinen runden Tisch gesetzt, der sich in eine Ecke des Restaurants schmiegte. Er wunderte sich darüber, denn normalerweise liebte sie es, mitten im Lokal zu sitzen und durch ihre laute Stimme und ihre schillernden Outfits die Aufmerksamkeit der anderen Restaurantbesucher auf sich zu ziehen.

Heute sah sie irgendwie anders aus. Ihre Stimmung war gedrückt, was er ihr nach dem Ausgang ihres letzten Treffens nicht verübeln konnte. Als er näherkam, schaute sie kaum auf. Er setzte sich und gab dem Kellner ein Zeichen. Die Begrüßung verlief unterkühlt, doch darauf war er bereits gefasst gewesen. Sie schwiegen beide eine Weile, bis der Kellner das Essen brachte, dann versuchte Anthony, die Konversation irgendwie ins Rollen zu bringen.

Doch Sarah würgte ihn ab: „Weißt du," sie stockte „ich weiß gar nicht, wo ich anfangen soll. Ich habe dich heute Morgen nicht angeschrieben, weil ich mich mit dir vertragen will."

Sie schwieg eine Sekunde, schien zu überlegen, wie sie fortfahren konnte und atmete dann einmal tief ein uns aus.

„Vertragen, das klingt so, als hätten wir uns gestritten. Dabei haben wir uns noch nie gestritten und wir kennen uns über ein Jahr. Der Grund dafür ist aber nicht, dass wir uns so blendend verstehen und es deshalb einfach keinen Grund für Diskussionen gibt. Der Grund ist, dass du so absolut emotionslos bist, dass du nicht den Aufwand betreiben würdest, dich mit mir auseinanderzusetzen."

Sie atmete erneut tief durch und er sah, dass sie zitterte.

„Ich habe dir geschrieben, dass ich dich liebe. Du hast mir nicht nur nicht geantwortet und mich tagelang nicht angerufen, sondern keine Sekunde gezögert, um eine andere Frau zu dir einzuladen, nachdem ich gefahren war."

Bei ihrem letzten Satz blieb ihm beinahe das Stück Fleisch im Hals stecken, das er gerade herunterschlucken wollte. Er griff nach seinem Drink und trank einen Schluck, der mit großer Wahrscheinlichkeit etwas zu groß war. Es war ihm zwar im Großen und Ganzen egal, was Sarah von ihm hielt. Er hatte nicht einmal versucht, Nathalies Besuch irgendwie zu vertuschen. Trotzdem hasste er es, wenn er auf Fehler unverblümt hingewiesen wurde.

Er merkte, wie er rot wurde und Wut stieg in ihm auf. Was bildete sich Sarah eigentlich ein. Sie hatte genau gewusst, auf wen sie sich einließ. Er hatte ihr von Anfang an gesagt, dass ihre Beziehung nicht exklusiv war und trotzdem nahm sie sich das Recht heraus, ihn einfach aus heiterem Himmel mit einem Liebesgeständnis zu konfrontieren. Was hatte sie denn erwartet? Dass er ihre Gefühle erwiderte und ihr ewige Liebe schwor?

Er setzte zu einer Antwort auf ihre Anschuldigungen an, doch sie ließ ihn nicht zu Wort kommen. Mit einer abschätzenden Handbewegung brachte sie ihn zum Schweigen, dann fuhr sie fort:

„Ich weiß ich weiß, jetzt wirst du davon anfangen, dass wir nie eine exklusive Beziehung hatten, dass ich kein Recht habe, dich zu beschuldigen, dass wir nie ausgeschlossen haben, mit anderen Menschen zu schlafen und du das immer gesagt hast. Das ändert aber rein gar nichts an der Tatsache, dass du ein Arschloch bist. Ein gefühlskaltes, arrogantes Arschloch. Du gehst mit den Menschen um dich herum um, als würden sie dir gehören. Du liebst es, die Regeln vorzugeben und zu entscheiden, wann wer wie Zeit mit dir verbringen kann. Du bist es gewohnt, dass sich alles um dich dreht und dir die Menschen folgen, als wärst du Jesus höchst persönlich. Etwas für eine andere Person aufzugeben, deine eigenen Interessen auch nur einen einzigen Moment hintenanzustellen, daran denkst du nicht im Traum. Du scherst dich einen Dreck um die Gefühle anderer, aber eins sage ich dir Anthony: Wenn du irgendwann mal auf die Hilfe anderer angewiesen sein wirst, dann wird da niemand für dich sein. All diese Leute, die dich umschwirren, als wären sie Motten und du das strahlende Licht, die werden sich einen Dreck um dich scheren. Schau mich nicht so an, als hätte ich keine Ahnung. In deinen Augen bin ich nur das kleine Model, das Trash-Sendungen im Fernsehen verfolgt und von Daddy alles in den Hintern geschoben bekommt. Aber meine Gefühle für dich waren echt. Ich habe ein Jahr lang alles auf mich genommen, ich habe geglaubt, dass du mir irgendwann etwas von der Zuneigung zurückgeben wirst, wenn ich mich doll genug anstrenge. Aber jetzt reicht es mir."

Ihre Stimme war langsam aber kontinuierlich lauter geworden, doch jetzt räusperte sie sich, sah ihm in die Augen und schloss mit den Worten „Ich hoffe für dich, dass du niemals auf die Hilfe anderer angewiesen sein wirst."

Der Bissen in seinem Mund, auf dem er nun schon seit mehreren Minuten herumkaute, war zäh geworden und lag ihm schwer auf der Zunge. Sie wartete nicht auf seine Antwort, sondern schob energisch ihren Stuhl zurück, nahm ihre Handtasche und verschwand. Er hörte, wie ihre Absätze auf dem Holzboden des Restaurants klackerten und wie die Geräusche des Regens zu ihm durchdrangen, als sie durch die Tür verschwand.

Doch er stand nicht auf, um ihr nachzulaufen und sie aufzuhalten.

Er drehte sich nicht einmal um.

Kapitel 3

Anthony kehrte nach dem Vorfall mit Sarah nicht ins Krankenhaus zurück. Er hatte allein in diesem Monat Überstunden für ein ganzes Jahr angesammelt und er wusste, dass er sich nicht mehr auf die Patienten konzentrieren können würde, die an diesem Nachmittag noch anstanden. Also rief er kurz entschlossen Lucía an, entschuldigte sich und überließ die Visiten dem Vertretungsarzt.

Anschließend fuhr er nach Hause, duschte, zog sich um und entschied sich dazu, in eine Bar zu fahren. Es war zwar erst 18 Uhr, als er in der eleganten Bar in Downtown Los Angeles ankam, doch für einen Mittwochabend war viel los.

Anthony ging zielstrebig zum Barkeeper und bestellte einen doppelten Whiskey. Dann setzte er sich an den Rand der Bar und beobachtete die Menschen, die sich in kleinen Gruppierungen um die Tische scharten, sich angeregt unterhielten und lachten. Es herrschte eine ausgelassene Stimmung, die so gar nicht seinen eigenen Gemütszustand widerspiegelte.

Während er seinen Blick durch den Raum

schweifen ließ fiel ihm ein älteres Pärchen auf, dass sich rechts von ihm an einen Tisch setzte. Sie mochten um die 65 Jahre alt sein und er beobachtete, wie die Frau ihrem Mann die Hand auf das Knie legte, während sie sich unterhielten. Die Geste zeugte von einer Vertrautheit, die für beide selbstverständlich zu sein schien. Er flüsterte ihr etwas ins Ohr, sie errötete und lachte dann laut los.

„Niedlich, oder?"

Anthony drehte sich bei der Frage ruckartig zu der Kellnerin hinter dem Tresen um und fühlte sich ertappt.

„Die beiden haben bereits vor Monaten einen Tisch reserviert. Es ist ihr 40. Hochzeitstag."

Sie seufzte und schien in Gedanken zu versinken, besann sich dann jedoch der Gläser, die der Barkeeper bereits neben ihr aufgereiht hatte und machte sich wieder an die Arbeit.

Anthony nippte an seinem Whiskey. Er stellte sich die Frage, ob er wohl jemals einen 40. Hochzeitstag mit jemandem feiern würde. Doch viel mehr beschäftigte ihn, wie vertraut sich diese beiden Menschen waren und welch inniges Band sie zu verbinden schien.

Unwillkürlich musste er an Sarah denken. Auch wenn sie insgesamt ein Jahr zusammen gewesen waren, hatte er sie stets auf Abstand gehalten. Nicht so sehr auf körperlicher Ebene.

Es störte ihn nicht, dass sie einen Schlüssel zu seinem Haus hatte oder dass sie nachts bei ihm übernachtete. Denn auch wenn sie viele Nächte gemeinsam verbracht hatten und unzählige Male ausgegangen waren, wusste er kaum etwas über sie. Das war garantiert nicht ihre Schuld gewesen. Er hatte gemerkt, wie sie immer wieder versuchte, sich ihm zu öffnen und ihn dadurch dazu zu bekommen, sie an seinen Gedankengängen teilhaben zu lassen. Doch wenn er ehrlich war, dann hatte es ihn wenig interessiert, was in ihrem Leben vor sich ging. Er wollte nichts von sich preisgeben und hatte nichts zu teilen. Mit der Zeit waren ihre Versuche schwächer und seltener geworden, bis sie schließlich ganz verschwanden.

Mit einem kräftigen Schluck leerte er seinen Whiskey und gab dem Barkeeper zu verstehen, dass er ihm noch einen bringen sollte.

Dass Sarah jetzt endgültig aus seinem Leben verschwunden war, das stimmte ihn eigentlich nicht einmal besonders traurig. Er hatte eher das Gefühl, der Abschied sei längst überfällig gewesen. Er musste jedoch an das denken, was sie ihm gesagt hatte. Dass er irgendwann einmal alleine sein würde, in einem Moment, in dem er es sich nicht wünschte.

Er hatte stets das Gefühl, die Kontrolle über sein Leben zu haben. Er war derjenige, der mehr Freiraum brauchte und sich diesen nahm, wann immer er wollte. Er hielt die Frauen auf Abstand, doch ebenso auch seine Freunde. Er redete sich ein, dass die meisten seiner Kumpel mittlerweile Familien hatten, Frauen, die auf sie warteten,

Kinder, um die sie sich kümmern mussten.

Er hatte seine Freunde bisher bemitleidet für ihre fehlende Freiheit. Sie konnten unter der Woche häufig nicht ausgehen, weil sie am nächsten Morgen die Kinder in die Schule bringen mussten. Am Wochenende waren sie mit Fußballturnieren und Ballettaufführungen beschäftigt oder wurden von ihren Frauen für einen gemeinsamen Grillabend im Garten beschlagnahmt.

Wenn er sie anrief, weil er Basketballtickets hatte, dann bildete er sich stets ein, einen wehmütigen Ton in ihren Absagen hören zu können.

Worüber er sich bisher jedoch wenig Gedanken gemacht hatte, das waren Liebe und Zugehörigkeitsgefühl, die seine Freunde in ihrem Leben hatten,

die ihm jedoch gänzlich fehlten. Sarah hatte einen wunden Punkt getroffen. Er hatte sich bisher tatsächlich noch keine Gedanken darüber gemacht, was passieren würde, wenn er eines Tages mit einer Situation konfrontiert werden würde, die er nicht beherrschen und nach seinen Wünschen manipulieren konnte. Wo würden all die Menschen sein, mit denen er sich auf Partys oder im Fitnessstudio umgab?

Gedankenverloren saß Anthony an der Bar und beobachtete aus dem Augenwinkel weiter das Pärchen, dass sich liebevoll in die Augen sah und den gemeinsamen Abend sichtlich genoss.

Mittlerweile war er bei seinem vierten Whiskey angekommen und merkte deutlich, dass seine

Gedanken nicht mehr ganz so klar waren. Ein Blick auf die Uhr verriet ihm, dass Harry in einer halben Stunde landen würde.

Er kaufte eine Flasche Whiskey, bezahlte seine offene Rechnung und stieg in ein Taxi.

Aus einem plötzlichen Impuls heraus wollte er seinen kleinen Bruder, den er seit einem Jahr nicht mehr gesehen hatte, nun doch vom Flughafen abholen. Als er am Flughafen ankam und dem Taxifahrer ein viel zu großzügiges Trinkgeld in die Hand drückte, hatte er bereits mehrere kräftige Schlucke aus der Whiskeyflasche genommen. Er fühlte sich benebelt und brauchte eine Weile, bis er das richtige Terminal fand. Harrys Flugzeug war vor zehn Minuten gelandet und die ersten Menschen des Flugs aus Philadelphia begannen bereits durch die Glastür in den offenen Bereich des Flughafens zu treten.

Die meisten waren Touristen, die ein langes Wochenende in Los Angeles verbringen wollten und in den nächsten Tagen überteuerte Burger essen und über den Walk of Fame stolzieren würden.

Anthony lehnte sich lässig gegen eine Wand und wartete, bis er schließlich den dunkelblonden Haarschopf seines Bruders erblickte. Mit seinen 1,85 m war er etwas kleiner als Anthony, überragte die meisten anderen Menschen um ihn herum jedoch trotzdem um einige Zentimeter. Während Anthonys Augen dunkelbraun waren, genau wie seine Haare, hatte Harry die

Augen seiner Mutter. Sie hatten einen undefinier-
baren Grauton, der manchmal grün wirkte und
in anderen Momenten einen hellen Karamellton
aufwies. Anthony beobachtete seinen Bruder mit
seinem sportlichen Körper und seiner legeren Kleidung, der zwar direkt auf ihn zukam, ihn aber
trotzdem noch nicht bemerkt hatte. Als er nur
noch wenige Schritte von ihm entfernt war, löste
sich Anthony aus dem Schatten der Säule, neben
der er bis jetzt gelehnt hatte.

Er konnte die Überraschung deutlich in den
Augen seines kleinen Bruders sehen, als ihn dieser bemerkte. Er zögerte kurz, ging dann den
letzten Schritt, der noch zwischen ihnen lag und
umarmte seinen Bruder. Harry erwiderte die ung-
estüme Erwartung zunächst, versteifte sich dann
aber. „Du bist betrunken" sagte er knapp und Anthony konnte deutlich den enttäuschten Unter-
ton in seiner Stimme erkennen. Dann schob ihn
Harry von sich und musterte ihn kritisch, so wie
er es immer tat und auf genau die Art und Weise,
wie ihre Mutter es früher getan hatte. Anthony
stellte fest, dass Harry seiner Mutter mittlerweile
enorm ähnlich sah. Er hatte immer schon ihre
Augenpartie und ihre Haarfarbe gehabt. Doch nun
hatte er das Gefühl, nicht nur in die Augen seiner
Mutter zu schauen, sondern gleichzeitig auch
ihren weichen, forschenden Gesichtsausdruck in
seinem Bruder zu erkennen.

Er blinzelte und stellte fest, dass er deutlich betrunkener war, als er bisher angenommen

hatte. „Willst du deinem großen Bruder nicht erstmal Hallo sagen? Ich dachte, du würdest dich freuen, mich hier zu sehen!" Harry verdrehte die Augen, machte dann eine Kopfbewegung in Richtung Ausgang und bedeutete Anthony wortlos, einfach mitzukommen und die Klappe zu halten.

Als sie im Taxi saßen und Harry dem Taxifahrer die Adresse des Hotels gegeben hatte, indem er übernachten würde, versuchte Anthony, das Gespräch ins Rollen zu bringen. Er fragte, was es Neues in Philadelphia gab, wie Harry seine neue Gemeinschaftspraxis fand und ob er mittlerweile eine Freundin hatte.

Harrys Antworten fielen knapp aus. Er schien sich auf die Autos zu konzentrieren, die am Fenster des Taxis vorbeizogen.

Die Lichter der Straßenlaternen und der Scheinwerfer spiegelten sich in den Pfützen, die nach dem Unwetter am Mittag noch nicht getrocknet waren. Die Reifen der Autos erzeugten ein angenehmes Rauschen, wenn sie durch die Wassermengen führen, die sich zwischen Straßenrand und Gehweg aufgestaut hatten.

Anthony fiel auf, dass überhaupt alles ziemlich zu rauschen schien. Er schob es auf den Whiskey und konzentrierte sich dann wieder auf Harry, der immer noch aus dem Fenster blickte.

Als sie eine halbe Stunde später im Hotel ankamen, war die Stimmung weiterhin gedrückt. Harry checkte ein und Anthony folgte ihm zu seinem Zimmer. Während er den Rücken seines

Bruders beobachtete, der zielsicher durch den Ho-
telflur schritt, merkte er, wie Wut in ihm aufstieg.
Was dachte sich sein Bruder eigentlich?

Er machte sich die Mühe, zum Flughafen zu fahren, holte ihn ab, versuchte, ein Gespräch aufzubauen und Harry hatte nichts Besseres zu tun
als abwesend zu sein und seinen Fragen auszuweichen? Er starrte auf die Schultern seines
Bruders. Sie waren etwas schmaler als seine
Eigenen, jedoch mindestens ebenso muskulös.

Harry steckte die Schlüsselkarte in das Loch,
man hörte ein kurzes Piepen, gefolgt von einem
Klicken und die Tür öffnete sich nach innen. Anthony schob sich an seinem Bruder vorbei ins Zimmer, noch ehe dieser etwas sagen konnte, setzte
sich auf das große Bett und ließ seinen Blick durch
das Zimmer schweifen.

Es war modern eingerichtet, der Fernseher an
der Wand war riesig und die Aussicht auf die um-
liegenden Hochhäuser der Downtown atemberaubend.

Die Tür fiel ins Schloss, dann sah er, wie Harry
die Arme verschränkte und sich im Eingangsbereich des Zimmers an die Wand lehnte. Er
schaute ihn herausfordernd an, doch das würde
Anthony nicht auf sich sitzen lassen. Er öffnete die
Whiskeyflasche, die er immer noch bei sich hatte,
nahm einen kräftigen Schluck und schaute seinem
Bruder direkt in die Augen. Dieser schien leicht
zu schwanken, was ja eigentlich unmöglich war,
schließlich hatte er nichts getrunken. Oder war

ich es, der auf dem Bett sitzend leicht schwankte?

„Was willst du Anthony?" fragte ihn Harry schließlich. „Was ich hier will?" antwortete Anthony aufgebracht,

„ich wollte meinen Bruder abholen, dich vor morgen Vormittag sehen, ich habe dich vermisst und du hast nichts Besseres zu tun als abweisend und kalt zu sein?"

Harry schnaubte und verdrehte die Augen.

„Wir wissen beide, dass du nicht hier bist, weil du mich vermisst hast. Du kannst mir doch nichts vormachen. Hat dich dein Date versetzt und du hast keine gefunden, die einspringt, um dir den Abend zu versüßen? Oder hast du schon am Nachmittag angefangen, zu trinken und hattest die Hoffnung, ich würde begeistert einstimmen?"

Harry schaute ihn fragend an. Anthony antwortete nicht und nahm stattdessen einen weiteren Schluck aus seiner Flasche. Der Whiskey war inzwischen warm und kratzte unangenehm auf seinem Weg hinab in den Magen.

„Weißt du, du bist genau wie Dad! Du hast keine Ahnung von Vermissen und was es heißt, ein Bruder zu sein. Du hattest nicht einmal meine Nummer in deinem Handy eingespeichert."

Als Harry ihren Vater erwähnte, sprang Anthony auf.

„Und du bist genau wie Mum," schrie er seinen Bruder an „bring Dad nicht ins Spiel. Unser Vater hat sich immer für seine Familie eingesetzt, er hat hart gearbeitet und sich um uns gekümmert.

Oder hat dir jemals etwas gefehlt? Aber nein, Mum und du, ihr konntet das nie wertschätzen. Unsere Eltern sind seit 10 Jahren tot, aber was hat dir diese Art gebracht? Zu was hast du es in den letzten Jahren gebracht? Du arbeitest in einer kleinen Gemeinschaftspraxis auf der anderen Seite des Landes, bist geflohen, vor was auch immer und auf der Suche nach etwas, was du selbst nicht definieren kannst. Woher nimmst du dir das Recht, über unsere Eltern zu urteilen?"

Harry schwieg einige Sekunden. Dann schüttelte er den Kopf und zuckte mit den Schultern.

„Es hat keinen Sinn Anthony, es hat einfach keinen Sinn. Ich bin nicht gekommen, um mit dir zu streiten. Schon gar nicht, wenn du dich in diesem Zustand befindest. Bleib du hier und schlafe deinen Rausch aus, ich nehme mir ein anderes Zimmer."

Mit diesen Worten nahm er seine Reisetasche, drehte sich um und verschwand durch die Tür des Hotelzimmers. Anthony blieb auf dem Bett zurück. Er fühlte sich mies. In der Whiskeyflasche befand sich nur noch eine kleine Lache, doch plötzlich fühlte er sich nicht mehr berauscht und energiegeladen, sondern einfach nur noch leer. Ausgelaugt, müde und erschöpft. Er hatte keine Lust, sich weiter mit dem Streit zu beschäftigen, obwohl er innerlich weiterhin sehr aufgewühlt war. Er würde morgen über alles nachdenken. Mit diesem Gedanken streifte er sich die Schuhe von den Füßen, machte seinen Gürtel auf und legte sich aufs Bett. Zum Ausziehen blieb weder Kraft noch Zeit, denn ehe sein Kopf schräg neben dem Kissen landete, war er bereits eingeschlafen.

Kapitel 4

Ein Handy klingelte. Irgendwo, ganz weit weg, doch mit einer solchen Beharrlichkeit, dass Anthony langsam aus seinem tiefen, unruhigen Schlaf erwachte. Mit geschlossenen Augen griff er in seine Hosentasche und ging ans Telefon.

„Dr. Taylor, guten Morgen, ich wollte nur nachfragen, ob ihre Termine am Nachmittag wie geplant stattfinden oder ob Sie sich noch einen Tag freinehmen werden."

Anthony versicherte der Krankenschwester, er würde am Nachmittag im Krankenhaus erscheinen, dann legte er auf.

Er hatte seine Augen immer noch nicht geöffnet, merkte nun aber, dass es schon spät sein musste, denn die hellen Sonnenstrahlen, die durch die offenen Gardinen fielen, blendeten ihn durch seine Augenlider. Sein Schädel brummte und er brauchte einen Moment, bis ihm wieder einfiel, wo er war. Langsam kehrten auch die Erinnerungen an den Vorabend zurück und er stöhnte auf als er sich an den Streit mit Harry erinnerte. Er öffnete die Augen und ein Blick auf seine Armbanduhr verriet ihm, dass es schon nach halb 10 war. Um 10 wollte er auf dem Friedhof sein, doch galt die Verabredung mit Harry nach dem gestrigen Abend überhaupt noch?

Langsam rappelte sich Anthony auf. Er schaute sich nach etwas Trinkbarem um, denn neben den höllischen Kopfschmerzen machte sich nun auch ein schrecklicher Durst in ihm breit. Seine Kehle war ausgetrocknet und er hatte das Gefühl, sich bald übergeben zu müssen, wenn er nicht schnell etwas in den Magen bekam. Sein Blick fiel auf die Whiskeyflasche, die er am Abend achtlos auf einen Sessel in der Ecke des Hotelzimmers geworfen hatte. Beim Anblick der leeren Flasche wurde ihm noch flauer im Magen. Wann hatte er sich das letzte Mal so stark betrunken?

Es wollte ihm beim besten Willen nicht einfallen. Irgendwann in der Collegezeit wahrscheinlich.

Doch er ging der Frage nicht weiter nach, denn er musste sich nun um deutlich wichtigere Dinge kümmern. Ein Blick in den Badezimmerspiegel verriet ihm, dass er eindeutig schon bessere Tage gehabt hatte. Doch das war kein Wunder. Er hatte seit dem Mittag des Vortags nichts mehr gegessen. Bei dem Gedanken knurrte sein Magen als Zeichen seiner eindeutigen Zustimmung.

Anthony beschloss, nach Hause zu fahren, zu duschen und sich umzuziehen, bevor er zum Friedhof fuhr. In diesem Aufzug konnte er sich eindeutig nirgendwo blicken lassen. Sein Anzug war zerknittert und sein Bartschatten deutlich stärker zu sehen als er es gewohnt war. Doch zuerst würde er Harry anrufen und fragen, ob sie gemeinsam etwas frühstücken wollten, ehe sie sich zum Friedhof aufmachten.

Er wählte die Nummer insgesamt fünfmal, doch jedes Mal ging der Anrufbeantworter nach dem ersten Klingelzeichen ran. Harry hatte sein Telefon also abgeschaltet. Eine eindeutige Ansage, wie Anthony fand. Aber gut, sie würden sich ja später noch sehen. Auch wenn er mit deutlicher Verspätung eintreffen würde, so ging er fest davon aus, Harry am vereinbarten Treffpunkt anzutreffen.

Eineinhalb Stunden später hielt das Taxi an einem der Nebeneingänge des Hollywood Forever Cemetery, des Friedhofs, auf dem Dr. Harold Taylor und Mrs. Elizabeth Taylor begraben lagen. Anthony gab dem Fahrer das Geld, stieg aus, schloss die Autotür zögerlich hinter sich und drehte sich dann gen Eingang. Das Tor wurde von Efeu umrankt und sah eigentlich aus, als wäre es einem Märchen entsprungen. Der gesamte Friedhof bestand aus einer weitläufigen Parkanlage und war die Ruhestätte vieler Hollywoodstars und Sternchen.

Anthony trat durch das Tor und schlenderte langsam in Richtung der Grabstätte seiner Eltern. Harry hatte nicht am Eingang des Friedhofs auf ihn gewartet, was ihn jedoch nicht wunderte, schließlich war er eine gute Stunde zu spät. Als

Anthony sich dem Grabstein seiner Eltern näherte sah er, dass dort auch niemand war. Harry war anscheinend tatsächlich schon wieder gegangen. Etwas ungewöhnlich, denn normalerweise blieben sie rund zwei Stunden am Grab ihrer Eltern, tranken Kaffee und versuchten, Kindheitserinnerungen aufleben zu lassen. Doch nach dem gestrigen Streit und dem vermasselten Abend konnte Anthony Harry nicht verübeln, nicht auf ihn gewartet zu haben. Eine Frau, die kaum älter als er selbst sein konnte, streifte Anthony im Vorbeigehen kurz. Er nahm aus dem Augenwinkel wahr, dass sie einen langen, schwarzen Mantel trug und blondes Haar hatte. Doch er beachtete sie nicht weiter und ging die letzten Schritte zum Grab seiner Eltern.

Die Blumen waren wie immer frisch geschnitten, damit hatte er einen Blumenladen beauftragt. Er selbst ging nicht gerne zum Friedhof. Er mochte die Atmosphäre nicht und so kam es, dass er in den meisten Jahren nur zum Jubiläum des Todestages seiner Eltern an deren Grab stand.

Er schaute auf den grauen Stein hinab, auf dem die Namen seiner Eltern eingraviert waren, darunter ihr Geburtsdatum und der gemeinsame Todestag. Anthonys Blick verschleierte sich, als er an den schicksalshaften Tag vor 10 Jahren zurückdachte.

Auch wenn er sein Medizinstudium bereits abgeschlossen hatte, konnte er sich am Anfang nicht so recht festlegen. Deshalb war er zur Orientierung auf einer Fortbildung in Chicago, als sein Handy während eines Vortrags plötzlich zu klingeln begann. Anfangs stellte er nur den Ton ab, doch das Handy vibrierte mit einer solchen Beharrlichkeit in seiner Jackentasche, dass er sich schließlich bei den anderen Anwesenden entschuldigte und so unauffällig wie möglich aus dem Saal ging.

Es war Harry, der ihn anrief, und er wollte ihn schon genervt zurechtweisen, als ihm auffiel, wie aufgelöst und regelrecht panisch die Stimme seines Bruders klang.

„Sie hatten einen Unfall Anthony!", schrie Harry ins Telefon. „Du musst sofort kommen, ich weiß nicht was ich machen soll, sie werden jetzt ins Krankenhaus gefahren!"

Anthony benötigte mehrere Minuten, in denen er ruhig auf Harry einredete, um mehr Informationen aus ihm herausholen zu können. Doch so viel mehr wusste sein Bruder zu diesem Zeitpunkt noch nicht. Ihre Eltern waren im Auto unterwegs, es hatte geregnet und die Straßen waren glatt. Sie waren von der Fahrbahn abgekommen und frontal gegen einen Baum gefahren. Die Polizisten vor Ort vermuteten, dass Dr. Taylor, der am Steuer saß, zu schnell gefahren war. Der bekannte Arzt und seine Frau waren augenblicklich im Krankenwagen ins Krankenhaus gebracht worden, doch über ihren Zustand wollte und konnte die Polizei Harry zu diesem Zeitpunkt noch nicht weiter aufklären.

Anthony legte auf, er fühlte sich wie betäubt, redete sich aber trotzdem ein, dass alles gut werden würde. Seine Eltern waren noch zu jung, um zu sterben. Sie hatten wahrscheinlich Verletzungen, vielleicht sogar starke, doch sie würden wieder gesund werden.

Von seinem Umfeld nahm er ab diesem Zeitpunkt kaum noch etwas wahr. Wie durch einen Schleier bemerkte er die Dame an der Rezeption des Hotels, in dem die Vorträge stattfanden, die ihn fragte, ob alles in Ordnung sei. Er beauftragte sie damit, ihm ein Ticket für den nächsten Flug nach Los Angeles zu kaufen, ging in sein Zimmer und packte seine Reisetasche wie in Trance. Erst als das Lämpchen im Flugzeug aufleuchtete, das den Passagieren bedeutete, sich anzuschnallen, weil sie sich im Landeanflug auf Los Angeles befanden, schien wieder Leben in ihn zu kommen.

Sobald das Flugzeug gelandet war, nahm er seine Reisetasche, stand auf und näherte sich dem Ausgang. Die Stewardess warf ihm einen bösen Blick zu, der sich jedoch in Besorgnis verwandelte als sie seine Miene sah.

Er verließ das Flugzeug als erster, ging an den Schaltern vorbei, in die Eingangshalle des Flughafens, in der sich die Menschen aneinander drängten, um ihre Liebsten gleich vorne an den Glastüren empfangen zu können. Er bahnte sich seinen Weg durch die Menschenmengen, kam an einem Pärchen vorbei, dass sich glücklich in den Armen lag und sich küsste. Er sah eine ältere Frau, die ihre zwei kleinen Enkel liebevoll in die Arme nahm und an sich drückte.

Panik überkam ihn und er wühlte in seiner Jackentasche, fischte sein Handy heraus und drückte Harrys Nummer. Doch der ging nicht ran. Also hinterließ er ihm eine Nachricht auf der Mailbox und setzte sich in das Taxi, das ganz vorne in der Schlange stand. Der Taxifahrer versuchte, Konversation zu betreiben und fragte Anthony, ob er in Los Angeles Urlaub machen würde. Doch Anthony war gedanklich so abwesend, dass er die Fragen des Taxifahrers nicht einmal wahrnahm. Der Rest der Fahrt verlief still.

Anthony versuchte noch drei weitere Male, Harry auf seinem Handy zu erreichen, ohne Erfolg.

Am Eingang des Krankenhauses angekommen sprang er aus dem Taxi und rannte den Gang zum Empfang hinauf. Er nannte die Namen seiner Eltern und man verwies ihn zur Intensivstation.

Anthony fing an zu schwitzen. Er hatte sich bis zu diesem Zeitpunkt eingeredet, seine Eltern würden wieder gesund werden und sich von ihren Verletzungen erholen. Doch die Intensivstation verhieß nichts Gutes.

Harry ging immer noch nicht ans Telefon und so musste er im Wartezimmer warten, bis man ihm Auskunft geben konnte.

Etwa 15 Minuten ging er ununterbrochen auf und ab, dann öffnete sich die Tür und Harry trat heraus. Er sah schrecklich aus, seine Augen waren rot, seine Haare zerzaust.

Anthony trat auf ihn zu, doch Harry war nicht

ansprechbar. Er ließ sich auf einen Stuhl fallen und sein Körper wurde schlaff, als ein Schluchzen aus seiner Kehle drang. Er schaute Anthony mit tränenerfüllten Augen an und schüttelte langsam den Kopf. Mehr war nicht nötig, um Anthony verstehen zu lassen, was geschehen war.

Seine Eltern, die Personen, zu denen er aufblickte und deren Existenz er nie in Frage gestellt hatte, waren nun nicht mehr da. Von einem Moment auf den anderen verschwunden und nicht mehr zurückzubringen.

Harry brachte an diesem Abend keine Worte mehr heraus. Er war ausgelaugt, seine Energie war aufgebraucht und er verlangte nur nach einer heißen Dusche und einem Bett. Essen wollte er auch nichts, doch Anthony konnte ihn dazu überreden, eine Pizza zu bestellen, nachdem er ihn in ihr Elternhaus verfrachtet hatte.

Der zuständige Arzt im Krankenhaus hatte nur wenig Zeit für Anthony gehabt, ihn jedoch über den groben Verlauf des Tages informiert. Seine Eltern waren unterwegs gewesen und hatten die Kontrolle über den Wagen verloren. Sie waren frontal gegen einen Baum gefahren, der die Straße säumte. Seine Mutter war noch vor Ort verstorben, wahrscheinlich sogar im Moment des Aufpralls. Sein Vater hatte bei der Ankunft im Krankenhaus noch gelebt, doch seine Lungen drohten zu kollabieren. Er konnte trotz der Anstrengungen der Notärzte nicht stabilisiert werden und starb einige Stunden später im Krankenhaus an seinen Verletzungen und den inneren Blutungen. Der Todeszeitpunkt stimmte mit dem Augenblick überein, in welchem Anthony im Krankenhaus angekommen war. Harry hatte seinen Vater noch kurz sehen können und berichtete später, er sei zu diesem Zeitpunkt kaum ansprechbar gewesen.

Die genauen Ursachen für den Unfall konnten nie geklärt werden, denn auch wenn die Straßen nass waren, so war Dr. Harold Taylor ein erfahrener Autofahrer. Er kannte die Gegend, in der sie unterwegs waren, gut und konnte die Kurven, sowie die Straßenverhältnisse deshalb einschätzen.

Eine Untersuchung des Wagens ergab, dass keine technischen Fehler für den Unfall verantwortlich waren. Alkohol oder andere Rauschmittel konnten bei der Autopsie ebenfalls ausgeschlossen werden.

Am Wochenende darauf wurden Dr. Taylor und seine Frau beerdigt. Die Zeremonie war groß, denn auch wenn die beiden Brüder eigentlich kein großes Interesse daran hatten, viele Menschen begrüßen zu müssen, so war das Ehepaar in der Gesellschaft von Los Angeles hoch angesehen gewesen.

Den ganzen Tag über hatten sie Trauerbekundungen entgegengenommen und wurden von Menschen umarmt, von denen sie die meisten noch nie gesehen hatten. Sie bekamen Blumensträuße, für die sie keine Verwendung hatten und wurden auf Veranstaltungen mitleidig begutachtet. Doch wie alles in Hollywood und Umgebung, verflog das Interesse an den beiden nun verwaisten jungen Männern bereits nach kurzer Zeit. Anthony nahm seine Ausbildung wieder auf und entschied sich dazu, in die Fußstapfen seines Vaters zu treten. Sicher, der Tod seiner Eltern hatte Spuren hinterlassen, doch er würde sich dadurch nicht aufhalten lassen.

Harry litt stärker. Er wurde rastlos, verkraftete den Verlust seiner Mutter nur sehr schwer und schien den Boden unter den Füßen zu verlieren. Nachdem die beiden ihr beachtliches Erbe angetreten hatten, investierte Anthony vor allem in Immobilien.

Harry entschied sich für einen bodenständigen Lebensstil, weit ab von dem Trubel Hollywoods. Er reiste viel umher und ließ sich schließlich in Philadelphia nieder.

Doch Anthony konnte nie verstehen, warum Harry einen Lebensweg einschlug, bei dem sein Potenzial so wenig ausgeschöpft wurde. Er hätte so viel mehr aus seinem Leben machen können. Aber stattdessen behandelte er Rentner in einem Vorort, hatte eine kleine Gemeinschaftspraxis und bewirkte in Anthonys Augen nur sehr wenig.

Bei dem Gedanken an Harry wurde Anthony etwas schwer ums Herz und er fand in die Gegenwart zurück. Er schaute noch ein letztes Mal auf den Grabstein seiner Eltern und wandte sich schon zum Gehen, als ihm ein Brief auffiel, der unter einen Stein geklemmt worden war. Sein

Name stand dort in Harrys sauberer, leicht ge-
schwungener Handschrift.

Er hob den Brief auf, steckte ihn in seine
Jackentasche und ging langsam zum Ausgang des
Friedhofs. Er kaufte sich einen Kaffee und stieg
in ein Taxi, um ins Krankenhaus zu fahren, wo
seine Schicht in weniger als einer Stunde beginnen
würde.

Kapitel 5

Der Nachmittag verlief friedlich. Anthony versuchte zwischen zwei Patienten erneut, Harry zu erreichen, doch der hatte sein Handy immer noch ausgeschaltet. Wahrscheinlich befand er sich jetzt gerade auf dem Flug nach Philadelphia und würde deswegen erst am Abend wieder erreichbar sein.

Als es 20 Uhr war überlegte Anthony, ob er nicht noch etwas länger bleiben sollte. Er musste die Akten aufarbeiten, die am Vortag liegengeblieben waren und in der nächsten Woche stand eine Operation an, die einiges an Vorbereitung verlangte. Doch zu den brummenden Kopfschmerzen, die ihn schon den ganzen Tag begleiteten und mit großer Wahrscheinlichkeit auf seinen Alkoholkonsum vom Vorabend zurückzuführen waren, kam nun noch ein stechender Schmerz in den Schläfen hinzu.

Er entschied sich deshalb dafür, ausnahmsweise pünktlich Feierabend zu machen und sein Auto abzuholen, das immer noch vor der Bar stand, wo er es abgestellt hatte.

Die Schmerzen wurden stärker und zu dem Stechen in den Schläfen gesellten sich nun auch noch Muskelschmerzen und Schüttelfrost. So einen heftigen Kater hatte er noch nie in seinem Leben, er wurde wohl tatsächlich langsam alt. Immerhin lag sein 40. Geburtstag in nicht mehr allzu weiter Ferne.

Er nahm seine Jacke von dem Kleiderhaken neben der Tür, schwang sie sich locker über die Schulter und nahm sich ein Taxi bis zur Bar, um sein Auto dort abzuholen.

Als er vor seinem Auto stand und in seiner Jackentasche nach dem Autoschlüssel kramte, ertasteten seine Finger plötzlich ein Papier, das bereits leicht zerknittert war. Er stockte, als er sich an den Brief von Harry erinnerte und ihn aus der Jackentasche zog. Abgelenkt öffnete er die Autotür und ließ sich hinters Steuer gleiten, dann öffnete er den Brief, den sein Bruder neben dem Grabstein ihrer Eltern für ihn deponiert hatte.

Das Papier war dünn und knittrig, es trug das Wappen des Hotels, in dem Harry sein Zimmer gemietet hatte. Sein Bruder hatte den Brief also wahrscheinlich am Abend zuvor, nach ihrem Streit, geschrieben.

Lieber Anthony,

mir fallen zwar gerade auch zahlreiche andere Anreden für dich ein, mit denen ich diesen Brief lieber beginnen würde, doch es schickt sich nicht, einen Brief mit einem Schimpfwort anzufangen und außerdem möchte ich auch nicht versuchen, dich zu beschimpfen oder einen Schuldigen zu suchen. Ich möchte versuchen, dir zu erklären, was ich so viele Jahre mit mir herumgetragen habe.

Du hast während unseres Streits gesagt, ich sei rastlos auf der Suche nach etwas, was ich wahrscheinlich nicht einmal selbst definieren könne. Du hast recht, ich bin auf der Suche, auf einer Suche, die mich in den letzten zehn Jahren nicht hat Schlafen lassen, die mich täglich quält, die mich verändert hat. Ich bin auf der Suche nach der Fähigkeit, zu vergeben.

Dir zu vergeben, weil du nicht für mich da warst, obwohl du das als großer Bruder sein solltest. Und ich meine nicht nur den Todestag unserer Eltern, ich meine die vielen Jahre davor, in denen du einfach nicht anwesend warst. Du hast dich immer schon auf deine Karriere, deine Freundschaften, deinen Spaß konzentriert. Die Menschen, die du als Familie bezeichnet hast, waren dir stets egal. Wir waren dir so egal, dass du nicht einmal etwas mitbekommen hast.

Doch vor allem versuche ich seit Jahren, Dad zu vergeben. Dad, den du anhimmelst und dem du nacheiferst. Dad, der dein größtes Vorbild ist und der lange Zeit auch das Meine war. Dad, ohne dessen Verhalten und Schuld unsere Eltern heute wahrscheinlich noch leben würden.

Ich habe dir nie von der Zeit vor dem Unfall erzählt und auch nicht von den Umständen, die zu dem verhängnisvollen Unfall führten. Zum Teil, weil ich es *nicht konnte und zum Teil, weil ich dich schützen wollte. Ich wollte, dass wenigstens das Weltbild von einem von uns intakt blieb, auch wenn das meine schon zwei Jahre vor dem Tod unserer Eltern in tausend Stücke zerbarst ist.*

Anthony musste schlucken. Ihm war schon lange aufgefallen, dass damals etwas vorgefallen sein musste. Dass Harry ihn manchmal von der Seite beobachtete, wenn sie sich sahen und dass er ihn feindselig betrachtete. Er hatte das stets auf Neid und Eifersucht zurückgeführt. Schließlich lebte er den Traum ihres Vaters. Er war erfolgreich, war in die Fußstapfen des bekannten Chirurgen getreten und hatte nicht nur Geld, sondern genoss auch ein hohes Ansehen. Dass Harry ihn aus anderen Gründen so ansah, wie er es tat, war Anthony in seinem Hochmut und seiner Arroganz nie in den Sinn gekommen. Er musste zugeben, dass er sich dafür nun ein wenig schämte. Sein Blick war verschleiert und er musste mehrere Male blinzeln, ehe er die Handschrift seines Bruders wieder klar erkennen konnte.

Ich habe Dad damals gesehen, mit der Frau, Daisy, deren Name ich zu diesem Zeitpunkt noch nicht kannte. Ich war mit einigen Collegefreunden in einer Bar in der Innenstadt als ich sie sah. Hand in Hand, standen sie auf dem Gehweg vor der Bar und küssten sich zum Abschied, als ein Taxi anhielt, in das sie sich setzte.

Dad hatte mich nicht gesehen, er lächelte und ging

dann in die andere Richtung davon. Ich wusste nicht, was ich tun sollte. Mum konnte ich davon nichts erzählen, du warst wie immer nicht da, auf irgendeiner Collegereise und ich traute mich auch nicht, Dad direkt anzusprechen.

Doch von diesem Moment an konnte ich ihn nicht mehr mit den gleichen Augen sehen. Der Vater, zu dem ich mein Leben lang aufgeschaut hatte. Den ich anhimmelte, für dessen Erfolge ich mich freute und dessen Leben mir so perfekt erschien. Dieser Vater existierte für mich nicht mehr. Stattdessen war da dieser Mann in unserem Haus. Der Mann, der Mum und uns betrog, der sich hinter unserem Rücken mit einer jungen Frau traf, die kaum älter war als du, der ein verlogener Scharlatan war.

Es dauerte noch knapp zwei Jahre, bis unsere Mutter ihm auf die Schliche kam. Daisy rief eines morgens bei uns an, auf unserem Haustelefon und war bestürzt darüber, dass Mum ans Telefon ging. Ich hörte das Telefonat auf dem Zweittelefon in der Küche mit an.

Unsere Mutter war gefasst, wahrscheinlich dachte sie am Anfang noch, es müsse sich um eine Verwechslung handeln oder einen dummen Streich. Doch die junge Frau am anderen Ende der Leitung war aufgedreht und nervös.

Sie erzählte, Dad habe ihr gesagt, er hätte bereits vor einem halben Jahr die Scheidung eingereicht und wir seien aus dem Haus ausgezogen, in das sie nun bald einziehen würde. Zusammen mit ihm und dem Baby, das sie erwarteten.

Mum bat sie um Beweise, doch ich konnte aus ihrer Stimme heraushören, dass sie der Frau bereits glaubte. Sie brauchte keine Beweise, um zu wissen, dass Dad ihr untreu war. All die Konferenzen, abendlichen Besprechungen und Geschäftsreisen. Sie ergaben nun einen Sinn.

Als Dad an diesem Abend nach Hause kam, wartete unsere Mutter bereits im Arbeitszimmer auf ihn. Sachlich und erhaben, wie nur eine Frau sein kann, die um ihren Wert weiß und sich nichts zu Schulden kommen lassen hat, bat sie Vater um ein Gespräch. Sie bestand darauf, dass sie die junge Frau, seine Affäre, am nächsten Tag gemeinsam aufsuchen würden, um mit ihr zu sprechen. Sie forderte eine Aufklärung und sagte, es sei das einzig angemessene, dieser Frau, die scheinbar in kompletter Ahnungslosigkeit schwebte, über den tatsächlichen Stand der Dinge zu unterrichten. Dem nämlich, dass Dad bisher nie ein Wort über eine Trennung hatte fallen lassen. Dass er beiden Frauen etwas vorgespielt hatte und sie zum Opfer seiner Machenschaften geworden waren.

Sie erklärte Dad, dass sie ihn anschließend gehen lassen würde, denn einen Mann, der sie mit einer solchen Illoyalität hintergehe und der dabei auch noch das Herz einer anderen Frau breche, brauche sie in ihrem Leben nicht.

Es wurde ein Treffen vereinbart, nur wenige Tage nach dem Vorfall. Es war ein verregneter Tag, grau und trist, wie er im Mai eigentlich kaum vorkommt. Sie waren auf dem Weg zu dem Treffen mit dieser

Frau, als sie den Autounfall hatten.
Mum war sofort tot, doch Dad war ansprechbar, als
er im Krankenhaus eintraf. Sie haben mich kurz zu
ihm gelassen, was wahrscheinlich keine gute Entsch-
eidung war. In den wenigen Minuten, die mir mit
unserem Vater blieben, habe ich meiner ganzen En-
täuschung und meiner Wut Luft gemacht. Ich habe
ihm gesagt, dass ich schon lange von seiner Affäre
wusste. Schließlich hatte ich mich so in Rage geredet,
dass ich ihm an den Kopf warf, er habe den Autoun-
fall absichtlich verursacht.

Er wusste, dass Mum ihn verlassen würde und er
war sich sicher, dass Daisy dasselbe tun würde, so-
bald sie herausfand, was für ein Mensch er wirklich
war. Er würde die beiden Frauen, die er liebte und die
seinen Status untermauerten, innerhalb von weni-
gen Minuten verlieren. Und nicht nur das, er würde
auch seine Familien verlieren. Die, mit der er in den
letzten 30 Jahren zusammengelebt hatte und die, die
er sich mit Daisy ausgemalt hatte.

Anthony, ich dachte, es sei der schlimmste Moment
in meinem Leben gewesen, meinem Vater so eine Un-
terstellung an den Kopf zu werfen, noch dazu auf
seinem Sterbebett. Doch das stimmte nicht, denn der
Schmerz wurde noch weitaus schlimmer, als er nicht
antwortete. Er schaute mich nur stumm an, aus
seinen kühlen Augen, die ich so lange Zeit gefürchtet
hatte und nun verachtete. Dann löste sich eine Träne
aus seinem Augenwinkel und er starb.

Als ich aus dem Zimmer trat und dich im
Wartebereich sah, war ich unheimlich wütend.

Nicht nur auf Dad, der mein Leben so vollkommen zerstört hatte, sondern auch auf dich. Du warst nicht dagewesen. Ich glaube du vermutest, ich beneide dich oft. Und das tue ich auch, nur nicht um die Dinge, die du denkst. Ich habe dich in den letzten 12 Jahren um dein heiles Weltbild und deine Sorglosigkeit beneidet. Gleichzeitig habe ich es aber nicht übers Herz gebracht, dich einzuweihen. Ich habe meinen Schmerz mit mir herumgetragen, was sicherlich nicht gesund war. Doch ich habe damit wenigstens einem von uns die Möglichkeit gegeben, sein Leben so zu gestalten, wie er möchte.

Bestimmt fragst du dich, was aus Daisy geworden ist und dem Kind, was sie von unserem Vater erwartete. Sie war auf der Beerdigung unserer Eltern, eine blonde Frau, nur geringfügig älter als du. Sie hat leider das Kind verloren. Soweit ich weiß hat sie nie geheiratet oder noch Kinder bekommen. Ich habe sie manchmal am Todestag unserer Eltern auf dem Friedhof gesehen, jedoch nie persönlich ein Wort mit ihr gewechselt. Wahrscheinlich ist es besser so, denn auch wenn uns unser Schicksal verbindet, können wir uns unseren Schmerz nicht nehmen.

Als Anthony wieder klar denken konnte, faltete er die Blätter zusammen und steckte sie sorgfältig zurück in seine Jackentasche. Er wählte die Nummer seines Bruders, doch der ging immer noch nicht ran. Wahrscheinlich war er inzwischen zu Bett gegangen. Er nahm sich vor, es am nächsten Tag nochmal zu versuchen. Dann fuhr er, aufgewühlt, aber auf eine sonderbare Weise auch erleichtert, nach Hause. Er hatte zum ersten Mal seit Jahren wieder die Hoffnung, sich in Zukunft besser mit seinem Bruder verstehen zu können. Gleichzeitig fragte er sich, wie er so blind hatte sein können. Er hatte das Verhalten seines Bruders jahrelang auf sein Vermögen, seinen Status und seine Arbeit bezogen. Nicht ein einziges Mal war ihm in den Sinn gekommen, dass Harry ihn so verachtend ansah, weil Anthony ihn so sehr an ihren Vater erinnerte. Er fühlte sich, als hätte ihn jemand mit einem unsanften Tritt von seinem hohen Ross katapultiert und er wäre schmerzhaft auf dem harten Boden der Realität aufgekommen.

Zu Hause angekommen nahm er eine Aspirin, denn die Kopfschmerzen waren jetzt noch stärker geworden. Er hatte das Gefühl, seine Schläfen würden sich zusammenziehen und auch das Aspirin konnte gegen das Stechen, das ihn immer wieder durchfuhr, nichts ausrichten. Er gönnte sich eine heiße Dusche und war sich sicher, dass er sich am nächsten Morgen bestimmt weitaus wohler fühlen würde. Wenn er gewusst hätte, was in den nächsten Wochen auf ihn zukommen würde, dann hätte er in dieser Nacht sicherlich nicht so tief geschlafen.

Kapitel 6

Als Anthony am darauffolgenden Morgen aufwachte, hatte sich sein Zustand nicht gebessert. Er fühlte sich, als wäre er einen Marathon gelaufen. Neben den Kopfschmerzen hatten sich auch die Muskelschmerzen verschlimmert und er litt an Schüttelfrost. Trotzdem schaffte er es aus seinem Bett, nahm eine Dusche und fuhr ins Krankenhaus. Auf dem Weg zur Arbeit rief er erneut bei Harry an. Er wartete den Piepton ab

„Hallo Harry, ich bin es, ruf mich doch bitte an, wenn du Zeit hast. Die verdammte Zeitverschiebung macht das Ganze irgendwie auch nicht besser. Ich würde aber echt gerne mit dir reden, also, ruf einfach an."

Im Krankenhaus angekommen begrüßte ihn Lucía bereits auf dem Flur. Sie drückte ihm einen Stapel Akten in die Hand. Über Nacht waren einige Patienten in die Notaufnahme eingeliefert worden. Einige von ihnen mussten allem Anschein nach in den kommenden Stunden operiert werden.

Anthony versuchte mit aller Kraft, sich zu konzentrieren. Er behandelte die Patienten auf der

Station, führte Vorgespräche für Operationen und scherzte mit den Krankenschwestern. Doch neben den Schmerzen, die ihn immer noch nicht klar denken ließen, machte sich noch ein anderes Gefühl in ihm breit: Leere.

Er musste an seinen Bruder denken, an die Worte seines Briefes und an das Leben, welches er, Anthony, bisher mit so großer Überzeugung geführt hatte.

Er nahm sich fest vor, seinen Bruder, der bisher immer noch nicht zurückgerufen hatte, heute noch zu erreichen und einen Flug zu buchen, um ihn im Juli zu besuchen. Er hatte die Praxis und die Patienten seines Bruders bisher immer belächelt. Doch nun kam ihm der ungute Gedanke, dass er sich vielleicht getäuscht hatte und dass die Arbeit, die Harry in Philadelphia ausübte, in Wahrheit sehr viel bedeutender war, als er angenommen hatte.

Am Abend waren die Schmerzen so stark, dass Anthony etwas eher Feierabend machen musste. Er hielt es in seinem Büro nicht mehr aus, er brauchte frische Luft, um seine Lungen mit Sauerstoff zu füllen und seine Gedanken zu sortieren. Also fuhr er nach Hause, zog sich bequemere Kleidung an und fuhr zum zweiten Mal in zwei Tagen zum Friedhof, auf dem seine Eltern begraben lagen.

Es wurde bereits dunkel, als er auf den Parkplatz bog und die Luft sich merklich abgekühlt hatte. Er grüßte den Wächter am Eingangstor und schlenderte dann die Wege entlang, bis er zum Grab seiner Eltern kam.

Er schaute auf die Gravur hinab und stellte fest, dass sich das Bild, das er von seinen Eltern hatte, durch Harrys Brief verändert hatte. Er war sich immer der Liebe seiner Mutter bewusst gewesen. Doch er hatte sie gleichzeitig als einen nachgiebigen Menschen in Erinnerung. Als eine Person, die ihrer beruflichen Karriere nicht nachgegangen war, der Familie zuliebe. Sie hatte sich um ihre Kinder gekümmert und war ihrem Mann gegenüber stets loyal gewesen. Dass sie so entschlossen gewesen war, den Vater ihrer Söhne zu verlassen, weil er sie hintergangen hatte und ihr somit zeigte, dass er sie nicht wertschätzte – dass sie so unerschrocken und konsequent gewesen war, erfüllte ihn mit Stolz und er musste sich eingestehen, dass er sie dadurch noch mehr respektierte.

Gleich neben dem Namen seiner Mutter stand der seines Vaters. Des Mannes, der sie verraten hatte. Ihm wurde bewusst, dass sich die Erinnerungen an seinen Vater nun trübten. Nicht, weil er sie verlassen hatte und einen Neuanfang mit einer jüngeren Frau beginnen wollte. Sondern weil er die Prinzipien der Aufrichtigkeit und Transparenz, die er seinen Söhnen sein Lebtag gepredigt hatte, selbst so wenig befolgt hatte. Er hatte nicht nur seine Frau, Kinder und Affäre betrogen, sondern gleichzeitig auch die Weltanschauung, die er mit so großer Überzeugung vertreten hatte.

Das stellte Anthony vor die Frage, wie er sich selbst verhielt. Stand er zu 100 Prozent hinter dem, was sein Lifestyle und sein Umgang mit den Beziehungen in seinem Leben verkörperten? Oder hatte er diesen Weg vielleicht eingeschlagen, weil er sich leichter anfühlte?

Sicher, Arbeit und Status verlangten ihm viel Arbeit ab, doch es blieb ihm erspart, sich mit seelischen Vorgängen auseinanderzusetzen. Er musste nicht darüber nachdenken, wie er Konflikte mit Menschen führte, denn diese Personen und die Beziehungen zu ihnen waren ihm grundsätzlich ziemlich egal. Seine Freundschaften waren oberflächlich, tiefere Gefühle ließ er nicht zu. Es traf ihn wie ein Schlag, als ihm klar wurde, dass er nicht einmal die Beziehung zu seinem Bruder aufrechterhalten hatte. Er hatte gespürt, dass es einen Konflikt gab und sicher, Harry hätte ihm früher von den eigentlichen Gründen für sein Verhalten erzählen können. Doch wenn Anthony ehrlich war, dann musste er zugeben, dass er auch nie weiter nachgefragt hatte.

Diese Erkenntnis begleitete ihn auf dem Weg zurück zu seinem Auto und er ärgerte sich ein wenig, denn eigentlich hatte er nur etwas Luft schnappen wollen. Dass er dabei von so vielen Emotionen überrollt werden würde, hatte er nicht eingeplant. Er war es nicht gewohnt, sich leer zu fühlen. Doch der Lebensstil, der ihn die letzten Jahre begleitet hatte und auf den er so stolz gewesen war, um den ihn so viele beneideten, erschien ihm jetzt wie eine einzige Lüge.

Als er beim Auto ankam, vibrierte sein Handy. Es war Harry, der endlich zurückrief. Anthony war immer noch aufgewühlt, die Gedanken schwirrten ihm durch den Kopf und sein Zustand wurde durch die Kopfschmerzen, die sich auch durch den frischen Sauerstoff nicht gelindert hatten, nur verschlimmert.

„Hallo Anthony, tut mir Leid, ich musste nach meiner Rückkehr erstmal einiges an Arbeit aufholen. Wie geht es dir?"

Anthony fiel auf, dass sein Bruder müde klang. Doch es gelang ihnen, ein Gespräch aufzubauen. Zum ersten Mal seit Jahren hatte er das Gefühl, mit Harry wirklich sprechen zu können und seinem Bruder ging es scheinbar ähnlich. Er freute sich darüber, dass Anthony seinen Brief gelesen hatte. Er betonte, dass er kein Mitleid von seinem großen Bruder wollte, sondern lediglich erleichtert darüber war, dass sie sich nun austauschen konnten und dieses unausgesprochene Geheimnis, dass sie seit über 12 Jahren begleitete, nicht länger zwischen ihnen stand.

„Ich habe mir überlegt, dich nächsten Monat zu besuchen! Oder höchstens in zwei Monaten. Was hältst du davon? Hast du Zeit? Du könntest mir zeigen, wie du da drüben in Philly so lebst, wie deine Praxis aussieht und vielleicht kann ich ja auch deine Freunde kennenlernen?"

Anthony sprach mit der Euphorie, wie sie nur jemand fühlen kann, der gerade in ein tiefes

Loch gefallen ist und sich trotzdem auf eine seltsame Art und Weise beflügelt fühlt, weil er endlich die Augenbinde abnehmen und sein Problem erkennen konnte. Die Art Übermut, die dann abnimmt, wenn es an die Lösung des Problems geht und der Alltag mit all seinen Tücken einsetzt.

„Ähm", Harry fühlte sich etwas überrumpelt „ja natürlich, klar, das ist eine gute Idee."

Er freute sich für seinen Bruder und auch wenn er vermutete, dass die Euphorie bis Juli deutlich abgekühlt sein würde, so sah er jetzt einen Lichtstreif der Hoffnung am Horizont. Er hatte der Lebensweise seines Bruders nie etwas abgewinnen können und war sich immer schon sicher gewesen, dass diesem irgendwann auffallen würde, wie leer und einsam sein Leben eigentlich war, wenn die Partys zu Ende waren und das Licht im Krankenhausbüro ausging.

Bevor sie auflegten, nahmen sie sich vor, von nun an auf jeden Fall einmal im Monat zu telefonieren. Es war ein Anfang, der sie in die richtige Richtung führte und sie hätten sich beide gewünscht, noch viel mehr Zeit zur Verfügung gehabt zu haben, um ihre Beziehung aufzubauen und zu stärken.

Kapitel 7

Auch an den darauffolgenden Tagen ließen die Schmerzen nicht nach. Als Anthony am Montag immer noch an starken Kopfschmerzen, Muskelschmerzen und Verspannungen im Rücken litt, entschied er, dass es an der Zeit war, einen Arzt aufzusuchen. Seine Kollegen, die Krankenschwestern und die Patienten auf seiner Station bemerkten ebenfalls, dass etwas mit dem Chefarzt nicht stimmte.

Anthony war jedoch jemand, der noch nie viel über sein Privatleben preisgegeben hatte. Sie trauten sich deshalb nicht, nachzufragen oder weitere Nachforschungen anzustellen. Lediglich Lucía, die Anthony mehrmals täglich auf dem Krankenhausflur begegnete, machte sich ernsthaft Sorgen um den Arzt. Doch als er auf mehrere ihrer Nachfragen nur mit einem Schulterzucken reagierte und sie wieder an die Arbeit schickte, gab auch sie auf.

Es war viel los im Krankenhaus. In diesem und den kommenden Monaten standen zahlreiche Routineuntersuchungen bei Patienten an, die in den letzten Monaten und Jahren operiert worden waren. Viele von ihnen würde Anthony durchführen müssen, denn da er weder Frau noch Kinder hatte, wurde er zu Extraschichten eingeteilt. Als Chefarzt fand er außerdem, dass diese Aufgabe Teil seiner Verantwortung war. Unter normalen Umständen hätte er den Aufwand gar nicht als Last wahrgenommen, doch seit dem vergangenen Donnerstag, an dem auf emotionaler Ebene so viel in ihm vorgegangen war, fühlte er sich rastlos.

Es fiel ihm zunehmend schwer, sich auf die Aufgaben im Krankenhaus zu konzentrieren und er merkt, wie seine Gedanken immer häufiger abschweiften.

An diesem Morgen hatte er Mr. Peterson in seinem Zimmer einen Besuch abgestattet. Es war eine der zahlreichen Untersuchungen, die notwendig waren, ehe ein Patient entlassen werden konnte. Mr. Peterson war ein aufgeweckter Mann, der mit großen Schritten auf die 70 zuging. Immer interessiert, doch nie unangenehm.

Anthony mochte diese Art Patienten. Sie wussten, dass sie eine komplizierte Operation am Herzen überstanden hatten und freuten sich über den Tag, an dem sie leben konnten. Sie schienen ihr Leben weitaus mehr zu genießen als andere Menschen, die vielleicht noch nie mit einer Operation oder einem anderen gesundheitlichen Problem konfrontiert worden waren. Woran das genau lag, konnte er nicht genau sagen. Doch wahrscheinlich hing es damit zusammen, dem Tode nah gewesen zu sein und sich dadurch der Tatsache bewusst zu werden, dass man eigentlich noch so viel mehr erleben wollte in seinem Leben.

„Dr. Taylor, ich habe den Verdacht, Sie hören mir gar nicht zu!",

Anthony sah Mr. Peterson verdutzt an. Dieser lächelte etwas verschmitzt. „Ist es vielleicht eine junge Dame, die Ihre Gedanken so auf Trapp hält?", bei diesen Worten zwinkerte er Anthony zu.

Doch der schüttelte nur den Kopf und bedeutete dem älteren Herrn still zu sein, damit er ihn gründlich abhören konnte. Es schien alles in bester Ordnung zu sein und Mr. Peterson würde in einigen Tagen entlassen werden können. Darauf freute er sich besonders, endlich wieder bei seiner Familie und seiner Frau sein zu dürfen. Die beiden waren schon über 45 Jahre verheiratet, doch der alte Herr war auch jetzt noch jeden Tag entzückt, wenn sie ihn im Krankenhaus besuchte.

Ihr Foto stand auf seinem Nachtisch und wann immer eine Krankenschwester zu ihm ins Zimmer kam, erzählte er ihr von den Leckereien, die seine Frau an diesem Tag für ihn ins Krankenhaus geschmuggelt hatte. Da er sie bereits aufgegessen hatte, konnten sie ihm schließlich nicht mehr weggenommen werden, berichtete er dann mit einem breiten Grinsen.

Am Dienstag waren die Schmerzen in Anthonys Kopf so stark, dass er den Arztbesuch unmöglich länger aufschieben konnte. Er meldete sich nach der Mittagspause bei Lucía ab und sagte ihr, die anderen Untersuchungen müssten an diesem Nachmittag von seinen Kollegen übernommen werden. Die Krankenschwester klang besorgt, denn er meldete sich normalerweise nie krank und nun waren es bereits zwei Nachmittage in weniger als einer Woche, an denen er nicht zur Arbeit erscheinen konnte. Er setzte sich ins Auto und fuhr geradewegs zu seinem Hausarzt. Das Krankenhaus hatte zwar sehr gute Spezialisten, doch er war seit Jahrzehnten bei demselben Arzt und wollte diesen auch nicht aufgeben, bis er in Rente ging. Als er in der Praxis ankam, war es dort ruhig. Ungewöhnlich ruhig für einen Dienstagnachmittag, wie es Anthony vorkam. Doch die Sekretärin klärte ihn auf:

„Dr. Fraser arbeitet mittlerweile nur noch vormittags. Er hat extra für Sie eine Ausnahme gemacht und wartet bereits im Behandlungszimmer auf Sie. Gehen Sie ruhig gerade durch, Ihre Jacke können Sie mir geben."

Dr. Fraser saß in seinem großen Ledersessel hinter dem massiven Eichenholztisch. Gerade so, wie man sich einen Arzt vorstellt, dachte sich Anthony und musste bei diesem Anblick leicht schmunzeln.

Er kannte Dr. Fraser schon, seitdem er ein Junge war. Der Arzt, der mit Sicherheit bald in Pension gehen würde und es schon längst getan hätte, wenn er sich dem Arztleben nicht mit Haut und Haaren verschrieben hätte, lächelte ihn an als er eintrat.

Sie wechselten ein paar Worte zur Begrüßung, Dr. Fraser war ein Freund seines Vaters gewesen, dann fragte er Anthony geradeheraus, warum er um einen Termin gebeten hatte.

Anthony schilderte seine Beschwerden und ließ bei seiner Erzählung nicht aus, dass er am Donnerstag, als die Schmerzen zum ersten Mal so stark wurden, davon ausgegangen war, sie kämen nur von einem Kater. Doch als sie auch nach nunmehr vier Tagen nicht besser, sondern eher noch schlimmer geworden waren, fing er an, sich Sorgen zu machen.

Dr. Fraser hörte ihm aufmerksam zu und notierte sich die Einzelheiten und die Orte der Schmerzen. Er schien etwas verwirrt zu sein, denn die Beschwerden passten auf den ersten Blick nicht zusammen. Anthony hatte Kopf- und Muskelschmerzen. Hinzu kamen die Verspannungen. Letztere hingen mit sehr großer Wahrscheinlichkeit mit den Muskelschmerzen zusammen. Er hatte sich in den letzten Tagen nicht körperlich überanstrengt und auch sein Arbeitspensum war schon einmal weitaus größer gewesen als in den letzten Wochen. Dr. Fraser sagte Anthony deshalb, er solle sich zunächst einmal nicht allzu große Sorgen machen, er werde vorsichtshalber jedoch Untersuchungen durchführen, um mögliche Krankheiten auszuschließen und der Ursache für Anthonys Schmerzen auf den Grund zu gehen. Die Termine wurden für die kommenden Tage derselben Woche vereinbart, dann konnte Anthony wieder nach Hause gehen.

Seine Schmerzen waren mittlerweile so stark, dass ihm das Autofahren schwerfiel. Er konnte sich nicht konzentrieren, schleppte sich zu Hause angekommen aufs Sofa und verbrachte dort den Abend.

Der Rest der Woche verlief recht gut. Anthony arbeitete weiter, wie bisher, bereitete sich auf eine Operation vor, die für den Samstag angesetzt worden war und führte die Voruntersuchungen mit dem Patienten durch.

Es handelte sich um einen Mann Ende fünfzig, der vor einigen Jahren einen Herzschrittmacher bekommen hatte. Aus den Gesprächen mit ihm und seiner Frau konnte Anthony entnehmen, dass Herr Wellington sich sehr auf die Zeit nach der Operation freute. Die beiden hatten eine gemeinsame Reise geplant. Sobald er sich von dem Eingriff erholte, würden sie ihre Sachen packen und eine Rundreise durch Europa unternehmen.

Doch nicht etwa eine dieser Pauschalreisen, bei der man in einem Bus voller Touristen jeden Tag durch mehrere Städte gekarrt wird, kurz aussteigen kann, um Fotos zu knipsen, den Großteil der Reise jedoch letztendlich im Reisebus verbringt. Sie wollten eine persönliche Reise, eine, die auf ihre Bedürfnisse abgestimmt war.

Sie würden sich ein Auto mieten und besonders die kleinen Orte abfahren, um sich unter die

Einheimischen zu mischen und ihre Kultur kennenzulernen. Den Anfang wollten sie in Italien machen und besonders Mrs. Wellington war gespannt auf die Insel Capri.

Sie hatte schon viel von den verträumten Dörfern und Tälern Italiens gehört, war selbst aber noch nie dort gewesen.

Anthony konnte an der Art, wie Mr. Wellington seine Frau ansah erkennen, dass er für sie ans Ende der Welt gegangen wäre. Er wäre mit einer ebenso großen Begeisterung wahrscheinlich auch an den Nordpol gereist.

Anthony freute sich über den Gesprächsverlauf mit den Wellingtons. Die Operation war zwar nicht einfach, doch er war zuversichtlich, dass sie ohne weitere Probleme verlaufen würde. Mr. Wellingtons Gesundheitszustand war soweit einwandfrei. Er hatte sich fit gehalten, gesund ernährt und einen ausgewogenen Lebensstil. Die Vorfreude auf die Reise stimmte ihn positiv und die Einstellung des Patienten spielte mitunter eine wichtige Rolle für den Erholungsprozess nach der Operation.

Am Freitagabend bekam Anthony einen Anruf von Dr. Fraser. Er wunderte sich, denn er hatte zwar seine Privatnummer in der Praxis angegeben, hatte aber nicht damit gerechnet, außerhalb der Praxiszeiten seines Arztes noch angerufen zu werden. Er kannte Dr. Fraser lange genug, um aus seiner Stimme herauszuhören, dass etwas nicht stimmte. Er fragte nach, doch der Arzt wollte nicht mit der Sprache herausrücken. Er beorderte Anthony für den nächsten Morgen in die Praxis, was diesem eigentlich gar nicht passte, denn für 11 Uhr war die Operation von Mr. Wellington angesetzt.

Doch der Arzt blieb hartnäckig. Als Anthony auflegte, hatte er ein mulmiges Gefühl im Magen. Er hatte die Schmerzen in den letzten Tagen mit Hilfe von Paracetamol und Aspirin etwas in den Hintergrund drängen können und seine Aufmerksamkeit stattdessen anderen Dingen zugewandt.

Er wusste aus seiner Erfahrung als Arzt, dass es den Patienten niemals etwas nützte, sich schon während der Untersuchungen allzu große Sorgen zu machen. Sie gerieten dadurch in Panik, was ihren Gesundheitszustand nur verschlechterte.

Doch Anthony wusste aus eigener Erfahrung ebenfalls, wie ein Arzt klang, wenn er eine schlechte Nachricht überbringen musste.

Die ganze Nacht über wälzte er sich in seinem Bett hin und her. Er konnte beim besten Willen nicht einschlafen und musste plötzlich an all die Dinge denken, die er eigentlich noch erleben wollte.

Er hatte geglaubt, ein erfülltes Leben zu führen. Er hatte einen guten Job, war finanziell abgesichert und hatte sich bisher nur auf Menschen eingelassen, mit denen er sich wohlfühlte. In seiner Jugend hatte er Abenteuer erlebt, war gereist und hatte wenig Verantwortung übernommen. Doch hatte sich daran in den letzten Jahren etwas geändert?

Bei näherer Betrachtung viel ihm auf, dass er immer sehr großen Wert auf seine Unabhängigkeit gelegt hatte, ohne sich darüber im Klaren zu sein, dass er im Leben seiner Mitmenschen dadurch eigentlich keine tragende Rolle spielte.

Im Krankenhaus, in dem er die meiste Zeit seines Alltags verbrachte, war er zwar wichtig, aber keinesfalls unabdingbar. Er hatte kaum persönlichen Kontakt zu den Kollegen oder Patienten. Wenn er dort nicht mehr arbeitete, würde ein anderer ambitionierter Arzt seine Rolle übernehmen.

Im Privatleben stand es bei ihm ähnlich. Die Frauen, die Teil seines Lebens hatten werden wollen, hatte er erfolgreich auf Abstand gehalten. Er hatte ihnen klare Grenzen aufgezeigt und ihnen bewusst gemacht, dass er sie nicht emotional an sich heranlassen würde. Doch das galt im Gegenzug für sie ganz genauso. Sie waren nicht auf ihn angewiesen. Nicht im emotionalen Sinn und schon gar nicht im finanziellen.

So vergingen die Stunden und Anthony schlief in dieser Nacht erst in den frühen Morgenstunden ein. Er schaffte dies auch nur, weil er sich vor Augen führte, wie wichtig seine Konzentrationsfähigkeit während der Operation am Vormittag sein würde.

Als er in der Arztpraxis von Dr. Fraser erschien, fühlte er sich nicht nur erschöpft und müde. Er hätte gar nicht in Worte fassen können, welche Emotionen ihn durchliefen, so aufgewühlt war er.

Als er an die Tür des Arztes klopfte und hereingerufen wurde, erschien es ihm plötzlich, als würde er von einer inneren Ruhe ergriffen werden. Während das Chaos um ihn herumwirbelte, ging er durch den Raum auf seinen Arzt zu, als befände er sich im Auge eines Wirbelsturms. Er schaute Dr. Fraser, dem Arzt, der ihn nun über so viele Jahre begleitet hatte, in die Augen und stellte nur eine einzige Frage:

„Wie viel Zeit habe ich noch?"

Kapitel 8

Der Fahrtweg zum Krankenhaus kam Anthony an diesem Tag wie eine Ewigkeit vor. Er parkte sein Auto auf dem Parkplatz, wie er es seit Jahren jeden Morgen tat. Dann stieg er aus, warf sich die dünne Sommerjacke über die Schulter und ging auf den Eingang zu. Auf seiner Etage angekommen begrüßte er die Krankenschwestern, Lucía gab ihm ein Update, während sie im Laufschritt neben ihm hereilte, um Schritt halten zu können. Er ging in sein Büro, zog sich um und anschließend musste er sofort in den OP-Saal, denn er war spät dran. Mr. Wellington war bereits auf die Operation vorbereitet worden und der Anästhesist befand sich an seinem Platz. Die Operation würde in wenigen Minuten beginnen und er, Anthony, würde sich verdammt noch mal zusammenreißen. Dieser Mensch dort auf der Liege vertraute ihm und seinen Fähigkeiten zu 100%. Er würde seine Arbeit gut machen, wie er es immer tat und anschließend hätte er genug Zeit, um sich über die Zukunft Gedanken zu machen.

Bevor er in den Operationssaal trat atmete er tief durch. Die nächsten Stunden würde er sich vollständig auf seinen Patienten konzentrieren müssen. Er redete sich ein, dass er dieser Aufgabe gewachsen war. Er hatte bisher noch nie daneben gelegen. Auf seine Hände und seinen Verstand war Verlass. Das Legen eines Herzschrittmachers war zwar eine Operation, die seine volle Konzentration forderte, es handelte sich für ihn jedoch eigentlich um einen Routineeingriff.

Die ersten 20 Minuten der Operation verliefen ohne Zwischenfall. Doch dann spürte Anthony, wie seine Hand während eines kleinen Schnitts eine Sekunde lang erzitterte. Die Bewegung wurde von den anderen Ärzten im Raum, sowie den Krankenschwestern nicht wahrgenommen, so klein war sie. Doch sie reichte aus, um eine Kettenreaktion auszulösen.

Nun ging plötzlich alles ganz schnell. Der Puls von Mr. Wellington fiel rapide ab. Er reagierte nicht auf die Rettungsversuche der Krankenschwestern und der anderen Ärzte und sein Zustand verschlimmerte sich von Sekunde zu Sekunde, bis nur noch ein durchgehendes Piepen aus den Maschinen drang.

Es hallte in Anthony wider, es schien mit voller Wucht durch seine Ohren zu rauschen. Er versuchte alles, was in seiner Macht stand – doch es war zu spät.

Zwei Sekunden an diesem Vormittag hatten dazu geführt, dass sich Anthonys Schicksal drastisch änderte. Doch so dramatisch die Situation war, Anthony konnte Monate später nicht sagen, ob er sie hätte rückgängig machen wollen würde. Denn diese Sekunden beinhalteten neben ihrer Dramatik und ihrem Schmerz auch das unendliche Glück, dem er einige Monate später gegenüberstehen würde.

Anthony erinnerte sich nicht mehr daran, wie er das Krankenhaus verlassen hatte. Erst am Abend, als er in seinem Bett lag und zur Decke emporschaute, kamen die Erinnerungsfetzen zurück.

Er sah sich aus der Vogelperspektive, wie er die Operationskleidung von sich riss, aus dem Saal stürmte und geradewegs in sein Büro marschierte. Er griff nach seinem Aktenkoffer und seiner Jacke, dann verschwand er durch den Hinterausgang. Im Vorbeigehen rief er dem verdutzten Assistenzarzt, der jetzt ebenfalls auf den Flur hinausgetreten war, zu:

„Kümmern Sie sich bitte um alles notwendige und verständigen Sie auch die Angehörigen."

In seinem Haus angekommen schlug er die Eingangstür hinter sich zu, schmiss den Schlüssel achtlos auf die Kommode und ging ins Wohnzimmer, um sich einen Whiskey einzuschenken.

Es waren bereits vorher Menschen bei Operationen gestorben. Das kam vor, besonders bei der Kardiochirurgie. Es war ein natürlicher Teil der Arbeit, die er nun schon seit mehreren Jahren ausübte. Doch noch nie in seinem Leben hatte er sich so schuldig gefühlt.

Ihm war bewusst, dass man ihn nicht zur Rechenschaft ziehen würde. Aus rechtlicher Sicht war das unmöglich, denn er hatte keinen offensichtlichen Fehler begangen. Eine Operation barg immer ihre Risiken. Doch das änderte nichts an der Tatsache, dass Mrs. Wellington ihren Mann nie wieder in den Armen halten würde. All die Träume, all die Urlaubspläne, sie waren innerhalb weniger Sekunden wie eine Seifenblase zerplatzt.

Anthony wusste, dass er eigentlich nicht hätte operieren dürfen. Er hatte erst kurze Zeit vorher eine einschneidende Diagnose erhalten und war unmöglich in der Lage gewesen, seinen psychischen Zustand zu stabilisieren, was für eine solche Operation notwendig gewesen wäre.

Verdammt nochmal, Anthony schleuderte das Glas gegen die Wand und Splitter, sowie Whiskey flogen quer durch den Raum. Wie hatte er so egoistisch und unprofessionell handeln können? Er hatte seine persönlichen Interessen über die des Patienten gestellt und den Tod dieses Menschen in Kauf genommen, um sein Bild zu wahren.

Wem hatte er etwas beweisen wollen?

Sich selbst?

Den anderen Ärzten?

Er hatte gegen das oberste Gesetz seiner Karriere verstoßen. Ganz egal, wie wichtig es ihm war, erfolgreich zu sein. Niemals im Leben hätte er einen Patienten in Gefahr bringen dürfen, um sein Ego zu stärken.

All das Adrenalin, das sich über den Tag hinweg in ihm aufgestaut hatte, entlud sich nun plötzlich. Anthony nahm die Whiskeyflasche und schleuderte sie gegen das Bild, das über seinem Sofa hing. Die goldene Flüssigkeit tropfte auf den teuren Stoff und hinterließ dunkle Flecken. Bei dem Aufprall war die Flasche in tausend Stücke zerbrochen, einige Scherben steckten in der Leinwand, die anderen flogen durch das Wohnzimmer und verteilten sich auf dem hellen Boden. Der kleine Tisch, sowie die Lampe, die auf ihm gestanden hatte, mussten ebenfalls dran glauben. Er schmiss die Möbelstücke durch den Raum und als er schließlich schwer atmend innehielt und sich umschaute, war der Raum kaum wiederzuerkennen.

Wie konnte ein einziger Tag das Leben dermaßen aus den Fugen bringen? Und was würde er nun als nächstes machen? Eins stand fest: ins Krankenhaus konnte und wollte er nicht zurückkehren.

Noch am selben Abend fuhr er auf den nun beinahe leeren Parkplatz der Klinik. Er sah die Lichter hinter den Fenstern der Station brennen, in einigen Zimmern waren die Gardinen bereits zugezogen worden. Mit einem Seufzer zog er den Briefumschlag mit seiner Kündigung aus der Tasche seiner Jacke und steckte ihn in den Briefschlitz an der Rezeption.

Kapitel 9

Anthony spürte die salzige Meeresluft, die seine Haare zerzauste und sich schon jetzt als angenehme Schicht auf seiner Haut ausbreitete. Die Sonne schien, eine leichte Brise wehte vom Meer zu ihm hinüber und er genoss die Aussicht aus seinem Wohnzimmer, während er zum ersten Mal in Tagen wieder richtig durchatmen konnte. Die letzte Woche hatte er damit verbracht, den neuen Chefarzt des Krankenhauses einzuweisen, sein Haus in den Beverly Hills zu verkaufen und auch seinen anderen Besitz weitestgehend loszuwerden. Er hatte sich ein Cabrio zugelegt. Kein neues, schnittiges Modell, denn lange würde er das Auto eh nicht benötigen. Aber es erfüllte seinen Zweck, denn er wollte in den kommenden Wochen die Gegend erkunden und sich auf seinen Spritztouren vor allem über die frische Seeluft freuen.

Am Abend zuvor war er in seinem Ferien- und Wochenendhaus in Malibu angekommen. Doch auch wenn er hier bereits mehrere Sommer verbracht hatte, erschien ihm nun alles fremd und neu. Die lange Auffahrt, die zu seinem Haus führte, war von Büschen und Sträuchern gesäumt, die in den letzten Monaten ein beachtliches Stück gewachsen waren. Das Haus wirkte größer, jetzt, wo er dort allein war. Dabei fiel ihm auf, dass er in diesem Anwesen vorher noch nie allein gewesen war. Es war immer von Menschen gefüllt gewesen, die mehrere Tage oder sogar Wochen blieben, wilde Partys feierten und in Scharen zum Strand hinabschlenderten. Wenn einmal keine Feier anstand, dann war er in weiblicher Begleitung gekommen.

Als er nun am Fenster des Wohnzimmers stand, fielen ihm zum ersten Mal dessen Dimensionen auf. Er drehte sich um und schaute sich im Raum um. Das gesamte Haus war in einem minimalistischen Stil eingerichtet. Er würde noch am selben Tag veranlassen, dass man sein Bett in dieses Zimmer stellte. Das Wohnzimmer mündete zwar in einen offenen Ess- und Küchenbereich, doch er erwartete eh keine Gäste. Es machte also keinen Unterschied, ob sein Bett in der Mitte des Wohnzimmers stand. Obwohl doch, für ihn machte es einen enormen Unterschied. Er würde jeden Morgen mit dieser spektakulären Sicht aufs Meer aufwachen. Jeden Morgen – in den kommenden Monaten.

Anthony hatte an dem Morgen in Dr. Frasers Praxis gewusst, was auf ihn zukam. Er hatte es gespürt. Nicht an seinen Symptomen, denn die waren zwar schlimmer geworden, schienen aber auf keinen Fall einen sicheren Tod vorauszusagen. Nein, er wusste es, weil er das Verhalten des Arztes auf Grund seiner eigenen Erfahrungen gut deuten konnte. Und er hatte recht gehabt. Dr. Fraser hatte ihm erklärt, zu welchen Ergebnissen die einzelnen Untersuchungen gekommen waren. Sie hatten ergeben, dass Anthony an einer seltenen Autoimmunkrankheit litt, die in wenigen Monaten auch seine inneren Organe angreifen würde. Die Krankheit war grundsätzlich zwar heilbar, doch die Therapie war aufwendig und schmerzhaft. Die Wahrscheinlichkeit einer Heilung war außerdem nicht besonders hoch. Da die Symptome mit Muskelkater, einfachen Kopfschmerzen oder dem Anfang einer Erkältung verglichen werden konnten, wurde man sich ihrer eigentlichen Problematik erst viel zu spät bewusst.

Zu dem Zeitpunkt, als Anthony seine Diagnose bekam, war die Krankheit schon sehr weit fortgeschritten. Er war gefasst, oder zumindest bildete er sich das ein. Er fühlte sich als wäre sein Geist aus seinem Körper emporgestiegen und würde das Szenario von oben aus der Vogelperspektive betrachten. Er konnte das Behandlungszimmer seines Arztes unter sich sehen, sich selbst, wie er vor dem massiven Schreibtisch stand. Sein Arzt einige Schritte von ihm entfernt, kam hinter seinem Schreibtisch hervor und verringerte den Abstand zwischen ihnen. Anthony hörte sich selbst sagen, dass er die Therapie nicht antreten würde.

Er hatte schon viele Menschen gesehen, die an ihrer Behandlung zu Grunde gegangen waren. Sie hatten sich zur Therapie geschleppt, anfangs noch voller Hoffnung und Kraft. Doch die Monate verstrichen und sie wurden jedes Mal schwächer. Egal, wie entschlossen sie waren. Es gab kein richtig oder falsch. Es stand jedem zu, für sich selbst zu entscheiden, ob sich der Kampf lohnte oder nicht, ganz gleich, wie er ausging. Anthony hatte sich in der letzten Woche zahlreiche Gedanken gemacht. Er hatte sich nachts in seinem Bett von einer Seite auf die andere gewälzt, unfähig, ein Auge zuzutun. Doch er war zu dem Entschluss gekommen, dass er keine Therapie machen würde. Er wollte sein Leben und jeden einzelnen Tag, der ihm noch blieb, genießen. Er wollte sich bewegen und klar denken können, statt von den abwechselnden Emotionen der Hoffnung und des Schmerzes herumgeschleudert zu werden. Er würde seine letzten Monate nicht auf den Krankenhausfluren verbringen, während seine ehemaligen Arbeitskollegen dabei zusahen, wie er schwächer und schwächer wurde, bis er schließlich nicht mehr wieder zu erkennen war. Seine Karriere hatte ihm in den letzten Jahren alles bedeutet, Er hätte nie für möglich gehalten, dass dieser Augenblick so schnell kommen würde. Aber als er sich nun dort im Behandlungszimmer stehen sah, da wusste er, welche Entscheidung die richtige war.

Dr. Fraser schüttelte bedauernd den Kopf und man konnte ihm ansehen, dass er sich alles andere gewünscht hatte, als neben seinem Freund und dessen Frau nun auch noch ihren Sohn begraben zu müssen. Dr. Fraser versuchte, Anthony aufzubauen. Er gab ihm Tabletten, welche die Symptome linderten, sodass er die nächsten Monate als weitestgehend schmerzfrei empfinden würde. Zum Abschied umarmte der Arzt ihn und sagte ihm, dass er es sich noch einmal mit der Therapie überlegen sollte.

Doch alles, was Anthony in diesem Augenblick denken konnte war, dass er nicht um die Zukunft trauerte, denn auch wenn jeder von uns sich noch so viel ausmalt für seine eigene Zukunft und dabei davon ausgeht, er habe noch viele Jahre zu leben, so gibt es hierfür keinerlei Garantie. Worum Anthony trauerte, das waren die unzähligen Minuten, Stunden, Tage und Jahre, die er vergeudet hatte. Er hatte sich auf materielle Dinge fixiert, auf seine Arbeit, sein Geld und seinen Spaß. Doch wenn er nun zurückblickte, dann bedauerte er die Zeit, die er mit unwichtigen Menschen und Gedanken verschwendet hatte.

Er überlegte fieberhaft, welches in den letzten zehn Jahren sein Hauptziele gewesen waren. Nach dem Tod seiner Eltern, hätte ihm eigentlich bewusst werden müssen, wie schnell das Leben vorbei sein konnte. Doch bewusst war es ihm nie gewesen. Und jetzt, wo ihm plötzlich nur noch so wenig Zeit blieb, wusste er nicht einmal, wie er diese füllen sollte. Denn alles, was bisher sein Leben bestimmt hatte, erschien ihm nun so sinnlos.

Der einzige Mensch, der ihm nun noch wichtig war, lebte in Philadelphia und ahnte von der Krankheit seines großen Bruders nichts. Anthony überlegte mehrmals, ob er Harry anrufen sollte. Doch er entschied sich immer wieder dagegen. Was würde es bezwecken? Harry hatte sein Leben, er verließ sich nicht auf Anthony und warum sollte sich daran jetzt etwas ändern? Jetzt, wo Anthony ihn nur erneut enttäuschen konnte. Er würde in sein Leben treten, um gleich darauf für immer daraus zu verschwinden. Es machte keinen Sinn, Harry war in Philadelphia eindeutig besser aufgehoben, ohne ihn.

Es war gegen 10 Uhr, als Anthony seine Jeans gegen eine Shorts austauschte, das Haus verließ und den kleinen steinigen Weg hinunter zum Wasser nahm. Der Strand war an dieser Stelle nicht besonders breit. Als er vor knapp 6 Jahren nach einem passenden Strandhaus gesucht hatte, war ihm vor allem die Privatsphäre wichtig gewesen. Er wollte ein Anwesen, dass keine direkten Nachbarn hatte. Hauptsächlich, damit sich niemand über seine Partys und die Lautstärke der Gäste beschwerte. Seine Freunde und er hatten auch um 2 Uhr nachts ungestört ins Meer hüpfen können, berauscht von der lauten Musik und dem Alkohol.

Als Anthony nun über das Meer schaute und zusah, wie sich die leichten Wellen kurz vor dem Strand brachen und der Schaum gegen den Sand schwappte, fiel ihm auf, wie unverantwortlich das gewesen war. Doch was für einen Sinn machte es, jetzt über Sachen nachzudenken, die weit zurücklagen und zum Glück keine schlimmen Konsequenzen mit sich gebracht hatten?

Die Sonne schien bereits hoch am blauen Himmel und das Rauschen der Wellen wurde nur gelegentlich durch den Schrei einer Möwe unterbrochen. Anthony schloss die Augen und streckte sein Gesicht zum Himmel. Seine Zehen hatte er in den feuchten Sand gegraben und er spürte, wie das Wasser in regelmäßigen Abständen auf- und wieder abstieg. Es kitzelte leicht an seinen Füßen, wenn sie vom kühlen Meerwasser berührt wurden. Obwohl es durchaus warm war, trug er einen Pullover.

Die meisten Symptome seiner Krankheit ließen sich durch die Medikamente gut kontrollieren. Er hatte keine Kopfschmerzen mehr und auch seine Muskeln fühlten sich nur noch ab und zu hart an und begannen zu schmerzen. Was sich jedoch auch durch die Tabletten nicht vermeiden ließ, war das Gefühl ewiger Kälte, das ihn seit gut einer Woche ständig begleitete. In der Nacht legte er sich mit einer langen Hose und einem Pullover ins Bett. Ihm war trotzdem kalt, weshalb er sich dazu entschied, zusätzlich zu der normalen Decke noch eine Wolldecke hinzuzunehmen. Er musste sich erst an diesen Zustand gewöhnen, doch im direkten Vergleich zu den heftigen Kopfschmerzen, aus deren unnachgiebigen Fängen er sich in den ersten Tagen nicht hatte befreien können, erschien ihm die Kälte durchaus erträglicher.

Kapitel 10

Er mischte sich in den kommenden Wochen nicht besonders häufig unter Menschen. Er hatte zunächst angenommen, er würde sich einsam fühlen. Doch nach einigen Tagen erkannte er, dass er nun endlich die Zeit hatte, um sich mit den Gedanken zu beschäftigen, die er in den vergangenen Jahren so gekonnt ausgeblendet hatte.

Oft saß er stundenlang auf dem Stuhl, den er sich an den Strand getragen hatte. Die nackten Füße im Sand und ein Bier in der Hand, schaute er aufs Meer hinaus. Er hatte sich damit abgefunden, dass die Tage, die ihm noch blieben, so aussehen würden. Morgens frühstückte er, wobei er auch jetzt nicht von seiner Routine abwich.

Er aß Müsli oder Rührei mit Toast, wie er es in den letzten Jahren bereits gemacht hatte. Dann legte er sich wieder ins Bett, betrachtete das Meer durch das große Fenster, denn er hatte sein Bett tatsächlich am Tag nach seiner Ankunft ins Wohnzimmer stellen lassen, und dachte nach. Er versuchte, Erinnerungen aus seiner Kindheit aufleben zu lassen. Aus einer Zeit, als sich das Leben noch wie ein unbeschriebenes Blatt vor ihm ausbreitete. Am Anfang wollte ihm das nicht so recht gelingen. Er konnte sich zwar an besondere Ereignisse erinnern:

an seinen ersten Schultag, seinen zehnten Geburtstag oder seine Abschlussfeier an der Highschool.

Doch was war aus all den alltäglichen Momenten geworden?

Den kleinen Dingen, die ihn über die Jahre hinweg geprägt hatten?

Welche Träume hatte er damals, als sechs oder zwölfjähriger Junge gehabt?

Zum Mittag bestellte er meist irgendetwas aus den zahlreichen Restaurants, die sich an der Strandpromenade Malibus befanden und die hauptsächlich von den Touristen lebten, die besonders am Wochenende aus Los Angeles und Umgebung angeströmt kamen, um ihr Wochenende am Meer zu verbringen. Das Essen war gut, wenn auch maßlos überteuert. Am Nachmittag spazierte er hinunter zum Wasser, setzte sich dort in seinen aufgestellten Stuhl und blickte über das Meer, bis die Sonne untergegangen war.

Doch auch wenn sein Tag von außen betrachtet sehr unspektakulär war, so ging es in seinem Kopf drunter und drüber. In den meisten Momenten genoss er die Ruhe, die ihn umgab und auf ihn abfärben zu schien. Doch manchmal fühlte er sich einsam, wie jemand, der die letzten zehn Jahre damit verbracht hatte, die Menschen in seiner Umgebung von sich zu stoßen und sich nun der

Konsequenzen seines Handelns bewusst wurde. Er musste an Sarahs Worte denken, die sie ihm bei ihrem letzten Treffen an den Kopf geworfen hatte. Ob sie sich freuen würde, dass ihre Prognose so zutreffen gewesen war? Oder würde sie es bedauern, so richtig gelegen zu haben? So wechselten sich in Anthony die Emotionen ab und von Ruhe bis Wut war alles dabei.

An einem Morgen entschied er, dass er die Monate, die ihm laut Dr. Fraser zu diesem Zeitpunkt noch blieben, nicht mit Trauer und Enttäuschung durchtränken würde. Ihm blieben noch einige Monate zu leben und wenn er in dieser Zeit auch keine neuen, aufregenden Erfahrungen mehr machen würde, so wollte er sich doch an die schönen Momente in seinem Leben erinnern.

Nachdem er diesen Entschluss gefasst hatte, erfüllte ihn plötzlich ein Gefühl von Leichtigkeit. Er stellte keine Ansprüche mehr an das Leben und die Zeit, die ihm noch blieb. Er würde jeden noch so kleinen Moment in sich aufsaugen und genießen, ganz gleich, wie unspektakulär ihm dies vor einem Monat noch erschienen wäre.

Beflügelt durch die Gefühle, die ihn nun durchströmten, zog er sich um und fuhr zur Promenade. Er hatte zwar nur einige Wochen allein verbracht, doch er war überrascht, wie sensibel seine Sinne nun auf die Menschen und ihre Stimmen reagierten.

Die herben Gerüche nach Meeresfrüchten und Fisch, die aus den Restaurants strömten, vermis-

chten sich mit den süßlichen Aromen der Zucker-
wattestände zu einem intensiven Geruchscock-
tail. Jugendliche auf Skateboards sausten an ihm
vorbei, junge Mädchen hörten Musik, während sie
auf ihren Inlineskates geübt den Fußgängern aus-
wichen und einige Leute hatten ihre Hunde dabei.
Der Strand war überfüllt mit Menschen, die sich
sonnten, Volleyball spielten oder Wellen nutzten,
um ihre Surfkünste auszubauen.

Anthony entschied sich dafür, sich in eines der
kleineren Restaurants zu setzen und dem regen
Treiben von dort aus zuzusehen. Er wollte zwar
ein Teil sein, nicht jedoch mitten im Trubel stehen. Er schlenderte noch ein wenig an der Promenade entlang, bis er ein Lokal fand, das von
außen etwas heruntergekommen aussah, jedoch
viel Charme versprach. Er fand einen Platz ganz
am Rand der großen Terrasse, an dem er sich
unter einen schützenden Sonnenschirm an einen
kleinen Tisch setzen konnte. Es war an diesem Tag ungewöhnlich warm, der Thermometer
zeigten 35 Grad in der Sonne an und alle anderen Menschen hatten sich ihrer unnötigen Kl-
eiderschichten entledigt und spazierten in Bikinis
und Badeshorts herum. Doch für Anthony war die
Temperatur angenehm. Seinen Pullover behielt er
an, denn der Wind, der vom Strand zu der Terrasse
des Restaurants hinauf wehte, jagte ihm einen
Schauer über den Rücken.

Die Bedienung kam und er bestellte einen Gin

Tonic, sowie gebratenen Fisch mit Salat. Dann wandte er sich wieder dem Meer zu und beobachtete die Menschen, die im Wasser planschten und deren lebensfrohe Rufe der Wind zu ihm hinauftrug. Er nahm aus dem Augenwinkel wahr, wie sein Cocktail neben ihm auf dem Tisch abgestellt wurde und griff nach dem Glas, ohne seinen Blick von den Menschen im Meer abzuwenden.

Kapitel 11

Elinor war damit beschäftigt, die sauberen Gläser wieder hinter der Theke zu verstauen, als ein Mann durch das Restaurant an ihr vorbeiging und zielstrebig auf den äußeren Terrassenplatz zusteuerte. Ihr fiel sofort auf, dass etwas an ihm ungewöhnlich war.

Er trug nicht nur eine lange Hose und einen Pullover, während sie unter ihrer dünnen Bluse schwitzte und sich fühlte, als würden ihr deutlich sichtbare Schweißtropfen auf der Stirn stehen. Er setzte sich auch noch an den Platz, der für gewöhnlich immer unbesetzt blieb, weil die Menschen es in der prallen Sonne nicht aushielten. Der Sonnenschirm war nur ein schwacher Trost, denn auch wenn er die direkten Sonnenstrahlen abhielt, so schien sich die Hitze darunter eher zusätzlich zu stauen. Doch den Unbekannten schienen die Temperaturen keineswegs zu stören. Da Elinor weiterhin mit den Gläsern beschäftigt war, überließ sie es ihrer Kollegin Linda, die Bestellung des Fremden aufzunehmen.

Es war erst früher Mittag und die großen Scharen der Touristen würden erst in ein oder zwei

Stunden in die Bars und Restaurants an der Promenade einströmen. Dann nämlich, wenn sie sich am Strand ausgiebig ausgetobt hatten und den Hunger nicht länger im Zaum halten konnten. Die meisten Touristen, die aus den nahegelegenen Städten kamen, brachten sich eigene Lunchpakete mit. Sie kamen fast jedes Wochenende, die Restaurants hatten deshalb ihren Reiz verloren und sie zogen es vor, günstiger zu essen. Es waren eher die internationalen Touristen und solche, bei denen das Geld eh keine Rolle spielte, die sich in die Restaurants begaben, um sich dort an den überteuerten Fischgerichten und den Meeresfrüchten zu bedienen.

Elinor konnte nicht umher, dem Fremden immer wieder verstohlene Blicke zuzuwerfen. Er war nicht von hier, das konnte sie deutlich erkennen. Doch er war auch kein typischer Tourist, der für ein Wochenende am Meer nach Malibu gekommen war. Sie musste sich eingestehen, dass sie unbedingt mehr über ihn erfahren wollte.

Früher hätte sie sich etwas zurückgehalten. Sie war nie ein Mensch gewesen, der forsch voranschritt, sondern eher einer, der auf die Bedürfnisse anderer Acht gab. Doch wenn sie ihren Entschluss, den sie vor nunmehr zwei Wochen gefasst hatte, wirklich in die Tat umsetzen wollte, dann musste sie jede Möglichkeit ausnutzen.

„Übernimmst du den Drink, Elli?", fragte Linda sie im Vorbeigehen.

Sie war schon auf dem Weg zu der kleinen

Durchreiche, die in die Küche führte.

„Ja, natürlich", antwortete Elinor.

Ihr kam die Gelegenheit gerade recht, denn so würde sie den fremden Mann, der ihr Interesse geweckt hatte, aus der Nähe betrachten können.

Sie schaute auf die Bestellung und griff nach den Zutaten. Der Besitzer des Restaurants hatte sie eingestellt, obwohl er wusste, wie wenig Erfahrung sie im Mixen von Cocktails hatte. Sie hatte in der letzten Woche viel dazugelernt und die Gäste, die über den Tag verteilt einen Drink bestellten, ließen sich an einer Hand abzählen.

Erst abends, wenn die Menschen in die Bars strömten, um sich dort zu betrinken, war ein guter und erfahrener Barkeeper unabdingbar.

Sie mixte den Gin Tonic im Handumdrehen, stellte das Glas auf ein Tablett und ging zielstrebig auf die Terrasse zu, ehe Linda etwas sagen konnte. Sie war eigentlich nicht für die Bedienung der Gäste zuständig, doch ihre Kollegin würde es sicher nicht schlimm finden, wenn sie sich kurz ausruhen und mit dem Koch flirten konnte, statt den Cocktail auf die heiße Terrasse hinauszutragen.

Während sie sich dem Mann näherte, der ihr den Rücken zuwandte, überlegte sie fieberhaft, was sie sagen könnte. Sie war nicht gut darin, Männer anzusprechen. Sie hatte sich bisher meist eher passiv verhalten und höchstens mal aufmunternd gelächelt. Doch jemanden direkt angesprochen, das hatte sie bestimmt seit der Highschool nicht mehr.

Ihr blieben nur noch wenige Schritte, ehe sie den Tisch unter dem Sonnenschirm erreichte und etwas wirklich Schlaues war ihr immer noch nicht eingefallen. Gleichzeitig konnte sie dort aber auch nicht lange wortlos herumstehen, ohne unangenehm aufzufallen oder von Linda gerufen zu werden.

„Ich habe auch heute morgen überlegt, meinen Wintermantel anzuziehen. Ist immerhin ganz schön frisch, wenn die Wolken aufziehen."

Sie schaute hinauf in den wolkenlosen Himmel und versuchte, ein Lachen hervorzupressen. In ihren Gedanken hatte dieser Satz irgendwie lockerer und witziger geklungen.

Oh Gott, war das peinlich, hoffentlich hielt er sie jetzt nicht für eine dieser oberflächlichen Tussis, die sich über anderer Leute Kleidung lustig machten. Vielleicht hatte er ja auch eine Krankheit und musste sich deshalb so warm anziehen? Shit, wahrscheinlich war sie geradewegs in ein dickes Fettnäpfchen gesprungen.

Und zwar mit einer solchen Präzision, dass es nur so gespritzt hatte. Das hatte sie davon, wenn sie versuchte, besonders witzig zu sein.

Als sie das Glas auf den Tisch neben ihm stellte, war sie etwas enttäuscht. Sie hatte gehofft, er würde sich wenigstens in ihre Richtung drehen, doch das tat er nicht. Stattdessen schaute er weiter konzentriert auf die Wellen und die Menschen, die sich in ihnen tummelten. Sie startete einen erneuten Versuch:

„Gehören Sie auch zu den Menschen, die lieber beobachten, als sich selbst ins Getümmel zu stürzen?", sie war etwas aufgeregt, versuchte aber, nun selbst lässig in die Ferne zu gucken.

Was war bloß los mit ihr?! Entweder unsensibel komisch oder übertrieben tiefsinnig – mehr hatte sie nicht drauf?

Sie verdrehte in Gedanken die Augen und hätte sich am liebsten mit der Hand gegen die Stirn geschlagen, um anschließend im Boden zu versinken.

Der Mann blickte auf und hob überrascht eine Augenbraue, als hätte er nicht damit gerechnet, in seinen Gedankengängen gestört zu werden. Er antwortete nicht sofort, sondern musterte sie stattdessen aufmerksam. Sie spürte, wie sie rot wurde und fügte verlegen hinzu

„ich meine nur, weil Sie hier sitzen, obwohl das Wetter eindeutig dazu einlädt, sich in die kühlen Wellen zu stürzen."

Wenn er nun nicht antwortete, dann würde sie auf jeden Fall nichts mehr hinzufügen, dachte sie. Ein kleines bisschen Stolz wollte sie sich schließlich doch noch bewahren. Zu ihrem Glück lächelte er sie nun jedoch an. Etwas überheblich zwar, aber er schien sich wenigstens zu amüsieren und sie nicht allzu aufdringlich zu finden.

„Und aus Ihrer Frage darf ich schließen, dass Sie ebenfalls zu den Menschen gehören, die sehr gerne beobachten? Wie lange haben Sie mich denn schon beobachtet?".

Sie fühlte sich ertappt und war sich sicher, dass ihre Wangen mittlerweile eine dunkelrote Farbe angenommen hatten. Er wartete auf eine Antwort und nahm einen großen Schluck von seinem Cocktail. Erneut schnellten seine Augenbrauen in die Höhe.

„Sie waren aber sehr großzügig mit dem Gin, das gefällt mir."

Ihr war bewusst, dass sie ihm immer noch eine Antwort schuldig war und entschied sich dafür, einfach ehrlich mit ihm zu sein. Sie hatte schließlich nichts zu verlieren. Im schlimmsten Fall hielt er sie für etwas durchgeknallt und sie sahen sich nie wieder.

„Wissen Sie, ich würde eigentlich gerne schwimmen gehen, aber ich fühle mich in großen Menschenmengen nicht wohl. Das Meer mit seinen Wellen, den kleinen Stromschnellen, die man an den Beinen spürt, das Glitzern der Wasseroberfläche in der Sonne…all das geht verloren, wenn man ständig damit beschäftigt ist, die Gliedmaßen anderer Strandbesucher zu umgehen und mit niemandem zusammenzustoßen."

Sie hatte während ihrer Antwort auf das Meer hinausgeschaut, wandte sich nun aber zu ihm um und bemerkte, dass er sie musterte. Das etwas schelmische Lächeln war aus seinen Augen verschwunden und sein Blick war klar und ungetrübt.

„Es gibt doch aber sicherlich auch Strände in dieser Gegend, die nicht so überfüllt sind?", fragte er sie.

Ihr entfuhr ein kleines Lachen, ehe sie sich wieder zusammenreißen konnte.

„Oh sicher, die gibt es," setze sie zu einer Antwort an, „aber die sind privat und als Normalsterbliche kann man sie leider nicht betreten. In den ersten Tagen habe ich versucht, morgens um fünf Uhr aufzustehen, um den Strand für mich zu haben. Aber um die Uhrzeit tummeln sich dort die Profisportler und solche, die sich einbilden, welche zu sein."

Sie schaute ihn nicht mehr direkt an, sie hatte seinem Blick nicht standhalten können und blickte deshalb schräg an ihm vorbei. Trotzdem konnte sie seinen amüsierten Gesichtsausdruck deutlich erkennen.

„Und das Wasser ist so früh morgens so kalt, dass man es nur wenige Minuten darin aushält", fügte sie lachend hinzu, als sie sich an ihren Versuch erinnerte, den sie in der Woche zuvor voller Zuversicht gewagt hatte und bei dem sie leider kläglich gescheitert war. Seitdem hatte sie sich damit abgefunden, den anderen Menschen dabei zuzusehen, wie sie sich sonnten und durch die seichten Wellen tobten.

„Wenn Sie so ungern unter Menschen sind, warum haben Sie sich dann diesen Ort zum Arbeiten ausgesucht?", er riss sie aus ihren Gedanken.

Diese Antwort konnte sie ihm sofort geben. Sie hatte sich in den vergangenen Tagen oft mit derselben Frage auseinandergesetzt. Im Nachhinein konnte sie sich aber nicht erklären, warum sie ihm so ohne Umwege eine ehrliche Antwort gab.

„Weil ich mich endlich den Herausforderungen im Leben stellen möchte. Es könnte jeden Augenblick zu Ende sein und im Nachhinein bewertet man die meisten Ängste ganz anders. Man bedauert nicht, was man versucht hat im Leben, sondern vor allem das, was man sich nie getraut hat zu versuchen."

Er schaute sie erstaunt an, als habe er mit dieser Antwort nicht gerechnet. Er schien ihr antworten zu wollen, doch in diesem Augenblick sah sie, wie Linda aus dem Innern des Restaurants kam. In ihren Händen trug sie das Tablett mit dem Fisch, den der Mann bestellt hatte. Sie musste unbedingt wieder an die Theke, wenn sie sich keinen Tadel einfangen wollte.

Ihr Chef war zwar relativ entspannt, doch um die Mittagszeit in ein langes Gespräch mit einem Kunden zu verfallen, das würde selbst er nicht gutheißen. Deshalb machte sie eine entschuldigende Handbewegung und entfernte sich in Richtung Tresen, hinter dem sich bereits einige Gläser türmten.

Das Restaurant begann, sich zu füllen, sodass ihr Sichtfeld auf den Tisch ganz am Ende der Terrasse unterbrochen wurde. Als sie etwa eine Stunde später doch einen Blick auf den Tisch erhaschen konnte, war der Mann verschwunden. Sie bedauerte es, ihn nicht nach seinem Namen gefragt zu haben, doch eine kleine Stimme in ihrem

Inneren verriet ihr, dass sie ihn vielleicht früher wiedersehen würde, als sie vermutete.

Elinors Schicht im Restaurant endete an diesem Abend später als gedacht.

Eine Gruppe junger Erwachsener war gegen 22 Uhr in die Bar gestürmt und hatte sie beinahe vollständig beschlagnahmt. Sie hatte große Mühe gehabt, mit den Bestellungen mitzuhalten, die Linda ihr im Vorbeigehen zuschrie. Auch wenn Brendan, der Stammbarkeeper, deutlich schneller war als sie, hatte er alle Hände voll zu tun.

Elinors Schicht war längst zu Ende, doch sie fühlte sich mit verantwortlich und blieb deshalb, bis sie um 2 Uhr morgens endlich schließen konnten. Sie wohnte etwas außerhalb, denn sie hatte sich bei ihrer Ankunft das erste bezahlbare Apartment genommen, was sie besichtigte. Sie beabsichtigte nicht, lange Zeit dort zu wohnen, weshalb die Lage für sie eine eher nebensächliche Rolle gespielt hatte. Brendan, der etwa 25 Jahre alt sein musste, bot ihr an, sie mit seinem Motorrad nach Hause zu fahren. Sie war in ihrer Kindheit und Jugend häufig mit ihrem Vater Motorrad gefahren und genoss es, in eine so schöne Zeit zurückversetzt zu werden. Zu Hause angekommen, schälte sie sich nur noch aus ihrer Kleidung und fiel dann todmüde ins Bett.

Kapitel 12

Anthony konnte nicht aufhören, an die Kellnerin aus dem Restaurant zu denken. Er hatte es versucht, mit allen Mitteln, doch es wollte ihm beim besten Willen nicht gelingen. Er hatte gehört, wie ihre Kollegin sie Elli nannte, doch er war sich nicht sicher, für welchen Namen diese Abkürzung stand. Im ersten Augenblick war ihm nur Elizabeth in den Sinn gekommen, doch er fand, dass dieser Name nicht zu ihr passte. Elli passte zwar auch nicht, denn er war sich sicher, dass so eine Frau auch einen besonderen Namen trug. Doch da er keinen anderen Anhaltspunkt hatte, nannte er sie in seinen Gedanken weiter Elli.

Sie war seltsam, anders als die Frauen, die er bisher in seinem Leben kennengelernt hatte. Nicht, weil sie ihn angesprochen hatte. Auch wenn viele Frauen sich das vielleicht nicht trauten oder weiterhin davon überzeugt waren, es sei die Aufgabe des Mannes, den ersten Schritt zu machen. Es gab durchaus Frauen, die auf ihn zugekommen waren und deutlich ihr Interesse an ihm zeigten. Doch bei Elli war es anders gewesen. Sie hatte sich nicht an ihn geschmissen oder sich ihm genähert, weil sie ihn in einem teuren Anzug und einem kostspieligen Auto gesehen hatte. Ihre Fragen waren nicht mit sexuellen Anspielungen einhergegangen und dennoch war er sich ganz sicher, dass sie ihn ebenso anziehend fand, wie er sie. Er wäre wahrscheinlich nicht auf sie aufmerksam geworden, wenn sie ihn nicht direkt angesprochen hätte. Sie war keine klassische Schönheit, zumindest keine, wie sie auf Werbeplakaten zu sehen war. Sarahs Beine waren weitaus länger gewesen, ihre Haut gleichmäßig gebräunt, die Haare perfekt geschnitten. Bei Elli war das anders.

Aus ihrem Pferdeschwanz hatten sich mehrere Strähnen gelöst, ihre Kleidung war unscheinbar und sie war ungeschminkt. Doch ihre Augen leuchteten und verliehen ihr so viel mehr Ausstrahlung, als er jemals bei einer Frau gesehen hatte.

Ihre Antworten waren ehrlich gewesen und sie hatte eine verletzliche Stärke gezeigt. Eine Seite, welche die meisten Frauen zu verstecken versuchten. Sie waren entweder verletzlich oder zeigten sich kalt und stark. Doch jemand, der seine Verletzlichkeit zugibt und gleichzeitig eine unheimliche Stärke beweist, weil er über seine Ängste hinauswachsen möchte, ist selten.

Er maß sich nicht an, über alles und jeden Bescheid zu wissen, aber er konnte erahnen, dass diese Frau viel mehr in ihrem Leben durchgemacht hatte, als man ihr ansah. Trotzdem strahlte sie Zuversicht und Lebensfreude aus. Er hatte sich immer für einen positiven Menschen gehalten, doch in den letzten Tagen bemerkte er, dass sein Positivismus eher mit der Tatsache zusammengehangen hatte, dass er nie etwas negatives an sich herangelassen hatte. Selbst als seine Eltern gestorben waren, hatte er dieses Ereignis von sich geschoben und einfach weitergemacht wie bisher. Elli hingegen, so schien ihm, war die Sorte Mensch, die viel an sich heranließ, die jeden Schmerz des Lebens aufsaugte und trotzdem mit der Zuversicht aus Problemen hervortrat, dass im Endeffekt alles gut werden würde. Die Art Positivismus, die bereits mehrmals auf harte Proben gestellt wurde. Er kannte sie im Grunde genommen nicht, das war ihm durchaus bewusst. Mehrmals kam ihm der Gedanke, dass er wahrscheinlich allerlei Eigenschaften auf sie projizierte, die sie gar nicht besaß. Dennoch konnte er nicht aufhören, an sie zu denken.

Er wollte sie unbedingt wiedersehen, war sich jedoch sicher, dass er sie mit einem gewöhnlichen Date nicht überzeugen konnte. Wenn er sich eingestand, hatte er selbst ebenso wenig Lust auf ein Date. Wozu auch? Es war immer damit verbunden, dass man sich einander annäherte, um miteinander ins Bett zu gehen oder ein Paar zu werden. Welchen Sinn hatte das bei ihm? Er würde eh nicht lange genug leben, um eine Beziehung führen zu können. Sex hatte er in seinem Leben mehr als genug gehabt, denn an weiblichen Bekanntschaften hatte es nie gemangelt. Doch was er nie erlebt hatte war, eine Frau wirklich kennenlernen zu wollen. Dieses Verlangen hatte er bisher nur bei Elli verspürt und er nahm sich vor, seiner Intuition und seinen Gefühlen zu folgen. Ein einziges Mal im Leben.

Als er das Restaurant zwei Tage später um die Uhrzeit betrat, zu der er auch am Samstag dort gewesen war, warf er beim Eintreten einen verstohlenen Blick zur Theke. Er konnte Elli nirgendwo sehen, doch vielleicht befand sie sich einfach gerade in der Küche. Er schlenderte langsam durchs Restaurant bis zu dem Platz ganz hinten auf der Terrasse. Auch heute war der Strand wieder überfüllt. Die Hochsaison begann bald und die einheimischen Menschen und Touristen aus der Nähe nutzten die letzten Tage, bevor die Studenten und Schüler gemeinsam mit den tausenden Touristen heranströmen würden, welche diese Strände auf Grund ihrer Nähe zu Los Angeles liebten.

„Wissen Sie schon, was Sie möchten?", die Kellnerin schaute ihn erwartungsvoll an.

Es war nicht Elli, sondern ihre Kollegin, die er auch am Samstag schon im Restaurant gesehen hatte.

„Ja, ich hätte auf jeden Fall gerne wieder einen Gin Tonic," antwortete er ebenso erwartungsvoll und fügte hinzu „Hunger habe ich noch keinen, ich werde dann später bestellen."

Sie schüttelte bedauernd den Kopf

„Montags verkaufen wir keine alkoholischen Getränke, tut mir Leid. Kann ich Ihnen sonst vielleicht einen frischen Saft bringen?"

Er entschied sich für Orangensaft und überlegte fieberhaft, wie er mehr Informationen aus der Kellnerin herauskitzeln konnte, ohne aufdringlich zu wirken. Es war ihm nie schwergefallen, sich mit Frauen zu unterhalten und so entschied er sich dafür, seine Bedenken über Bord zu werfen und stattdessen auf die Waffen zurückzugreifen, die ihn schon so oft im Leben weitergebracht hatten.

Als die Bedienung ihm seinen Saft brachte, sagte er deshalb, er habe sich nun doch dazu entschieden, bereits zu essen. Er setzte ein charmantes Lächeln auf, das seine Wirkung nicht verfehlte und fragte sie um ihren Rat. Sie strahlte und begann, die verschiedenen Spezialitäten des Hauses aufzuzählen.

Als er sich entschieden hatte, fügte er noch hinzu, wie bedauerlich er es fand, dass ihre Kollegin nicht da war, um ihm einen Cocktail zu mixen.

„Elli meinen Sie? Die hat montags immer frei. Aber morgen ist sie wieder da. Sie wird sich freuen, dass Ihnen der Cocktail so gut geschmeckt hat. Wissen Sie, sie ist noch ganz neu hier. Erst vor einer Woche hergezogen, aus Los Angeles."

Mit diesen Worten griff sie nach der Karte, die noch vor Anthony auf dem Tisch lag und verschwand in Richtung Küche.

Das Essen schmeckte ihm, auch wenn er es gerne mit einem starken Cocktail begleitet hätte. Er hatte wenigstens herausfinden können, dass Elli ebenfalls aus Los Angeles kam. Das war jedoch seltsam, denn die Arbeitsbedingungen waren in der Stadt deutlich besser als hier, wo die meisten Geschäfte nur vom Tourismus lebten. Er nahm sich vor, am nächsten Tag wiederzukommen und hoffte inständig, sie dann anzutreffen.

Auf dem Weg zurück zu seiner Villa ertappte er sich dabei, wie seine Gedanken immer wieder zu Elli zurückwanderten. Er kam sich lächerlich vor. Nicht einmal auf der Highschool hatte er auf diese Weise für jemanden geschwärmt. Nun ging er auf die 40 zu und war eigentlich wirklich nicht mehr in dem Alter, um so viele Gedanken für eine Begegnung zu verschwenden, die nur wenige Minuten angedauert hatte.

Kapitel 13

Als Elinor am Dienstagmorgen das Restaurant betrat, wartete Linda schon auf sie. Bei ihrem Anblick hüpfte sie aufgeregt von dem Hocker, auf dem sie vor der Theke gewartet hatte.

„Du errätst nie, wer gestern wieder hier war und explizit nach dir gefragt hat", sie zwinkerte verschwörerisch.

Elinor merkte, wie ihr heiß wurde. Sie hoffte insgeheim, dass es der Unbekannte sein würde, den sie am Samstag in ein Gespräch verwickelt hatte. Das war zwar eher unwahrscheinlich, doch ihr fiel auch keine andere Person ein, schließlich kannte sie bis auf ihre Mitarbeiter im Restaurant niemanden in der Gegend. Linda zwinkerte ihr erneut zu

„Der hübsche Mann, der am Samstag hier war. Er hat ausdrücklich nach deinem Gin Tonic gefragt. Aber ich glaube, eigentlich hat er eher nach der Barkeeperin gefragt, die ihn gemixt hat."

Sie konnte sich ein Lächeln nicht verkneifen.

„Kaum bist du eine Woche da, verdrehst du den Kunden schon den Kopf. Naja, den Chef wird's freuen, ist schließlich gut fürs Geschäft."

Mit diesen Worten verschwand sie in die Küche und ließ Elinor leicht verwirrt und mit roten Wangen an der Theke zurück.

Es war noch früh am Morgen, das Restaurant würde erst in einer guten Stunde öffnen und sie freute sich darüber, unter der Woche die frühen Schichten zu übernehmen, sodass sie am Nachmittag Feierabend machen konnte.

In Gedanken versunken sortierte sie Gläser und Besteck, nahm die Stühle von den Tischen und richtete das Lokal so her, dass sie öffnen konnten. Immer wieder fragte sie sich, was sie von dem Fremden halten sollte und sie erwischte sich dabei, wie sie sich ihr nächstes Gespräch mit ihm ausmalte. Auch wenn sie sich immer wieder ermahnte, nicht zu weit zu denken und sich bloß nichts auszumalen, konnte sie es trotzdem irgendwie nicht verhindern. Es ärgerte sie zwar, aber sie musste gleichzeitig etwas schmunzeln.

Als die ersten Kunden ins Restaurant kamen, um ein spätes Frühstück einzunehmen, konnte sie sich etwas besser ablenken. Sie half Linda dabei, die Getränke und Speisen zu servieren, bediente und freute sich über das Trinkgeld, das ihr zugesteckt wurde. Dienstags vormittags wurden wenig Drinks bestellt, wenn, dann handelte es sich um ein Glas Sekt beim Brunch. Immer wieder schaute sie auf der Terrasse nach dem Rechten und war dabei insgeheim enttäuscht, ihn dort nicht an seinem Platz sitzen zu sehen. Als sie aus der Küche kam, nachdem sie Linda mit den schmutzigen

Tellern einer Gesellschaft geholfen hatte, die zum Brunchen gekommen war, blieb sie unwillkürlich stehen. Dort saß er, er war tatsächlich gekommen. Er trug einen Kapuzenpullover, sodass sie sein Gesicht nicht sehen konnte. Aber sie wusste instinktiv trotzdem, dass er es war. Es konnte nur er sein! Es war bereits kurz vor 13 Uhr, sodass sie augenblicklich hinter der Theke verschwand. Einige Minuten später stellte sie den Gin Tonic auf ein Tablett und ging aufgeregt auf den Tisch am Ende der Terrasse zu. Kurz bevor sie ihn erreichte, hielt sie kurz inne.

War das nicht alles total lächerlich, fragte sie sich. Was, wenn sie viel zu viel in seinen kleinen Kommentar hineininterpretiert hatte?

Und schließlich konnte Linda auch fürchterlich übertrieben haben.

Sie kniff die Lippen zusammen, wer nicht wagt, der nicht gewinnt, oder wie war das?

Dann ging sie die letzten Schritte auf ihn zu und stellte das Glas vorsichtig neben ihm ab.

Er schaute aufs Meer, das heute weitaus rauer war als noch am Wochenende. Sie beobachtete ihn von der Seite, seine gerade Nase, die warmen Augen, die leicht geschwungenen Lippen. Er drehte sich zu ihr um und ihr wurde bewusst, wie unverhohlen sie ihm gerade auf den Mund starrte. Sie überlegte, schnell wegzugucken, doch es war eh zu spät. Also nahm sie die Herausforderung an und schaute ihm direkt in die Augen.

„Ich habe Ihnen einen Gin Tonic mitgebracht,

nachdem Sie gestern verzichten mussten."

Bei ihren Worten zuckte ein leichtes Lächeln um seine Mundwinkel. Sein Plan war aufgegangen, die redefreudige Kellnerin hatte seine Nachricht weitergegeben und was noch besser war:

Elli hatte darauf reagiert.

Er würde die Gelegenheit nutzen, die ihm geboten wurde. Mit einem Blick in Richtung Meer sagte er zu ihr:

„Ich habe über das nachgedacht, was Sie mir letztes Mal gesagt haben. Darüber, dass Sie das Meer so gerne einmal für sich allein hätten. Ich kenne einen Platz, der wirklich schön ist. Nicht weit von hier entfernt, aber sehr viel privater."

Er war sich nicht sicher, ob er seine Worte richtig gewählt hatte. Er wollte einladend und geheimnisvoll klingen, kam sich jetzt aber eher furchteinflößend und Misstrauen erweckend vor. Er schaute sie direkt an, um ihre Reaktion besser einschätzen zu können und konnte deutlich erkennen, dass sich die Gefühle bei ihr abwechselten, jedoch in die entgegengesetzte Richtung. Zunächst schien sie etwas überrascht zu sein, doch dann hellten sich ihre Gesichtszüge auf und sie schien einen Entschluss zu fassen. Schließlich nickte sie und sagte:

„Ja, wissen Sie, das würde ich wirklich gern. Ich habe um 16 Uhr Feierabend, würden Sie mich abholen? Ich kenne mich in der Gegend noch nicht so gut aus."

Sie wandte sich zum Gehen und fügte hinzu:

„wie heißen Sie eigentlich? Ich würde gerne wenigstens den Vornamen meines Entführers kennen."

Sie lachte und auch er musste schmunnzeln, obwohl er etwas verdutzt war, dass sie so schnell zugestimmt hatte.

Er hatte damit gerechnet, sie würde ihn hinhalten und eine Verabredung hinauszögern.

„Anthony," antwortete er „kann ich Ihren Namen auch erfahren?"

Sie hatte sich bereits einen Schritt von ihm entfernt, denn aus dem Inneren des Restaurants hörte man die Rufe ihrer Mitarbeiterin.

„Elinor" antwortete sie ihm über die Schulter hinweg, ehe sie über die Terrasse lief und im Restaurant verschwand.

Sie hatte versucht, selbstbewusst zu sein. Doch als sie nun wieder hinter der Theke stand, kam sie sich nicht mehr geheimnisvoll und aufregend vor, sondern eher lächerlich. Eine kindliche Aufregung überkam sie und sie musste sich zusammenreißen, um nicht laut aufzulachen. Da stand sie nun mit über 30 hinter einem Tresen in einem kleinen Restaurant und war aufgeregt, weil ein Mann sie zum Strand einlud. Sie war sich nicht einmal sicher, ob es sich überhaupt um eine Verabredung handelte.

Sie war in der Küche beschäftigt, als Anthony das Restaurant verließ, aber das war ihr nur recht, so musste sie ihn vor dem Nachmittag nicht mehr sehen. Im Nachhinein ärgerte sie sich darüber, dass sie ihm nicht eine spätere Uhrzeit genannt hatte. So würde sie direkt vom Restaurant abgeholt werden und hatte keine Möglichkeit mehr, sich umzuziehen oder wenigstens einen Bikini einzupacken.

Auf der anderen Seite war es vielleicht ganz gut, dass sie keine Zeit hatte, sich über die Frage nach der passenden Kleidung Gedanken zu machen. Sie versuchte ihre Aufgaben im Restaurant so schnell wie möglich abzuarbeiten, wusch die Gläser ab und räumte Besteck weg. Kurz vor 16 Uhr traf Brendan ein, der in den letzten Tagen besonders pünktlich zu sein schien.

Sie verschwand im Bad, wo sie sich im kleinen Spiegel über dem Waschbecken sah. Sie war verschwitzt, einige Locken hatten sich aus ihrem Zopf gelöst und die Bluse hatte auch schonmal frischer ausgesehen. Doch mehr als sich etwas Wasser ins Gesicht spritzen und den Zopf neu binden, konnte sie jetzt auch nicht mehr machen. Als sie aus dem Bad trat, kam ihr Linda entgegen.

„Hast du ein Date? Du vibrierst ja fast vor Aufregung und du leuchtest so komisch," meinte sie mit einem verschmitzten Lächeln auf den Lippen.

„Warte," fügte sie dann hinzu, „ich leihe dir meinen Lippenstift. Trag ihn nur ganz dünn auf, dann passt er besser zu deinem nach-der-Arbeit-total-verschwitzt-und-zerzaust-Look."

Mit einem Zwinkern schob sie Elinor wieder ins Bad. Sie war etwas skeptisch gewesen, doch als sie sich im Spiegel sah, musste sie zugeben, dass sie nun viel lebendiger und frischer wirkte. Sie war Linda sehr dankbar für ihre Herzlichkeit, denn sie kannten sich ja eigentlich gar nicht wirklich. In Los Angeles hatte sie oft Neid und Eifersüchteleien zwischen Frauen erlebt und sie war froh darüber, dass ihre neue Arbeitskollegin so erfrischend anders war. Auf ihrem Weg aus dem Restaurant kam sie an der Theke vorbei, doch sie war so aufgeregt, dass sie den Blick nicht wahrnahm, den Brendan ihr zuwarf.

Kapitel 14

Anthony hatte sich nach dem Mittagessen auf den Weg nach Hause gemacht. Er war einkaufen, denn ihm war aufgefallen, dass sich in seinem Kühlschrank neben einigen Flaschen Bier und nur eine Tube Senf befand. Er wusste zwar nicht, ob Elinor überhaupt so lange bleiben und ob sie Hunger haben würde, doch er wollte vorbereitet sein. Er besorgte Fackeln, die er am Strand aufstellte und bereitete einen Korb mit allerlei kleinen Köstlichkeiten vor. Er hatte keine Ahnung, ob sie lieber süßes aß oder vorzugsweise salziges, weshalb er von beidem reichlich einkaufte.

Während der Vorbereitungen war er aufgeregt und wunderte sich über sein großes Maß an Vorfreude. Er hatte sich noch nie etwas so persönliches für ein Date ausgedacht und erkannte sich selbst nicht wieder. Gleichzeitig bemerkte er, dass er all diese Vorbereitungen nicht traf, um ihr zu imponieren und sie ins Bett zu kriegen. Es war das erste Mal in seinem Leben, dass er sich Mühe gab, um jemand anderem eine Freude zu bereiten. Er stellte sich vor, wie sie strahlen würde, wenn sie das weite Meer vor sich sah. Fern ab von all den

Touristen, die mit ihrem Lärm die Atmosphäre zerstörten.

Gleichzeitig hoffte er, dass er nicht zu aufdringlich wirken würde. Er lud sie ein, obwohl sie sich nicht kannten, nahm sie mit zu einem privaten Strand mit Fackeln und Essen. Er war sich nicht sicher, ob sie unangenehme Hintergedanken bei ihm vermuten würde. Doch das Risiko schien es ihm wert zu sein.

Er war pünktlich am Restaurant und war sich ziemlich sicher, dass er im Halteverbot stand. Er hatte sich nicht für die passenden Blumen entscheiden können. Rosen waren zu eindeutig, dabei hatten sie nicht einmal ein offizielles Date. Gegen Lilien war er allergisch und Gerbera waren zu schlicht. Er hatte deshalb lieber ganz auf den Blumenstrauß verzichtet.

Als er nun vor dem Restaurant stand verfluchte er sich für seine Entscheidung, denn er wusste nicht, wohin mit seinen Händen.

Die Tür schwang auf und sie trat hinaus in das Sonnenlicht.Ihre Haare hatte sie mit einem bunt gemusterten Seidentuch zu einem hohen Pferdeschwanz gebunden, doch einige der Locken hatten sich aus ihm gelöst und umrahmten ihr Gesicht. Ihre Augen leuchteten noch stärker, als er es in Erinnerung hatte und er konnte nicht verbergen, dass er sich darüber freute, sie wiederzusehen. Sie schien sich ebenfalls zu freuen, denn sie trat verlegen vor ihn, unsicher, wie sie ihn begrüßen sollte.

Er entschied sich dafür, ihr einen Kuss auf die Wange zu geben.

„Elinor," sagte er mit seiner tiefen Stimme, die plötzlich einen ungewohnt rauen Ton annahm.

Sie schaute zu ihm auf.

„Anthony?", entgegnete sie erwartungsvoll.

Sie war sogar noch schöner, als er sie in Erinnerung hatte. Ihre Augen leuchteten förmlich und wurden von langen, geschwungenen Wimpern umrahmt. Auf ihrer Nase konnte er einige Sommersprossen erkennen und er hätte sich am liebsten eine ihrer dunklen Locken um den Finger gewickelt.

„Wollten Sie mir den Strand zeigen oder ziehen Sie es vor, mich den ganzen Nachmittag so intensiv anzustarren?" Fragte sie plötzlich, „in dem Fall sollten wir uns vielleicht lieber setzen, meine Schuhe werden langsam unbequem, ich musste heute so viel hin und herlaufen bei der Arbeit."

Anthony schaute beschämt weg. Er fühlte sich ertappt, wie ein Schuljunge, der die Mitschülerin viel zu lange beobachtet.

„Ich, ähm," er räusperte sich und setzte noch einmal an „tut mir Leid, ich wollte nicht, lass uns losfahren," stammelte er schließlich und kam sich dabei sehr dumm vor.

Was zum Teufel war nur los mit ihm?

Er begleitete sie zum Auto, hielt ihr, ganz der Gentleman, die Tür auf und schwang sich dann hinters Steuer. Die Brise vom Mittag hatte sich gelegt und es war weitestgehend windstill. Er entschloss sich dafür, das Dach des Autos unten zu lassen und fuhr los.

Sie war ebenso aufgeregt wie er, das konnte er spüren. Die Atmosphäre im Auto knisterte und keiner von beiden wusste, wie er die Konversation am besten ins Rollen bringen konnte. Als er aus der Innenstadt auf die Landstraße fuhr, von der die Auffahrten zu den privaten Villen abführten, konnte er Geschwindigkeit aufnehmen. Die Straße schlängelte sich durch die Landschaft, rechts von ihnen ragten die Felswände in die Höhe, links erstreckte sich in geringer Entfernung der Ozean.

Ab und zu konnte man ein großes Tor sehen, das zu einem der privaten Strände führte und Palmen zogen an ihnen vorbei, während sie schneller wurden. Es war Ende Mai, die Sonne stand noch hoch am Himmel und es war warm.

Anthony fühlte sich so wohl, wie lange nicht mehr. Auch wenn sie bisher immer noch kein Wort gewechselt hatten, war es nun keine unangenehme Stille mehr.

Zwei Menschen, die in einem Cabrio an der Küste Kaliforniens entlangfuhren. Entspannt, fröhlich, unbeschwert.

„Ich finde die Gegend hier wunderschön," rissen ihre Worte ihn aus seinen Gedanken,

„Ich wollte schon als kleines Mädchen am Meer wohnen. Ich weiß gar nicht, warum ich es nicht schon früher gemacht habe."

Verträumt sah sie aufs Meer hinaus, atmete die salzige Luft, die zu ihnen hinauf wehte, tief ein und fuhr dann fort

„wahrscheinlich ist das Leben einfach immer dazwischen gekommen. Sie wissen schon, Schule, College, Arbeit. Der ganz normale Wahnsinn."

Sie sah ihn an und er versuchte, sich auf die Straße zu konzentrieren.

„Ich bin auch viel zu selten hier," gab er zu.

Als sie das Radio einschaltete und eine Coverversion von 'California Dreamin' aus den Boxen dröhnte, war er sich sicher, dass dies ein schöner Nachmittag werden würde.

Elinor war sich nicht sicher, wie sie vorgehen sollte. Einerseits fand er sie auf jeden Fall interessant, das konnte sie spüren. Andererseits gab er so wenig von sich preis und sie wusste überhaupt nichts über ihn.

Sie entschied, dass sie einen Versuch wagen musste, das Eis zu brechen. Sie fühlte sich wohl in seiner Nähe, er strahlte Wärme und Sicherheit aus. Sie konnte sich gut vorstellen, die nächsten Stunden mit ihm zu verbringen und sie wollte unbedingt mehr über ihn herausfinden.

„Wo fahren wir überhaupt hin?", fragte sie ihn und stellte das Radio etwas leiser.

Doch er war so in Gedanken versunken, dass er sie gar nicht hörte. Sie fragte ihn erneut und dieses Mal hörte er sie. Er schreckte kurz zusammen, bevor er sie ansah und sich ein amüsiertes Lächeln über seine Lippen zog.

„Zu meinem aktuellen Lieblingsplatz", antwortete er mit einem Zwinkern.

„Welches war vorher Ihr Lieblingsplatz?", wollte sie wissen.

Sie fragte sich jedoch, ob das nicht eine komische Frage war und fügte deshalb noch hinzu

„ich meine, nur wenn Sie es mir verraten möchten, natürlich."

Er antwortete, dass er vorher eigentlich nie einen Lieblingsort gehabt hatte. Er war immer viel gereist. Den letzten Ort, den er als Lieblingsplatz definiert hätte, war wahrscheinlich das Baumhaus, das im Garten seiner Eltern gestanden hatte.

„Ich würde auch gerne mehr reisen", sie schaute ihn an und ein Blick lag in ihren Augen, den er als Fernweh deutete.

Die Lieder, die im Radio liefen, waren ruhiger und langsamer geworden. Anthony setzte den Blinker und bog in die gepflasterte Auffahrt zu seinem Anwesen ein. Als sie das Tor passiert hatten, bemerkte er, dass sie ihn nun etwas misstrauisch musterte. Er blickte sie fragend an:

„Als Sie sagten, Sie kennen einen privaten Strand, war mir nicht bewusst, dass Sie **so** privat meinten. Ich dachte eher an eine versteckte Bucht", gab sie zu.

Sie schien nachzudenken und man sah auf ihrem Gesicht, wie sich die verschiedensten Emotionen abwechselten. Er war langsamer geworden und betrachtete sie von der Seite, während sie im Schritttempo die lange Auffahrt entlangfuhren. Er wollte sie nicht überrumpeln und schon gar nicht erschrecken.

„Machen Sie sich keine Sorgen. Wenn Sie nicht wollen, müssen Sie das Haus überhaupt nicht betreten und wir gehen gleich runter zum Strand."

Sie überlegte einen Augenblick, sah ihm dann fest in die Augen und antwortete schließlich

„ich habe alle True Crime Formate regelrecht inhaliert. Sie wollen mir nichts antun, da bin ich mir ziemlich sicher. Und wenn ich doch falsch liegen sollte, dann geschieht das Ganze wenigstens vor einer spektakulären Kulisse."

Er war sich nicht sicher, ob ihre Worte ernstgemeint waren und sah sie deshalb etwas entgeistert und zweifelnd an.

Sie zog eine Augenbraue hoch und musterte ihn aufmerksam. Doch im nächsten Augenblick fing sie an zu lachen und ein amüsiertes Glucksen trat aus ihrer Kehle. „Sie hätten Ihren Gesichtsausdruck sehen sollen", sie versuchte, sich zu beruhigen und atmete tief ein und wieder aus. Als sie das Haus erreichten, grinste sie immer noch, doch plötzlich riss sie die Augen verblüfft auf und ihr Blick wanderte in die Höhe.

Er stieg aus und ging um das Auto herum, um ihr die Tür zu öffnen. Aber sie war schon herausgesprungen und schaute sich interessiert um. Die Auffahrt war von Palmen gesäumt, doch hier, im Hof vor dem Haus, duftete es nach Jasmin und Lavendel. Das Aroma der Blüten entfaltete sich unter den heißen Sonnenstrahlen besonders stark und untermauerte den südeuropäischen Stil des

Hauses.

Elinor bewunderte die Fassade und die große, schwere Eingangstür, die aus massivem Holz bestand. Sie strich mit ihren Fingerspitzen vorsichtig über die Blüten des Lavendels, der zu beiden Seiten des Gehwegs in Kübel gepflanzt war und ihr bis zur Hüfte reichte.

„Möchten Sie etwas trinken und sich abkühlen?", fragte er aufmerksam.

Doch sie schüttelte energisch den Kopf:

„Das Haus ist wunderschön, aber ich möchte unbedingt an den Strand."

Diesen Wunsch konnte er ihr nicht abschlagen. Er wies ihr den Weg und ließ sie vorgehen. Der kleine Weg führte an der rechten Hauswand entlang, bis sie zu der Terrasse kamen, auf der in der Vergangenheit vor allem Partys stattgefunden hatten. Plötzlich blieb Elinor stehen. Er hätte sie beinahe über den Haufen gelaufen und konnte gerade noch so bremsen.

„Eine Sache wäre da noch", er schaute sie fragend an und ein ungutes Gefühl überkam ihn. War ihr das Ganze vielleicht doch suspekt und sie würde jetzt einen Rückzieher machen?

„Haben Sie Sonnencreme und eine Cappy, die Sie mir leihen könnten?"

Er atmete erleichtert aus und nickte.

„Ja natürlich, gehen Sie einfach diesen Weg weiter, dann können Sie den Strand nicht verfehlen. Ich komme gleich nach."

Mit diesen Worten ging er über die Terrasse ins

kühle Haus und suchte im Bad nach der Creme. Als er wieder herauskam, fand er sie am Geländer der Terrasse wieder. Sie war noch nicht weitergegangen, sondern genoss die spektakuläre Aussicht, die man von dort hatte. Er trat neben sie und sie standen eine Weile schweigend da und betrachteten den Ozean. Der Wind, der das Wasser am Vormittag und Mittag aufgepeitscht hatte, war abgeflaut. Die Wellen näherten sich den Sandbänken nun langsam und auch wenn der Nachmittag bereits fortgeschritten war, stand die Sonne weiterhin hoch am Himmel. Am Horizont tauchten vereinzelte Wolken auf und mehrere Möwen flogen über ihre Köpfe hinweg.

Er versuchte mit aller Kraft, sich auf das Meer zu konzentrieren, doch sein Blick wanderte langsam zu ihr. Sie hatte ihre Hände auf dem steinernen Geländer abgestützt und hielt das Gesicht in die Sonne. Ihre Augen waren geschlossen und sie atmete tief ein und aus. Plötzlich wandte sie ihm den Kopf zu und öffnete ihre Augen. Er fühlte sich ertappt, was in ihrer Gegenwart auffällig häufig der Fall war und schaute so schnell er konnte wieder aufs Meer. Doch ihnen beiden war bewusst, dass sie ihn erwischt hatte.

Sie nahm ihm die Mütze und die Creme ab, wobei sich ihre Finger kurz berührten. Es durchfuhr ihn wie ein elektrischer Schlag. Dann drehte sie sich zum Gehen und er folgte ihr, während er verzweifelt versuchte, seine Gefühle unter Kontrolle zu bringen. Er war beinahe 40, ein erfahrener Mann, der in seinem Leben schon das ein oder andere Date gehabt hatte. Verdammt noch mal, was war denn los mit ihm?!

Kapitel 15

Als sie barfuß im Sand stand, ihre Zehen leicht versanken und das kühle Wasser plötzlich über Ihre Füße rollte, wie eine kleine Flutwelle, schrie sie begeistert auf. Sie jauchzte und ging noch einige Schritte tiefer ins Wasser. Nach wenigen Sekunden hatte sie sich an die Temperatur des Wassers gewöhnt. Die Sonne stand noch hoch am Himmel, obwohl es schon weit nach 17 Uhr war. Die genaue Uhrzeit wusste sie nicht, denn sie hatte ihre kleine Tasche auf den Stuhl am Ufer gelegt, damit ihr Handy nicht nass wurde. Es war aber eigentlich auch egal, wie spät es war.

In diesem Moment war alles egal.

Elinor streckte ihre Arme aus und hob ihr Gesicht an, bis sie das Sonnenlicht direkt traf. Sie schloss die Augen und konzentrierte sich auf die leichte Brise, die angenehm kühl über ihre Haut glitt. Die kleinen Härchen an ihren Armen stellten sich auf, die Luft roch nach Salz und Seetang, nach Wärme und Sommer.

In weiter Ferne vernahm sie den Schrei einer

Möwe. Ihre Atmung verlangsamte sich und für einen Moment konnte sie die vergangenen Wochen und ihre schicksalhaften Momente vollkommen ausblenden. Sie dachte nicht darüber nach, warum sie nach Malibu gekommen war und ihre Gedanken waren zum ersten Mal seit Wochen nicht gefüllt von

„was wäre wenn...?", der Frage, die sie selbst im Schlaf verfolgte.

Ihr Leben hatte innerhalb eines Monats eine 180 Grad Wendung genommen, doch in diesem Moment, als sie am Strand stand, die Füße im Sand und das Salzwasser auf der Haut spürte wurde ihr deutlich, dass das Leben weiter geht und sie es in vollen Zügen genießen möchte. Genau das tat sie und es erfüllte sie mit Glück als sie merkte, dass sie ihr Vorhaben tatsächlich in die Tat umsetzen können würde.

Atemzug um Atemzug.

„Woran denken Sie?" Anthony war neben sie getreten und betrachtete sie schon eine Weile.

Er hatte beobachten können, wie sich ihre Gesichtszüge langsam entspannten und ein glücklicher Ausdruck auf ihr Gesicht trat. Sie hob ihre Augenbrauen, ließ ihre Augen jedoch weiterhin geschlossen.

„Ich habe ehrlich gesagt an gar nichts gedacht. Das erste Mal seit Langem."

Ihre Mundwinkel zuckten leicht, ihre Nase kräuselte sich und plötzlich sah sie ihn an. Ihre leuchtenden Augen blickten zu ihm auf und ihm wurde schlagartig bewusst, dass sie ihn erneut dabei erwischt hatte, wie er sie anstarrte.

Verdammt, er blickte weg, doch es war sowieso zu spät. Sie zog eine Augenbraue hoch und öffnete den Mund, als wollte sie etwas sagen. Dann entschied sie sich jedoch anders, drehte sich um und rannte auf den Stuhl zu, der in einiger Entfernung im Sand stand.

„Wer als letztes im Wasser ist, hat verloren", rief sie, als sie einige Schritte Vorsprung hatte.

Sie knöpfte ihre Bluse noch im Laufen auf, zog ihre Leggins herunter und warf beides auf den Stuhl. Anschließend rannte sie auf das Wasser zu, wobei sie Anthony entgegenkam, der sich nun mit einer leichten Verzögerung ebenfalls dem Stuhl näherte.

Als sie sich auf gleicher Höhe befanden, zögerte sie kurz. Hatte sie es vielleicht übertrieben? Sie hatte in den ersten Tagen im Restaurant den Fehler gemacht, Spitzenunterwäsche zu tragen. Von ihrem vorherigen Job war sie es so gewohnt und auch, wenn sie den Bleistift Rock und das weiße Hemd gegen eine bequeme schwarze Hose und eine Bluse ausgetauscht hatte, war sie gar nicht auf die Idee gekommen, andere Unterwäsche zu tragen. Doch das hatte sie bitter bereut.

Sie war klimatisierte Büroräume gewohnt. Im Restaurant war es jedoch meistens überaus warm und sie musste sich so viel bewegen, dass sie innerhalb kurzer Zeit schwitzte.

Die Spitze hatte auf ihrer Haut gescheuert, von ihrem Höschen ganz zu schweigen. Deshalb hatte sie sich gleich am dritten Tag nach Feierabend in ein Unterwäschegeschäft begeben und die Unterwäsche ausgesucht, die am sportlichsten war. Die breiteren Höschen schnitten nicht ein und die BHs schmiegten sich perfekt an ihren Körper, ohne störend zu sein. Aber auch wenn ihre Unterwäsche alles andere als aufreizend war, so war sie am Ende eben doch Unterwäsche, wie ihr plötzlich bewusst wurde.

Sie hatte Anthony mehrmals dabei erwischt, wie er sie anstarrte und sie war sich ziemlich sicher, dass er sie ebenso attraktiv fand, wie sie ihn. Sie wollte jedoch auf keinen Fall eine falsche Message senden und ihn zu etwas einladen, auf das sie sich nicht einlassen wollte.

„Hör auf damit Elinor, du machst dir wie immer viel zu viele Gedanken", ermahnte sie sich.

Sie hatte sich vorgenommen, Spaß zu haben und ihre ständigen Sorgen in den Hintergrund zu drängen.

Wie sollte man am Strand Spaß haben, wenn man sich nicht übermütig in die Wellen stürzte?

Warum hatte sie sich dann überhaupt auf dieses Treffen eingelassen, wenn sie es nicht auch genießen würde?

Entschlossen wischte sie ihre Ängste und Bedenken beiseite, während sie die letzten Meter aufs Wasser zulief.

Jauchzend stürzte sie sich in die Wellen und

schrie auf, als sie merkte, wie kühl das Wasser war. Ihr gesamter Körper überzog sich mit einer Gänsehaut, doch gleichzeitig wurde sie von einer Lebensfreude gepackt, die sie seit mehreren Monaten nicht mehr gespürt hatte.

Sie tauchte im kalten Wasser unter, bis sich auch ihr Kopf unter der Wasseroberfläche befand. Das Salz prickelte auf ihrer Haut, und das Band löste sich aus ihren Haaren. Sie schwebten schwerelos um ihr Gesicht und ihre Finger verfingen sich in ihnen, als sie einen Versuch wagte, die dicken Strähnen zu bändigen. Sie tauchte mit geschlossenen Augen aus den Wellen auf und ihre nassen, schweren Locken reichten ihr bis über die Brüste. Sie hatte kurz Angst, dass ihre Unterwäsche im nassen Zustand vielleicht doch nicht so blickdicht sein würde, doch als sie einen Blick an sich hinunterwarf, atmete sie erleichtert aus. Der Sport-BH hielt, was er versprach und auch das Höschen hatte den Tauchgang unbeschadet überstanden.

Sie sah in Richtung Strand, wo sie Anthony vermutete. Doch sie konnte ihn nirgends entdecken. Wahrscheinlich war er ebenfalls untergetaucht, um sich schneller an die Temperatur des Wassers zu gewöhnen.

Elinor war eine Frau, die in ihrem Leben schon so einiges erlebt hatte. Sie drehte sich im Wasser und schwamm einige Züge weiter hinaus, ehe sie sich auf den Rücken drehte und treiben ließ, während die Möwen über ihr flogen und einige

Wolken am sonst so blauen Himmel aufzogen.

Sie konzentrierte sich auf ihre Atmung und merkte, wie ihre Atemzüge immer langsamer und regelmäßiger wurden. Ihre verspannten Muskeln lockerten sich unter den seichten Bewegungen des Wassers. Ebenso entspannten sich auch ihre Gefühle. Sie dachte an ihre Mutter und daran, wie sehr sie diesen Ort lieben würde.

Vielleicht konnte Elinor sie ja irgendwann einmal herbringen?

Die Abwechslung täte ihr gut, die frische Luft würde sie sicherlich auf andere Gedanken bringen. Elinor sah das Gesicht ihrer Mutter vor sich, das in den letzten Monaten viel zu schnell gealtert war. Sie verließ das Haus kaum noch und all ihre Wünsche, ihre Träume und Ziele schienen wie eine Seifenblase zerplatzt zu sein. Einzig allein die Trauer und der Schmerz über den Tod Ihres Mannes, Elinors Vater, waren zurückgeblieben. In den Anfangsmonaten war Elinor Tag und Nacht bei ihrer Mutter geblieben. Sie hatte ihren Job gekündigt und sich ganz auf die Pflege ihrer geliebten Mutter konzentriert. Doch vor einigen Wochen hatte sie gemerkt, dass sie selbst kurz davor stand, zusammenzubrechen. Sie hatte das Haus wochenlang nur verlassen, um einzukaufen. Sie hatte die Trauer ihrer Mutter stets vor Augen, während sie ihre eigene nicht verarbeiten konnte. Und sie drohte, an dieser unerklärlichen Last zusammenzubrechen.

Anfangs hatte sie sich gegen den Gedanken

gesträubt, ihre Mutter zu verlassen. Doch die Tage vergingen und sie fühlte sich mit jedem Sonnenaufgang leerer. Bald würde sie nichts mehr haben, was sie ihrer Mum geben konnte. Sie war ausgelaugt, ihre Gedanken bewegten sich im Kreis und alles, was sie noch in sich spüren konnte, war die gähnende Leere, die sich breitmachte und sie gänzlich zu verschlingen schien. Sie fühlte sich, als würde sie jeden Augenblick implodieren und dann wäre sie einfach weg, verschwunden von der Erdoberfläche, als habe sie nie existiert.

Anthony, der plötzlich wenige Zentimeter neben ihr aus dem Wasser auftauchte, riss sie aus ihren Gedanken.

„Woran denken Sie?", fragte er, nachdem er Luft geholt hatte.

„Daran, dass wir aufhören sollten, uns zu siezen, findest du nicht auch?"

Ein Lächeln breitete sich auf seinem Gesicht aus.

„Das halte ich für eine ausgezeichnete Idee, Elinor", antwortete er und sie konnte sehen, dass sein Lächeln echt war.

Es wanderte von seinen Lippen bis zu seinen Augen und breitete sich dort warm aus, sodass sie kleine Fältchen um seine Augenwinkel sehen konnte. Es war die Art Lächeln, die man so selten sah, zwischen all den Höflichkeitsfloskeln.

„Du kannst mich gerne Elli nennen, das tun eigentlich alle."

Er überlegte kurz, schüttelte dann jedoch kaum merklich den Kopf:

„Mir gefällt Elinor besser. Der Name passt zu dir, besonders, einzigartig, interessant und ausgesprochen..."

Das letzte Wort konnte sie nicht mehr verstehen, denn er murmelte es in die Wellen. Dann wechselte er abrupt das Thema und fragte sie, ob er zu viel versprochen hatte. Mit einem Ruck brachte sie sich aus der Waagerechten, sodass sie ihn direkt ansehen konnte.

„Ganz und gar nicht, ich genieße jede Sekunde und es ist noch viel schöner, als ich es mir vorgestellt hatte."

Sie blickte zurück zum Strand, wo die großen Felsen mittlerweile lange Schatten warfen. Die Sonne stand tief am Himmel und es war deutlich kühler geworden. Elinor fühlte, wie sich die Melancholie in ihr breitmachte. Sie begann in ihrem Herzen und wanderte von dort aus immer weiter, bis sie auch in den Beinen und Fingerspitzen zu spüren war. Doch sie hatte sich vorgenommen, dieses Gefühl nicht gewinnen zu lassen. Nicht heute, nicht an diesem Ort.

Mit einem übermütigen Schrei warf sie sich auf Anthony und versuchte, ihn unter Wasser zu drücken. Er schaffte es kaum, Luft zu holen, bevor sein Kopf unter der Wasseroberfläche verschwand. Das Wasser war nicht tief, aber er hatte nicht mit diesem Angriff gerechnet. Mit einer geschmeidigen Bewegung zog er sie mit sich in die Wellen und er spürte, wie sie sich wehrte und an seinen Händen zerrte. Als sie gemeinsam auftauchten, prustete sie, ehe sie in schallendes Gelächter ausbrach. Er hatte nicht bemerkt, dass sie sich immer noch in seinen Armen befand, doch es wurde ihm nun mit einem Schlag bewusst. Er schaute zu ihr hinab, in ihre leuchtenden, blauen Augen und aus dieser Nähe konnte er die kleinen, gelben Sprenkel erkennen. Sie waren es, die ihre Augen so zum strahlen brachten und ihren Blick unwiderstehlich machten. Er spürte, wie sein Gesicht sich instinktiv dem ihren näherte, während ihre Augen ihn weiterhin in ihrem Bann hielten. Kurz bevor sich ihre Lippen trafen, wich sie plötzlich zurück. Er fühlte sich ertappt.

Hatte er sich zu weit vorgewagt und sich zu etwas hinreißen lassen, was sie eigentlich nicht wollte?

War er zu weit gegangen?

Würde sie sich von ihm losreißen, ihre Kleidung aufklauben und ihn nie wiedersehen wollen?

„Deine Lippen sind ja total blau!!

Du erfrierst gleich!!"

Hörte er sie sagen, doch es dauerte eine Weile, bis er bemerkte, dass er am ganzen Leib zitterte. Er hatte seine Kälteempfindlichkeit in ihrem Beisein vollkommen vergessen und sich ins Wasser gewagt, ohne sich Gedanken über die Konsequenzen zu machen. Doch jetzt spürte er, wie er fast ohnmächtig wurde vor Kälte und seine Arme, sowie Beine kaum noch bewegen konnte.

Elinor stützte ihn, so gut sie konnte und gemeinsam schafften sie es aus dem Wasser. Er hatte keine Handtücher aus dem Haus mitgebracht, weshalb sie ihn in ihre Bluse und sein Shirt einwickelte, so gut es irgendwie ging. Sie stützte ihn den gesamten Weg, den Hang hinauf bis auf die weitläufige Terrasse. Die Sonne schien noch, wenn sie auch weitaus tiefer am Himmel stand und ihre wärmende Kraft weitestgehend verloren hatte. Mit zitterten Fingern öffnete er die Terrassentür und sie begleitete ihn bis ins Bad, stellte die Dusche ein und setzte sich auf den Stuhl, der in der Ecke stand und eigentlich zum Ablegen von Kleidungsstücken gedacht war.

Es war Anthony zum ersten Mal in seinem Leben peinlich, sich in der Gegenwart einer Frau zu duschen, weshalb er sich mit seiner Shorts unter den heißen Strahl stellte. Nach einigen Minuten ging es ihm etwas besser, was Elinor ebenfalls wahrnahm. Sie stand auf, verschwand wortlos durch die Tür und hinterließ ihn, immer noch zitternd, aber schon wieder etwas lebhafter als noch vor zehn Minuten.

Es dauerte ganze 15 Minuten, ehe sich Anthony in der Lage dazu sah, aus der Dusche zu treten. Er wickelte sich in seinen Bademantel, zog die Tür einen Spalt breit auf und versuchte, in den Flur zu spähen. Er konnte Elinor weder hören noch sehen, aber er spürte ihre Anwesenheit. Nachdem er sich angezogen hatte, trat er ins Wohnzimmer und dort stand sie am Fenster und schaute auf das Meer hinaus. Als sie ihn hörte, drehte sie sich um und blickte ihn fragend an. „Es geht mir besser, vielen Dank!", erst jetzt bemerkte er, dass sie sich eines seiner Hemden angezogen hatte. Es reichte ihr bis über den Hintern und sie hatte die Ärmel hochgekrempelt.

Kapitel 16

Elinor spürte seinen Blick auf sich, noch ehe sie sich zu ihm umdrehte. Sie hatte sich erschreckt, dort unten im Wasser, als er plötzlich kurz davor war, vor Kälte in Ohnmacht zu fallen. Ihr fiel wieder ein, dass er bei ihrem ersten Zusammentreffen ausgesprochen ungewöhnlich angezogen gewesen war. Während die anderen Strandbesucher und Touristen knappe Badekleidung trugen, hatte er in einem langärmligen Oberteil in der prallen Sonne gesessen.

Anthony schritt neben sie ans Fenster und gemeinsam blickten sie eine Weile wortlos aufs Wasser hinaus. Die Sonne stand bereits tief am Himmel und würde in wenigen Minuten die Wasseroberfläche berühren, ehe sie den Ozean in ein tiefes Orange tauchte und schließlich ganz verschwand.

Elinor liebte das Meer, sie liebte die Weite, die einen einzulullen schien und die gleichzeitig eine solche Kraft und Erbarmungslosigkeit verbarg. Während sie das Meer und die untergehende Sonne beobachtete, merkte sie, das Anthony unaufhörlich näher rückte. Sie wandte sich zu ihm, er wollte etwas sagen, hatte gleichzeitig aber Angst, die Situation und die Stimmung zu zerstören. Also blieb sein Mund leicht geöffnet, es drang jedoch kein Laut aus ihm. Elinor musste lächeln. Sie mochte diesen Mann, der in seinem Leben schon sehr viel erlebt zu haben schien und den sie trotzdem so leicht aus dem Konzept brachte.

Sie beschloss, die verbleibende Lücke zwischen ihnen zu schließen und war ihm plötzlich ganz nah. Mit ihrem Zeigefinger strich sie ihm leicht über den Unterarm

„wo waren wir vorhin stehengeblieben, ehe du beinahe erfroren wärst?", fragte sie ihn mit leiser Stimme und merkte, wie sich eine Gänsehaut auf seinem Arm ausbreitete.

Er schluckte und sie genoss diesen Moment, den Augenblick, in dem sie selbst die Kontrolle übernahm und ihn mit Reaktionen überrumpelte, die er nicht erwartet hatte. Langsam streckte sie sich ihm entgegen, bis sich ihre Lippen schließlich berührten. Erst ganz leicht, fragend, vorsichtig. Dann immer leidenschaftlicher und sie spürte, wie sich eine Welle voller Wärme in ihr ausbreitete. Von seinen Lippen ging eine Hitze aus, die ihren Körper in Flammen setzte. Sie waren weich, nachgiebig und forschend zugleich.

Als sie voneinander abließen, mussten sie beide nach Atem ringen. Sie war davon überzeugt, dass sie noch nie einen ehrlicheren Kuss mit jemandem geteilt hatte. Einen, bei dem so wenig gesprochen und so viel gefühlt wurde. Sie wusste so wenig über diesen Mann, der vor ihr stand, aber gleichzeitig hatte sie das Gefühl, alles über ihn zu wissen. Als sie aufschaute, lagen seine Augen auf ihren Lippen. Warm, mit einem unergründlichen glitzern, verwegen und gleichzeitig vollkommen ausgeliefert.

„Ich habe Hunger", unterbrach sie die Stille.

Einen Augenblick schaute er sie verdutzt an, dann regte er sich und brachte ein Lächeln heraus. Es war eines dieser Lächeln, die sich nicht nur auf den Lippen ausbreiten, sondern über das gesamte Gesicht bis hin zu den Augen wandern. In seinen Augenwinkeln bildeten sich kleine Fältchen.

„Was möchtest du denn essen?", fragte er sie, während er ihre Hüften losließ.

Sie konnte sich nicht daran erinnern, wie sie dort hingekommen waren, doch als sie nun so plötzlich verschwanden, hinterließen sie ein Gefühl von Wärme und Sehnsucht.

Sie entschieden sich für eine asiatische Gemüsepfanne und Anthony versuchte, ihr so gut er konnte beim Zubereiten des Essens zu helfen. Er war in der Küche nicht besonders versiert und sie brach mehrmals in schallendes Gelächter aus, wenn sie ihn nach einem bestimmten Gegenstand fragte und er sämtliche Schubladen und Schränke öffnen musste, ehe er etwas fand. Entschuldigend zuckte er dann mit den Achseln und reichte ihr etwas, von dem er hoffte, dass es das war, nach dem sie gefragt hatte.

Er hatte in seinem Leben viel gemacht, doch kochen gehörte eindeutig nicht dazu. Sein Frühstück könnte er selbst im Schlaf zubereiten, doch das tat er nun auch schon mehrere Jahre. Abgesehen davon beherrschte er nur ein einziges Gericht. Die Lasagne, die seine Mutter früher jeden Freitag gemacht hatte und nach der es schon im Flur roch, wenn man nach einem anstrengenden Schultag die Haustür öffnete und den Rucksack in die Ecke pfefferte.

Er nahm sich vor, sich nächstes Mal bei Elenor zu revanchieren und die Lasagne für sie zu kochen. Beim nächsten Mal, überlegte er, erstaunt darüber, dass er bereits nach einem einzigen Nachmittag mit dieser Frau so sehr davon überzeugt war, dass er sie unbedingt wiedersehen wollte.

Als er ihr ein Taxi rief, das sie nach Hause bringen würde, war es kurz vor Mitternacht. Sie hatten sich lange unterhalten und mehr Wein getrunken, als gut war. Sie hatten von ihrer Kindheit und Jugend gesprochen und er wunderte sich darüber, dass es ihm einerseits so vor kam, als kannte er sie, andererseits aber kaum etwas über ihr aktuelles Leben wusste. Seinen Fragen war sie geschickt ausgewichen und da er selbst auch nicht das Verlangen hatte, von seiner Gegenwart zu sprechen, hatten sie sich über andere Dinge unterhalten.

Sie verabschiedeten sich an der Tür und er hatte ein schlechtes Gewissen, weil er ihr eigentlich eine Erklärung dafür schuldete, warum ihm im

Wasser so schnell kalt geworden war. Er setzte an, fand aber nicht die passenden Worte.

„Ist schon gut, du musst dich nicht erklären. Es geht dir ja gut, das ist die Hauptsache.

Der Abend war wunderschön und ich habe jede Sekunde genossen.

„Elinor, ich habe den Abend mit dir auch genossen und würde dich sehr gerne wiedersehen."

In diesem Moment kam das Taxi an, sie drückte ihm einen Kuss auf die Lippen, stieg ein und das Auto fuhr los. Anthony blieb in der offenen Tür stehen, bis die roten Rückleuchten langsam kleiner wurden und schließlich ganz verblassten.

Kapitel 17

Am Mittwoch morgen hätte Elinor beinahe verschlafen. Als sie am Abend zuvor nach Hause kam, war es bereits nach Mitternacht gewesen. Normalerweise fiel es ihr leicht, morgens aufzustehen, denn sie freute sich auf den Tag und war gespannt darauf, welchen Menschen sie begegnen würde. Doch an diesem Morgen kam sie kaum aus dem Bett. Der Wecker klingelte und sie drückte mehrmals auf den Snooze Button, sodass sie sich letztendlich sehr beeilen musste, um rechtzeitig bei der Arbeit zu sein.

Als sie im Restaurant eintraf, war sie bereits leicht verschwitzt. Es meldete sich ein weiterer heißer Sommertag an und sie überlegte, dass sie ihn eigentlich viel lieber an Anthonys Strand verbracht hätte als bei der Arbeit. Sie war noch nicht ganz eingetreten, da kam Linda auch schon quietschend aus der Küche auf sie zu.

„Uuuuund? Wie war dein Date?", fragte sie ungeduldig und schob Elinor auf einen Barhocker, ehe sie sich selbst ebenfalls setzte.

Elinor überlegte einige Sekunden, bevor sie antwortete.

„Es war sehr...nett", sagte sie schließlich.

Linda hob eine Augenbraue:

„nur **nett**?", fragte sie skeptisch.

Elinor nickte, doch das Lächeln, das ihre Mundwinkel umspielte und ihre Wangen erröten lies, verriet sie. Ihre Arbeitskollegin fing an zu strahlen „es war besser als nett! Ich hab es gewusst! Wohin seid ihr gefahren? Was habt ihr gemacht?"

Es dauerte eine Weile, bis sie jede von Lindas Fragen so beantwortet hatte, dass diese sich zufrieden gab und sie sich der Arbeit widmen konnten. Glücklicherweise gab es um diese Uhrzeit noch keine Restaurantbesucher, sodass ihnen genug Zeit blieb, um alles vorzubereiten, die Stühle von den Tischen zu nehmen und das Besteck ordentlich einzuordnen. In den Morgenstunden gelang es Elinor noch recht gut, sich abzulenken und nicht an den Abend mit Anthony und vor allem an Anthony selbst zu denken. Doch um die Mittagszeit wurde es immer schwerer, die Gedanken an ihn beiseite zu schieben. Sie war sich sehr sicher, dass ihm der gemeinsame Abend gefallen hatte, dass sie ihm gefallen hatte. Sie war sich ausgesprochen mysteriös vorgekommen, als sie am Abend zuvor ins Taxi stieg, ohne seine Frage zu beantworten. Doch noch bevor sie bei sich zu Hause angekommen war, hatte sie sich über ihr Verhalten geärgert. Sie war kein geheimnisvoller, sexy Filmstar, der seinem Lover einen Kuss auf die Lippen drückte und dann in der Nacht verschwand. Sie wollte Gewissheit.

Sie musste allerdings noch einen Tag warten, um diese Gewissheit zu bekommen, denn Anthony erschien erst am Tag darauf am Nachmittag im Restaurant. Elinor befand sich gerade in der Küche, als sie Linda hörte, die einen eintretenden Gast besonders auffällig grüßte. Sie erkannte die Stimme des Mannes, der antwortete, sofort. Auch wenn sie versuchte, sich die Aufregung und das plötzliche Flattern in der Magengegend nicht anmerken zu lassen, wusste sie, dass ihre Wangen einen rosa Ton annahmen, als sie aus der Küche trat und Anthony im Eingangsbereich stehen sah.

Bei ihrem Anblick breitete sich ein Lächeln auf seinen Lippen aus und seine Augen bekamen wieder diesen unergründlichen Ausdruck, den sie an ihrem gemeinsamen Abend beobachtet hatte.

Er trat einen Schritt auf sie zu und sie konnte aus dem Augenwinkel erkennen, wie Linda lautlos in die Hände klatschte und breit grinste, ehe sie hinter den Tresen ging und vorgab, schwer beschäftigt zu sein.

Elinor konnte sich ein Lächeln ebenfalls nicht verkneifen, als sie ihn so vor sich stehen sah. Er sah toll aus, mit seinem braunen Haar, den dunklen Augen und der legeren Kleidung. Nicht zu lässig, nicht zu hochgestochen - einfach nur authentisch.

Das mochte sie besonders an ihm. Dass er sich nicht verstellte, ihr nichts vormachte, nicht mit seinen beruflichen Erfolgen oder seinem Auto angab.

„Setz dich gerne schon einmal auf deinen Platz,

soll ich dir einen Gin Tonic zubereiten?",

er nickte, wandte sich zum gehen und strich dabei ganz leicht mit seinem Daumen über ihre Handfläche.

Ihr war bis zu diesem Zeitpunkt nicht bewusst gewesen, wie nah sie sich waren, aber sie merkte, wie sich eine Gänsehaut auf ihrem Arm ausbreitete. Erst unten am Handgelenk, doch dann wanderte sie hinauf bis zu ihrer Schulter und ihre Haut fühlte sich taub an. Sie verschwand hinterm Tresen, wo Linda ihr einen vielsagenden Blick zuwarf und beobachtete, wie er langsam zu seinem gewohnten Platz am Ende der Terrasse schlenderte.

Als Elinor ihre Schicht beendet hatte, saß Anthony immer noch auf dem Stuhl in der Sonne, wenn auch mittlerweile beim zweiten Gin Tonic.

Es war Donnerstag, Touristen gab es an diesem Tag nicht so viele wie am Wochenende. Trotzdem war das Restaurant gut besucht.

Elinor zog sich ins Bad zurück, um ihre Schürze abzulegen und einen Blick in den Spiegel zu werfen. Sie kam zu dem Ergebnis: nicht ganz so schlimm, wie erwartet, wenn auch durchaus durchgeschwitzt.

Nachdem sie sich das Gesicht mit kaltem Wasser gewaschen und einen Hauch Lippenstift aufgetragen hatte, fand sie sich ansehnlich genug, um aus dem Badezimmer zu treten, sich den Weg zwischen den Tischen hindurch zu bahnen und sich neben Anthony an den kleinen Tisch zu setzen.

Die Sonne stand mittlerweile tiefer am Himmel und begann, das Wasser in ein tiefes Gelb einzufärben. An den Rändern der Spiegelung konnte sie kleine Wellen erkennen, die sich dunkelrosa und lila verfärbten. Sie liebte den Sonnenuntergang am Wasser und nahm sich vor, dieses Naturschauspiel in Zukunft noch bewusster wahrzunehmen.

„Faszinierend oder?

Die Mutter Natur schenkt uns die schönsten Farben. Dieses Zusammenspiel könnte sich der begabteste Maler nicht ausdenken."

Sie mochte Anthonys Stimme. Sie war warm und rau, einzigartig, wie er, dachte sie.

Sie begannen, sich zu unterhalten und Elinor wunderte sich immer wieder darüber, wie selbstverständlich sie mit ihm eine Konversation führen konnte.

Es gab keine unbehaglichen Momente, in denen beide Schwiegen und keiner wusste, was er sagen sollte. Stattdessen erzählten sie beide von ihrer Jugend und ihrer Zeit am College. Es war das erste Mal, dass sie mit jemandem über ihre Vergangenheit sprach, seitdem sie nach Malibu gezogen war. Linda hatte ein paar Mal nachgefragt, wo sie vorher gearbeitet und gewohnt hatte, doch Elinor war ihr stets geschickt ausgewichen und hatte das Gespräch in eine andere Richtung gelenkt.

Mit Anthony fiel es ihr plötzlich leicht, über ihre Vergangenheit zu reden.

„Ich war sehr zielstrebig, bin gleich nach meinem Studium in einem Unternehmen eingestiegen und habe mich nach oben gearbeitet."

Sie musste schmunzeln, denn als sie sich vorstellte, wie sie wirken musste, als Kellnerin in einem kleinen Restaurant in Malibu, dann war das mit dem Bild einer taffen Geschäftsfrau kaum zu vereinen. Vor dieser Schwierigkeit schien auch Anthony zu stehen, denn er fragte

„wie kommt es, dass du hier gelandet bist und nicht in deinem Unternehmen sitzt und mittlerweile fester Teil des Vorstands bist?"

Sie wartete einen Augenblick, ehe sie antwortete.

„Ich, ich weiß es nicht so genau. Ich bin eines Morgens aufgewacht und wusste, dass ich so nicht weiter leben kann. Ich meine",

sie schaute ihm nun direkt in die Augen und hoffte, dass sie ihn mit diesem dramatischen, tiefgründigen Kram nicht vor den Kopf stieß,

„wir leben jeden Tag nur ein einziges Mal. Wir wissen nicht, wie viel Zeit uns noch bleibt. Oft verirren wir uns in unserem routinierten Alltag und schreiben Listen voller toller Dinge, die wir irgendwann im Leben unbedingt machen wollen. Wir haken die Dinge aber nie ab, weil Meetings, Überstunden und Familie dazwischenkommen. So schieben wir all die Erlebnisse, die wir in unserer Fantasie schon viele Male durchlebt haben, jahrzehntelang vor uns her."

Elinor versuchte, Anthonys Blick zu deuten. Sein Gesichtsausdruck hatte sich verändert, während sie sprach. Das belustigte Glitzern war aus seinen Augen verschwunden und an seine Stelle war etwas anderes getreten, das sie jedoch nicht deuten konnte.

„Ich war selbst in einem solchen Leben gefangen" sprach sie weiter.

„Ich habe jeden Tag von morgens bis abends im Büro gesessen, Aufgaben abgerarbeitet, Überstunden in Kauf genommen. Ich war auf meine Karriere fokussiert, dabei hatte ich eigentlich so viele andere Pläne. Dann ist etwas passiert, mit dem ich nicht gerechnet habe und dass mich aus diesem Leben gerissen hat."

Sie unterbrach sich und hing ihren Gedanken nach.

Ich konnte das nicht mehr. Es ging nicht. Es machte von einem Tag auf den anderen keinen Sinn mehr."

Anthony hatte bis zu diesem Zeitpunkt kein Wort gesagt. Sie schien sich seit langer Zeit niemandem geöffnet zu haben und er hatte Angst davor, ihren Rede- und Gedankenfluss zu stören, wenn er sie unterbrach. Er hatte Angst, die passenden Wörter nicht zu finden. In der Vergangenheit war es ihm schwergefallen, Empathie zu zeigen, doch er verstand diese Frau, die hier vor ihm saß und er wollte ihr sagen, dass sie nicht allein war, dass er sich ebenso fühlte wie sie.

„Das war der Tag, an dem ich gekündigt habe und hierher gezogen bin. Ich möchte mein Leben genieß, Abenteuer erleben, meine Träume wahr werden lassen, statt immer nur von ihnen zu träumen",

fügte sie etwas leiser hinzu.

Er war kurz davor, ihr von seiner Krankheit zu erzählen. Seit dem Tag, an dem er sie zum ersten Mal gesehen hatte, fühlte er sich so sehr mit ihr verbunden, wie er es vorher noch nie gefühlt hatte.

Er setzte an, stockte dann aber. Was würde es bringen, ihr zu erzählen, dass er nur noch wenige Monate zu leben hatte?

Sie würde ihn mit anderen Augen betrachten und er wollte kein Mitleid. Er wollte ihr zeigen, wie er sein konnte, dabeisein, wenn sie ihre Träume Wirklichkeit werden ließ und die Zeit mit ihr genießen.

Doch er konnte nicht aufhören, darüber nachzudenken, dass es eine wahnsinnige Eingebung des Schicksals war, dass er ihr zu diesem Zeitpunkt in seinem Leben begegnete. Eine Eingebung, die vielleicht sogar eine riesige Wendung mit sich brachte.

Sie unterhielten sich bis spät in den Abend und verabredeten sich für den Samstag. Anthony wollte sich unbedingt für das leckere Essen revanchieren, was sie ihm gezaubert hatte und nahm sich deshalb vor, die Lasagne seiner Mutter für sie zu kochen, die er seit mehreren Jahren schon nicht mehr gegessen hatte.

Kapitel 18

Er hatte sich noch nie so viel Mühe gegeben, um ein Date vorzubereiten. Zu seinem eigenen Erstaunen hatte es ihm wahnsinnig viel Spaß gemacht, einzukaufen, einen passenden Wein auszusuchen, sich zu überlegen, welche Musik sie hören würden und den Tisch zu decken. Er hatte Kerzen gekauft, ein dunkles Tischtuch in dem kleinen Laden neben dem Supermarkt ausgesucht und den Nachmittag damit verbracht, Muscheln am Strand zu suchen, die er wusch und dekorativ auf dem Tisch verteilte.

Als Elinor an der Tür klingelte, war Anthony gerade damit beschäftigt, den Wein zu öffnen. Sie sah umwerfend aus, in ihrem langen Kleid, das ihre Rundungen genau an den richtigen Stellen betonte. Ihre Haare trug sie offen und die Locken umspielten ihr Gesicht. Sie hatte sich wie immer dezent geschminkt, was ihm ausgesprochen gut gefiel. Als sein Blick an ihren Lippen hängenblieb bemerkte er, dass er sie wahrscheinlich erst hineinbitten sollte, ehe er über sie herfiel.

Elinor war aufgeregt, doch als sie Anthony in der Tür stehen sah, verflog diese Aufregung und zurück blieb das Gefühl von Geborgenheit, das sie in seiner Gegenwart immer spürte. Am Anfang hatte es sie sehr verblüfft, aber sie hatte sich dazu entschieden, es zuzulassen, statt dagegen anzukämpfen. Sie war kein Mensch, der sich normalerweise schnell öffnete und Nähe zuließ, aber mit diesem Mann, der in seiner Schürze unheimlich sexy aussah, war das anders.

Der Abend war perfekt. Nicht nur, weil die Lasagne köstlich schmeckte, sondern weil Anthony die gemeinsame Zeit genauso aufrichtig zu genießen schien. Er legte Musik auf, schenkte Wein ein und ging in seiner Gastgeberrolle auf, wie er es selbst nie für möglich gehalten hätte. Elinor freute sich darüber, dass er begann, von seiner Kindheit und seiner Mutter zu erzählen. Über seinen Vater verlor er weitaus weniger Worte. Sie konnte das nachvollziehen, denn viele ihrer Collegefreundinnen hatten von ähnlich distanzierten Beziehungen zu ihren Vätern gesprochen.

Sie musste gleichzeitig darüber nachdenken, wie nah sie ihrem Vater gestanden hatte. Sie verstand sich sehr gut mit ihrer Mutter, die sie ebenso liebte. Aber die Beziehung zu ihrem Vater war seit ihrer Kindheit eine Bindung gewesen, die sich mit nichts vergleichen ließ. Er kam in jeder einzelnen ihrer Kindheitserinnerungen vor. Sie hatten Abenteuer miteinander erlebt, waren in den Sommermonaten an einen See im Wald gefahren, hatten gezeltet und Würstchen an Stöcken über dem offenen Feuer gegrillt. Sie hatte es geliebt, wenn er seine Gitarre hervorholte und für sie spielte. Er hatte ihr beigebracht, Fahrrad zu fahren, hatte stundenlang Diktate für die Schule mit ihr geübt und sie getröstet, als sie sich in der siebten Klasse unglücklich verliebt hatte. Er war meistens fröhlich, auch wenn er nicht davor zurückschreckte, mit ihr zu schimpfen, wenn es notwendig war. Doch egal, ob sie sich gerade sehr gut oder weniger gut verstanden, sie war sich seiner bedingungslosen Liebe stets bewusst gewesen. Sie konnte sich nicht vorstellen, wie es sein musste, seinem Vater nicht so nahe zu stehen, ihn kaum zu sehen und ständig auf der Suche nach einem Zeichen für Zuneigung und Liebe zu sein.

Anthony bemerkte, dass Elinor in Gedanken versank, als er von seinen Kindheitserinnerungen erzählte.

„Hast du Lust, dir den Sonnenuntergang unten am Strand anzusehen?" fragte er deshalb und der nachdenkliche Ausdruck auf ihrem Gesicht wurde augenblicklich durch ein leuchtendes Strahlen ersetzt. Sie gingen gemeinsam den kleinen Weg hinab zum Strand, wo sie sich die Schuhe auszog, um ihre Zehen im von der Sonne gewärmten Sand zu vergraben. Es war deutlich kühler geworden und die Sonne befand sich nur noch wenige Zentimeter über der Wasseroberfläche.

Er hatte die Weinflasche und die Gläser, sowie zwei Wolldecken mitgenommen und als sie sah, dass neben seinem Stuhl nun noch ein weiterer stand, drehte sie sich ungläubig zu ihm um

„gehört dieser Platz jetzt ganz offiziell mir?",
fragte sie ihn und als er nickte, strahlte sie über
das ganze Gesicht. Sie hüpfte auf ihn zu, umarmte
ihn und küsste ihn so stürmisch, dass ihm beinahe die Weinflasche aus der Hand gefallen wäre.
Er spürte ihre Lippen auf seinen, weich und voll
und als er sie in die Unterlippe biss, verzogen sich
ihre Lippen zu einem Lächeln. Sie löste sich von
ihm, nahm ihm die Gläser hab und rannte zu den
Stühlen, wobei ihr Kleid und ihre Haare in der
Brise wehten, die vom Meer zu ihnen herüberkam.
Er zündete die Fackeln an, die er am Vormittag
gekauft und aufgestellt hatte, breitete die eine
Wolldecke über sie und schenkte ihnen Wein ein.

Es war weit nach Mitternacht, als sie sich aus
den Stühlen erhoben. Elinor hatte ihre Beine unter
sich gezogen, in dem Versuch, der Kälte zu entweichen, die sich am Strand ausbreitete, sobald
die Sonne verschwunden war.

Das Ergebnis war allerdings nicht wie gewünscht ausgefallen. Stattdessen waren ihre Beine
eingeschlafen und taub, sodass sie beinahe in den
Sand gefallen wäre, als sie sich erhob. Hinzu kam,
dass sie keinesfalls mehr so klar denken konnte,
wie sie angenommen hatte. Der Wein hatte seine
Wirkung nicht verfehlt und sie spürte, wie Anthony sie an der Hand nahm und ihr aufhalf.

Eng verschlungen gingen sie hinauf zum Haus,
wo er im Bad verschwand. Elinor setzte sich auf
das Sofa und kramte ihr Handy aus der Handtasche, die sie bei ihrer Ankunft achtlos in die

Sofakissen geworfen hatte. Sie hatte zwei verpasste Anrufe von einer unbekannten Nummer. Wer rief sie um diese Uhrzeit noch an?

Es konnte eigentlich nur jemand aus dem Restaurant sein, ihr Chef vielleicht, um ihr zu sagen, dass sich ihre Schicht für den nächsten Tag verschob. Das Freizeichen ertönte, dann nahm jemand ab.

„Hallo? Ich habe verpasste Anrufe von dieser Nummer",

begann Elinor, doch niemand antwortete. Sie konnte jemanden einige Male laut atmen hören, dann wurde aufgelegt. In diesem Augenblick kam Anthony in den Raum, sodass sie das Telefon wieder in die Tasche gleiten ließ und sich vornahm, sich keine weiteren Gedanken über den seltsamen Anrufer zu machen. Wahrscheinlich erlaubte sich jemand einen Streich oder hatte sich in der Nummer geirrt. Schließlich hatte sie ihre Telefonnummer geändert, als sie aus Los Angeles fortging. Neben ihrem Arbeitgeber, ihrer Mutter und Linda, hatte sie sie niemandem gegeben. Sie wurde das ungute Gefühl nicht los, das sich nach diesem Anruf in ihrer Magengegend breitmachte.

Kapitel 19

Elinor war schon seit mehr als einer Stunde nach Hause gefahren und trotzdem lag Anthony noch nicht im Bett. Stattdessen saß er am großen Fenster im Wohnzimmer und blickte auf das Meer hinaus. Auch wenn es weitestgehend dunkel war, konnte er einige Wellen erkennen, die unter dem Licht des Monds silbern schimmerten. Er musste an Elinors Worte denken, als sie sich im Restaurant unterhalten hatten. Darüber, dass niemand wusste, wie viele Tage er noch zu leben hatte und dass man die Dinge umsetzen sollte, die man erleben wollte, solange es möglich war.

Gab es vielleicht doch etwas, was er unbedingt erleben wollte? Etwas, was er vorher nie für möglich gehalten hätte? Er hatte das starke Bedürfnis, mit jemandem zu sprechen. Nach einigen Freizeichen ertönte Harrys verschlafene Stimme

„Anthony, alles in Ordnung?"

mit diesen Worten antwortete sein Bruder jedes Mal, seitdem Anthony ihm von seiner Diagnose erzählt hatte. Anthony hatte zu Beginn versucht, die Krankheit vor seinem Bruder zu verheimlichen. Aber der hatte sofort durchschaut, dass hinter dem plötzlichen Sinneswandel und der Kündigung Anthonys weitaus mehr stecken musste als nur die Erkenntnis, ein wenig Ruhe zu benötigen.

Harry hatte es einige Mühe gekostet, herauszufinden, wo sich Anthony aufhielt. Am Telefon hatte er nur herumgedruckst und keine genaue Auskunft gegeben. Also war Harry nach Los Angeles geflogen und hatte sich mehrere Tage vor Anthonys Villa in Beverly Hills aufgehalten, bis er Martha abfangen konnte, die zum Blumengießen und Staubwischen zur Villa erschien. Auch sie wollte zunächst keine Informationen preisgeben. Sie kannte Harry nicht und hatte die strikte Anweisung, niemanden nach Malibu weiterzuleiten. Doch Harry hatte mit einer solchen Ausdauer und Inbrunst auf die Frau eingeredet, dass sie schließlich entschied, eine Ausnahme machen zu können. So kam es, dass Harry eines Abends unangekündigt vor Anthonys Villa in Malibu stand.

Anthony wusste sofort, dass er seinem Bruder nichts vormachen konnte. Also hatte er ihm alles erzählt. Anfangs schleppend und zögernd, doch umso mehr er sprach, desto befreiter fühlte er sich. Harry hatte ganz anders reagiert, als er angenommen hätte. Er war weitestgehend ruhig geblieben, hatte Anthony nach Details zu seiner Krankheit gefragt und sich vorsichtig vorgetastet. Er war mit der Entscheidung seines Bruders, die Behandlung nicht einzuleiten, zwar nicht einverstanden, respektierte sie jedoch. Er konnte nachvollziehen, wie Anthony sich fühlte, auch wenn er an seiner Stelle eine andere Richtung eingeschlagen hätte.

Was Harry sehr gut konnte und Anthony in den letzten Wochen immer häufiger in Anspruch nahm, war, zuzuhören. So auch an diesem Abend. Es war egal, wie spät es war und auch die Zeitverschiebung war kein Thema mehr. Harry wusste, dass er seinem Bruder wahrscheinlich nicht mehr lange zuhören können würde und er wollte jeden Augenblick nutzen, der sich ihm bot, um für Anthony da zu sein und an seinen Gedanken teilzuhaben.

„Ich habe jemanden kennengelernt", brach es aus Anthony heraus. Plötzlich wusste er nicht mehr, wo er anfangen sollte, zu erzählen.

„Du meinst...eine Frau?" hörte er seinen Bruder fragen. Stille...dann „erzähl mir von ihr."

Anthony konnte aus der Stimme seines Bruders heraushören, dass Hoffnung aufkeimte. Die Hoffnung, dass sein Anthony womöglich doch eine Therapie annehmen würde.

„Freu dich nicht zu früh, wir sind ja nicht einmal ein Paar", ermahnte er ihn und hörte die leise Frage seines Bruders „aber du wärst es gerne, nicht wahr?"

Er lächelte und nickte dann. Ja, er wäre gerne mit Elinor zusammen.

„Ich weiß auch nicht, wir kennen uns nur sehr kurz. Aber ich habe das Gefühl, sie schon ewig zu kennen. Sie ist aufrichtig, intelligent, interessant, witzig und wahnsinnig sexy. Aber nicht diese aufgesetzte Art von Sexy wie sie in Filmen verkörpert wird. Sie weiß glaube ich nicht einmal, wie heiß und unwiderstehlich sie ist."

Bei den Worten dachte er an Elinor, die durch die Wellen tobte und ihre Locken, die sich aus dem Zopfband lösten und um sie herumwirbelten, als sie sich zu ihm drehte und ihn mit ihrem strahlenden Lächeln ansah. Harry prustete leicht

„wer bist du und was hast du mit meinem Bruder gemacht?" fragte er, wobei er sich offensichtlich ein Lachen verkneifen musste.

„Ich weiß es auch nicht Harry, sie ist einfach…wenn ich mit ihr zusammen bin, dann vergesse ich die Welt um mich herum. Es gibt keine Probleme mehr, keine Schmerzen, keinen verdammten Tod! Wenn ich mich mit ihr unterhalte, dann spüre ich, wie mich ein Gefühl von Ruhe durchströmt."

Er atmete tief ein und wieder aus. Er fühlte ihn immer noch, diesen Frieden, der in seiner Brust begann und sich von dort in seinen ganzen Körper ausbreitete.

„Klingt so, als seist du ziemlich verliebt Brüderchen!", hörte er Harry sagen.

„Hmm, das bin ich wahrscheinlich auch. Wenn es sich so anfühlt, dann war ich wirklich noch nie richtig verliebt. Weißt du, was ich am besten finde?"

Harry stieß ein fragendes Grunzen aus „dass es mit ihr kein Drama gibt. Es ist alles echt, ohne oberflächliche Forderungen oder Ansprüche. Wir genießen einfach jeden Augenblick, den wir gemeinsam verbringen können."

Harry setzte sich auf, was Anthony am Rascheln der Bettwäsche erkannte.

„Ich weiß nicht Anthony. Ich meine, ich freue mich wahnsinnig für dich und du weißt, ich hoffe immer noch auf ein Wunder, dass dich umschwenken lässt, sodass du dich doch noch behandeln lässt. Aber, klingt diese Frau nicht...zu perfekt? Ich kenne niemanden, der keine Ansprüche stellt, der sich auf einen fremden Mann einlässt und keine Fragen stellt. Hast du ihr erzählt, wer du bist? Ich meine, wer du eigentlich warst?"

Anthony fühlte sich ertappt. Er hasste es, wenn sein Bruder ihn auf Ungereimtheiten aufmerksam machte, die ihm eigentlich vorher hätten auffallen müssen. Er merkte, wie sich die Freude und die Ruhe, die er noch vor wenigen Sekunden in seinem ganzen Körper gespürt hatte, auflösten und sich Kälte an ihre Stelle begab.

Auch Harry merkte, dass sich die Stimmung verändert hatte.

„Ich wollte nicht so hart mit dieser Frau ins Gericht ziehen Anthony, ich kenne sie ja nicht einmal. Ich habe nur Angst, dass du dich in deiner Situation in etwas verrennst, ohne darauf zu achten, wie sich diese Frau fühlt, wie heißt sie eigentlich?"

„Elinor. Ich glaube, sie würde dir sehr gefallen. Ich bin mir sogar sicher."

Anthony erinnerte sich an ihre Worte im Restaurant.

„Ich glaube", sagte er „sie hat vor kurzem irgendetwas nicht so schönes erlebt. Sie hat mir von ihrem Leben in Los Angeles erzählt und es klang so, als sei irgend etwas vorgefallen, was sie dazu bewogen hat, ihr Leben umzuschmeißen und ihre Träume zu verfolgen."

Er musste wieder an ihren Gesichtsausdruck denken. An dem Abend, als sie im Restaurant beisammen gesessen hatten und sie von ihrem Job berichtete. Sie hatte verletzlich ausgesehen, als würde sie ihm gleich erzählen, was der tatsächliche Grund für ihren Aufbruch gewesen war.

„Nehmen wir an, sie ist so perfekt, wie du sagst", unterbrach Harry seinen Gedankengang „du solltest ihr die Wahrheit sagen Anthony. Ihr kennt euch erst sehr kurz, wahrscheinlich hat sie dir deshalb einfach noch nicht gesagt, wie sie sich die Zukunft vorstellt. Sie hat ein Recht darauf, zu wissen, was bei dir gesundheitlich los ist."

Anthony verdrehte die Augen und war sich sicher, dass Harry das durchaus bewusst war. Er hasste es, wenn sein Bruder Recht hatte und ihn auf Dinge hinwies.

„Danke Brüderchen. Du bist mein Gewissen, wenn ich keins habe. Ich weiß, dass ich ihr die Wahrheit sagen muss. Es ist nur so schön, sich einzubilden, es gäbe dieses Problem nicht. So zu tun, als seien wir einfach zwei Menschen, die sich kennenlernen."

Er musste erneut an Elinor denken, an ihr strahlendes Lächeln und das Leuchten in ihren Augen.

Er wollte, dass sie immer so strahlte, dass sie für ihn strahlte. Und er wusste, dass er diese Stimmung zwischen ihnen ein für allemal zerstören würde, wenn er ihr von seiner Krankheit erzählte. Sie würde ihn mitleidig ansehen und ihn für seine Lage bedauern. Und wenn sie das Gleiche für ihn fühlte, wie er für sie, dann würde sie auch sich selbst bedauern und die Tatsache, dass es wahrscheinlich keine gemeinsame Zukunft geben würde.

Nachdem Anthony das Gespräch mit Harry beendet hatte, nahm er sich eine Decke und ging den schmalen Weg zum Strand hinunter. Er konnte nicht schlafen, er wollte auch gar nicht schlafen. Stundenlang hing er seinen Gedanken nach und überlegte fieberhaft, wie er ihr die Wahrheit sagen konnte, ohne dass ihre Hoffnungen und ihre Gefühle für ihn zerbrachen. Doch ganz gleich, wie er die Worte in seinem Kopf auch wendete, das Resultat war stets das Gleiche. Wenn sie sich eine Zukunft mit ihm vorstellen konnte, dann würden sich ihre Augen mit Tränen füllen und sie würde sich dafür bedauern, dass sie sich gerade den Mann ausgesucht hatte, mit dem wahrscheinlich keine langfristige Zukunft möglich war. Wenn sie nicht so für ihn empfand, wie er insgeheim hoffte, dann würde sie ihn mitleidig betrachten und ihn nicht wiedersehen wollen.

Wozu auch? Niemand wollte Zeit mit jemandem verbringen, der bald sterben würde. Sie würde vergessen, was für schöne Momente sie bisher gemeinsam erlebt hatten und alles würde sich nur noch um seine Krankheit und seinen bevorstehenden Tod drehen.

Er versuchte mit aller Kraft, diese negativen Vorstellungen von sich zu schieben und sich stattdessen an der Hoffnung festzuklammern, dass sie anders reagieren würde. Als er sich von seinem Stuhl erhob, um ins Haus zu gehen, nahm der Himmel bereits einen hellen Rosaton an, der den neuen Tag einläutete. Er ging den schmalen Weg zum Haus wieder hinauf und als sein Blick auf das Fenster des Gästezimmers fiel, meinte er, dort Elinor zu sehen, die früh morgens durch das Weinen ihres gemeinsamen Kindes geweckt worden war. Vielleicht gab es ja doch Hoffnung.

Für ihn – für sie beide.

Kapitel 20

Am Dienstag darauf war Elinor gerade auf dem Weg zu Anthony, der sie zu einem gemeinsamen Nachmittag am Strand eingeladen hatte, als ihr Handy klingelte. Es war wieder die unbekannte Nummer, die ihr einige Tage vorher ein so ungutes Gefühl in die Magengegend gejagt hatte. Sie überlegte, ob sie rangehen sollte. Ein Impuls sagte ihr, den Anruf einfach wegzudrücken und die Nummer zu sperren. Gleichzeitig wollte sie herausfinden, wer hinter den seltsamen verpassten Anrufen steckte und ihm ein für allemal sagen, dass er aufhören sollte, sie zu belästigen. Ihre Neugier siegte und sie drückte auf den grünen Knopf, der auf ihrem Display leuchtete.

„Hallo? Wer ist da?" fragte sie. Es kam wieder keine Antwort. Sie wartete einige Sekunden, ehe sie erneut fragte

„wer ist da? Was wollen Sie von mir?"

Sie hörte die tiefen Atemzüge des Anrufers, dann ein Knacken und die Leitung war tot. Das konnte kein Zufall mehr sein und auch ein Streich erschien ihr unglaubwürdig. Ein Schauder lief ihr den Rücken herunter. Konnte es sein, dass Max sie gefunden hatte?

Der Taxifahrer riss sie aus ihren Gedanken. Sie waren an der langen Auffahrt angekommen und sie entschied sich dazu, den Weg bis zum Haus zu Fuß zu gehen.

Der Nachmittag war wunderschön, die Sonne schien hoch oben am Himmel und Elinor schob sich den Sonnenhut tiefer ins Gesicht, nachdem sie ausgestiegen war. Das Klima war in den letzten Wochen sehr trocken gewesen, was für Kalifornien keinesfalls verwunderlich war. Die Grillen zirpten auf dem trockenen Gras, die Palmen standen in regelmäßigen Abständen entlang der Auffahrt und warfen ihre Schatten. Umso mehr sie sich dem Haus näherte, desto stärker wurde der Duft nach Jasmin und Lavendel, der sie schon bei ihrem ersten Besuch fasziniert hatte.

Sie klopfte nicht an die Tür, sondern ging um das Haus herum zur Terrasse, wie Anthony es ihr gesagt hatte. Auch wenn sie nun schon einige Male an diesem Ort gewesen war, stockte ihr bei der spektakulären Aussicht aufs Meer immer noch der Atem. Er wartete bereits auf sie, hatte sich an das Geländer der Terrasse gestellt und die Arme darauf gestützt. Seine Rückenansicht gefiel ihr, die Muskeln zeichneten sich unter dem T-shirt ab und die Sehnen an seinen Armen traten leicht hervor.

Er zuckte leicht zusammen, als sie an ihn trat und ihre Arme von hinten um ihn schlang. Doch dann entspannte er sich, drehte sich zu ihr um und sie drückte ihm einen Kuss auf den Mund,

wofür sie sich auf die Zehenspitzen stellen musste. Sie gingen gemeinsam zum Wasser hinunter,
wo sie sich ihrer Kleidung entledigte und in die
Wellen rannte. Sie hatte aus ihren Fehlern gelernt
und trug seit dem ersten Strandbesuch, bei dem
sie noch nicht so perfekt vorbereitet gewesen war,
immer einen Bikini drunter, wenn sie Anthony besuchte.

Als sie aus dem Wasser auftauchte und sich
umdrehte, um zu sehen, ob er ihr nachkam, sah
sie, dass auch er dieses Mal weitaus besser vorbereitet war. Er zwängte sich soeben in einen
Neoprenanzug, wie sie ihn sonst nur bei Surfern
gesehen hatte. Bei seinem Anblick musste sie laut
auflachen. Der Anzug schien auf jeden Fall bessere Tage gesehen zu haben. Nach einigen Minuten
hatte Anthony es zwar endlich geschafft, ihn über
seinen Hintern zu ziehen, doch die nächste Hürde
bestand darin, in die Ärmel zu kommen.

Anthony startete mehrere Versuche, gab dann
auf und lief zurück zum Haus. Als er einige Minuten später auf die Terrasse trat, konnte sie
von unten aus dem Wasser, wo sie sich weiterhin
befand, erkennen, dass er die Ärmel kurzerhand
abgeschnitten und den Neoprenanzug zu einer
Weste umfunktioniert hatte. Er kam den Weg
wieder hinuntergelaufen und als er endlich zu ihr
in die Wellen trat, keuchte er merklich.

Es war ihr bereits am Tag vorher aufgefallen,
dass er schwerer atmete. Sie waren Eis essen
gewesen in einer kleinen Eisdiele, die an einer

Klippe lag. Sie war nur zu Fuß zu erreichen und auch wenn der Weg nicht weit war, hatte Anthony versucht, sein Keuchen zu verbergen, als sie ankamen.

Sein schiefes Grinsen riss sie aus ihren Gedanken und mit einem Ruck drehte er sich um, wodurch sie plötzlich mit seinem Hintern konfrontiert wurde. Er schaute sie über die Schulter hinweg unschuldig an und fragte dann mit zuckersüßer Stimme „ich habe den Reißverschluss nicht zubekommen, würdest du mir dabei helfen?"

Elinor prustete los und konnte gar nicht mehr aufhören, zu lachen. Sie entschied sich dazu, mitzuspielen, unterdrückte das Lachen und zog den Reißverschluss lasziv hoch, wobei sie ihre eine Hand absichtlich auf seinem Hintern abstützte und die andere langsam nach oben bewegte. Ihr Zeigefinger strich dabei an seiner Wirbelsäule entlang und sie beobachtete mit Genugtuung, wie sich eine Gänsehaut auf seinem Rücken bildete.

Als sie fertig war, gab sie ihm einen leichten Klaps auf den Po, drehte ihn zu sich um und begann, ihm kleine Küsse auf den Hals zu drücken. Der Ausschnitt des Neoprenanzugs war relativ hoch, doch genau über der Kante platzierte sie ihre kleinen Küsse mit hoher Präzision. Nach einer gefühlten Ewigkeit hielt er es nicht länger aus. Er zog sie an sich, hielt ihren Kopf mit beiden Händen und strich ihr dabei mit den Daumen zärtlich über die Wangen.

Er liebte die kleinen Sommersprossen, die auf

ihrer Nase und zu sehen waren, die Form ihrer Lippen, die voll und rund waren und die Farbe ihrer Augen. Diese Augen, die ihn mit einer solchen Echtheit und Verletzlichkeit anstrahlten. Er musste sie einfach küssen, schmeckte das Salz auf ihren Lippen und ihre weiche Zunge, als sie ihren Mund leicht öffnete und ihm Eintritt gewährte. Sie schnappten beide heftig nach Luft, als sie endlich voneinander abließen.

Außer Atem legte er seine Stirn an ihre und schaute ihr tief in die Augen. Seine Zunge schmeckte immer noch nach ihrem Mund und er spürte das Verlangen, ihr zu sagen, wie wertvoll dieser Augenblick für ihn war, wie nah er sich ihr fühlte. In diesem Moment spürte er, wie sich das unendliche Glück mit der Angst vermischte, die elektrische Stimmung zwischen ihnen zu zerbrechen. Ein falsches Wort und alles würde in tausend Stücke zerbersten, wie eine filigrane Glaskugel, die durch ein achtloses Kind von der Kommode gestoßen wird, auf der sie mit großer Sorgfalt platziert worden war.

Er wollte sich abwenden, um sich in die Wellen gleiten zu lassen und einen klaren Kopf zu bekommen. Doch sie legte ihre Hand auf seinen Unterarm und er stockte mitten in der Bewegung.

„Danke", sagte sie so leise, dass er sich am Anfang gar nicht sicher war, ob er sie richtig verstanden hatte.

„Danke, für diese Zeit, für jeden einzelnen Augenblick." Sie seufzte, schaute ihn dann an und nagelte seinen Blick mit ihren Augen fest.

„Ich weiß nicht, was wir sind, was wir hier gerade werden. Aber es ist mir egal, weil ich mich noch nie bei jemandem so sicher und verstanden gefühlt habe."

Ihr Blick hatte sich verändert und er sah, wie sich Unsicherheit in das Strahlen ihrer Augen mischte. Wie gerne hätte er ihr alles gesagt. Aber ihm wurde in diesem Moment erneut schmerzlich bewusst, dass er das nicht konnte. Noch nicht. Deshalb nahm er sie in den Arm, drückte ihr einen Kuss auf den Kopf und sagte nichts.

Er fühlte sich so miserabel wie noch nie in seinem Leben. In den letzten Tagen hatte er oft über Harrys Bedenken nachgedacht und nach Zeichen gesucht, die   signalisierten, dass Elinor doch nicht so aufrichtig war, wie sie vorgab zu sein. Er fühlte sich schäbig, als würde er sie hintergehen.

Denn während sie jeden Augenblick mit ihm bis ins kleinste Detail auskostete, hinterfragte er ihre Worte und ihre Körpersprache. Er suchte nach Anzeichen, die er nicht fand. Gleichzeitig wollte er sich selbst nicht eingestehen, dass er insgeheim auf einen Fehler oder einen Hinterhalt ihrerseits hoffte.

Sein ganzes Leben lang war er emotional unabhängig gewesen, hatte sein Leben nach seinen Regeln gespielt. Und jetzt war da plötzlich diese Frau, die seine Weltanschauung auf den Kopf stellte und Fantasien in greifbare Nähe brachte, von denen er nie zu träumen gewagt hatte.

Die Situation machte ihm Angst, auch wenn er versuchte, sie auszublenden, war sie immer da und begleitete ihn. Er hatte sich von Frauen nicht in die Enge treiben lassen und darauf war er immer sehr stolz gewesen. Während seine Freunde einer nach dem anderen heirateten und seiner Meinung nach dadurch sehr eingeschränkt wurden, hatte er sich nie Gedanken darüber gemacht, wie seine Freunde sich mit ihren Frauen und ihren Familien fühlten. Er hatte vor allem all das gesehen, auf was sie ab dem Zeitpunkt der Verlobung, allerspätestens jedoch ab dem Tag der Hochzeit, verzichteten.

Seiner Auffassung nach hatten sie vor allem ihre Unabhängigkeit und ihre Selbstbestimmtheit aufgegeben. Auszugehen, wann immer man wollte, war undenkbar. Plötzlich war nicht mehr wichtig, dass ein Auto schnell, schön und mit Ledersitzen versehen war, sondern ob der Kinderwagen in den Kofferraum passte.

Wie es hinter den Kulissen aussah und dass seine Freunde gerne freiwillig auf einige Dinge verzichteten, weil sie in ihrer Familie und ihrer neuen Rolle als Ehemann und Vater aufgingen, das hatte Anthony nie wahrgenommen. Wahrscheinlich hatte er aber auch einfach nur nicht hinsehen wollen, denn dann hätte er sich eingestehen müssen, dass er diesen Teil in seinem Leben eigentlich schmerzlich vermisste.

Jetzt war da plötzlich eine Frau, eine, bei der er

das Gefühl hatte, er selbst sein zu können. Eine, mit der er all diese Momente, erleben wollte. Dieses Gefühl war in den letzten Tagen mehrmals aufgekommen und jedes Mal war er vor Schreck erstarrt. Er hatte sich mit dem Gedanken auseinandergesetzt, doch eine Therapie zu beginnen.

Aber was, wenn es zu spät war? Was, wenn sie den Menschen, in den er sich in den kommenden Monaten verwandeln würde, nicht lieben konnte?

Denn die Behandlung war kräftezehrend und würde ihn an seine körperlichen und psychischen Grenzen bringen.

Er war sich bis zu dem Zeitpunkt, in dem er Elinor begegnet war, so sicher gewesen, die richtige Entscheidung getroffen zu haben. Aber jetzt wurde es für ihn von Tag zu Tag schwerer, die Augenblicke mit ihr zu genießen, in dem Wissen, dass sie sehr begrenzt waren. Abgesehen davon konnte er nicht einschätzen wie Elinor reagieren würde.

Sie sprach davon, ihr Leben genießen zu wollen und ihre Lebensfreude war eine der Eigenschaften, die er an ihr so sehr schätzte. Würde sie sich auf jemanden einlassen, der so krank war wie er? Würde sie ihre Freiheit und die Möglichkeit der Abenteuer aufgeben, um ihn ins Krankenhaus zu bringen und an seinem Bett zu sitzen, wenn es ihm besonders schlecht ging?

Und was noch viel wichtiger war: wollte er, dass sie für ihn da war, wenn es ihm während der Behandlung dreckig ging? Wollte er sehen, wie sie sich an immer kleiner werdenden Strohhalmen festhielt, wenn die Therapie nicht anschlug? Wollte er die Ursache dafür sein, dass sich ihre strahlenden Augen, die er über alles in dieser Welt liebte, weil sie ihm einen direkten Einblick in ihre Seele gewährten, wollte er, dass sich diese strahlenden Augen mit Tränen der Trauer und Ohnmacht füllten, wenn sie ihn betrachteten?

Anthony versuchte, den Gedankenstrudel, der ihn verschlang, vor Elinor zu verbergen, doch er wusste, dass sie ihm sein übermäßig unbeschwertes Auftreten nicht abkaufte. Er erwischte sie immer wieder dabei, wie sie ihn heimlich beobachtete, während ihre Stirn nachdenkliche Falten bildete.

Sie saßen noch lange auf den Stühlen im Sand, direkt am Wasser. Dieses Mal hatten sie sich ein kleines Feuer gemacht, denn die Wolldecken allein kamen gegen die kühle Nachtluft nicht an, die vom Meer ins Landesinnere drängte. Als Anthony Elinor nach Hause gebracht hatte, kehrte er noch einmal zum Wasser zurück, um sich zu versichern, ob sie das Feuer auch wirklich ganz gelöscht hatten. Er wandte sich zum Gehen, da fiel sein Blick wie einige Tage zuvor, auf das Fenster des ehemaligen Gästezimmers und er sah Elinor im schwachen Lichtschein der Nachtleuchte. Sie war damit beschäftigt, ihr gemeinsames Kind ins Bett zu bringen. Die Tür ging leicht auf und er quetschte sich durch den Spalt, ging zu Elinor, die mit dem Baby auf dem Arm vor dem Bettchen stand und gab beiden einen Kuss, bevor er ihr das Baby abnahm, um sie ins Bad zu schicken, wo er ihr eine heiße Wanne eingelassen hatte.

Seine Gedanken kehrten zu den ganzen offenen Fragen zurück, die sich ihm in den Weg stellten und die er nicht aus seinem Kopf verbannen konnte, ganz gleich, wie stark er es versuchte. Die Frage, die sich immer weiter in den Vordergrund drängte war:

„Was ist, wenn ich es einfach versuche?"

Kapitel 21

Für den Freitag hatte sich Anthony etwas besonderes ausgedacht. Er liebte den Strand hinter seinem Haus, er liebte die Gespräche, die er dort mit Elinor führte. Aber er wollte mit ihr noch so viel mehr unternehmen. Beispielsweise ein romantisches Date in einem Autokino. Sein Cabrio bot sich dafür an und auch wenn er sich sicher war, dass er ein solches Date vor einigen Monaten noch für ausgesprochen kitschig gehalten hätte, so hatte er das Verlangen, mit Elinor all diesen Kitsch zu erleben.

Elinor wartete vor ihrer Haustür auf ihn. Sie war angenehm nervös gewesen und hatte sich darüber gefreut, früher zu Hause zu sein. Im Restaurant war an diesem Tag nicht viel los gewesen, sodass sie gleich nach dem Ende ihrer Schicht ein Taxi genommen hatte und nach Hause gefahren war.

Dort wartete ein Kleiderproblem auf sie, denn auch wenn Anthony gesagt hatte, sie würden heute etwas besonderes unternehmen, so wollte er partout nicht verraten, was er mit ihr vorhatte. Sie probierte mehrere Kleider an, begutachtete sich im Spiegel, war aber nie zufrieden. Das eine war zu kurz, das andere zu elegant, ein wieder anderes zu bunt und das vierte zu eng.

Huch?! Wann war das denn passiert? Sie drehte sich vor dem Spiegel und musste feststellen, dass der Reißverschluss beim besten Willen nicht mehr zu schließen war. Sie hatte in der letzten Zeit häufig im Restaurant gegessen, da ihre Schicht bis in den Nachmittag reichte. Larry, der Koch, gab sich immer besonders große Mühe, wenn er für Linda und Elinor Essen zubereiten sollte. Wobei Elinor sich sicher war, dass sie bei den begeisterten Vorführungen von Larrys Kochkunst nicht im Mittelpunkt stand, anders als Linda. Auch wenn sie mit Anthony zusammen war, aßen sie gut. Er gab sich die größte Mühe, immer etwas ausgefallenes in seinem Kühlschrank zu haben, wenn sie bei ihm war. Dabei mochte sie es gern simpel. Sie liebte es, wenn man den Geschmack der einzelnen Zutaten aus einem Gericht herausschmecken konnte. Deshalb endete ihr Besuch bei Anthony meist damit, dass sie den Kühlschrank öffnete und einige weniger ausgefallene Zutaten heraussuchte, um damit zu kochen.

Sie drehte sich, sodass sie ihren Hintern im Spiegel betrachten konnte. Auch er hatte an Volumen gewonnen, das war nicht zu übersehen. Aber wenn sie ehrlich war, gefiel ihr der Anblick. Zu ihren Bürozeiten in Los Angeles hatte sie kaum Zeit gefunden, um etwas zu essen. Die Zeit verflog so schnell, dass sie häufig erst am frühen Abend feststellte, dass sie nichts zu Mittag gegessen hatte. Produktiv war sie in dieser Zeit gewesen, das konnte keiner bestreiten. Aber auch wenn sie in ihren engen Bleistiftröcken und Anzugshosen gut ausgesehen hatte, hatte sie sich im Rückblick nicht gesund gefühlt. Und dann, nach dem Vorfall, der jetzt einige Monate zurücklag, war sie bei dem Anblick ihrer Mutter so traurig gewesen, dass sie keinen Hunger spürte.

Ihr Blick fiel auf ein Kleid, dass in ihrem Schrank hing. Es wurde von einem überdimensionalen Mantel verdeckt, den sie bei ihrer Ankunft im Eingangsbereich der Wohnung gefunden hatte. Auch wenn er eigentlich nicht ihr Stil war, hatte sie es nicht über sich gebracht, ihn wegzugeben.

Elinor ging zum Kleiderschrank, schob den Mantel ein Stück beiseite und betrachtete das Kleid. Sie zupfte an dem dunkelroten, weiten Saum, strich leicht über die kleinen Blumen und ihre Gedanken wanderten an den Tag zurück, als sie das Kleid in einem Schaufenster in einer kleinen Boutique gesehen hatte.

Sie war mit ihrem Vater in seinem Lieblingscafé gewesen, in dem sie starken Kaffee getrunken und köstlichen Käsekuchen gegessen hatten. Anschließend hatten sie beschlossen, einige Schritte zu Fuß zu gehen. Die Sonne schien an diesem Tag und es war ungewöhnlich warm für Anfang Februar. Elinor erinnerte sich daran, wie sie sich bei ihrem Vater untergehakt hatte, als sie das Café verließen.

Sie liebte es, eng an ihn geschmiegt spazieren zu gehen. Ab und zu wehte ein kleiner Windstoß den Geruch seines Parfüms zu ihr herüber. Sie liebte diesen Duft, weil er sie an ihre Kindheit erinnerte. An die Tage, an denen ihr so kalt gewesen war, dass ihr Vater ihr einen seiner warmen, großen Pullover angezogen hatte, in denen sie sich auf dem Sofa einrollte, während er ihr eine heiße Schokolade machte. Sie hatte sich auch mit ihrer Mutter immer sehr gut verstanden, aber das Band zu ihrem Vater war ein ganz besonderes gewesen.

Als sie an diesem Tag im Februar gemeinsam durch die kleine Straße gingen, blieb ihr Vater plötzlich stehen und knuffte sie mit seinem Ellenbogen in die Seite. Sie wollte sich gerade beschweren und ihn fragen, was los sei, da zeigte er mit seinem Zeigefinger auf ein kleines Schaufenster. Sie verliebte sich augenblicklich in das Kleid mit seinem dünnen, wallenden Stoff, den kleinen Blumen und dem langen Schlitz. Als sie ihren Vater ansah, wusste sie, dass sie es wenigstens anprobieren musste.

Die freundliche Ladenbesitzerin, die jedes Kleid selbst designte und anfertigte, nahm es von der Schaufensterpuppe und reichte es ihr im einem vielsagenden Grinsen.

„Ich habe das Gefühl, dass ich dieses Kleid allein für Sie genäht habe", sagte sie andächtig und klatschte in die Hände, als Elinor aus der Umkleide trat und sich einmal drehte, sodass sich der dunkelrote Stoff öffnete und zu einem Teller ausbreitete.

Elinor war vor den Spiegel getreten, um sich besser betrachten zu können. Ihr Blick glitt an dem wunderschönen Ausschnitt mit Spitze hinunter, zur Taille, die spielerisch gerafft war, bis zum oberen Ende des Schlitzes, der genau an der richtigen Stelle aufhörte.

Die Besitzerin der Boutique hatte recht, es passte wie angegossen. Elinor betrachtete ihr Gesicht im Spiegel. Ihr Mund verzog sich zu einem breiten Lächeln, sie konnte gar nicht anders. Dann fiel ihr Blick plötzlich auf ihren Vater, der in einigem Abstand hinter ihr stand. Er hatte Tränen in den Augen und musste schlucken, bevor er sagte:

„Wir nehmen es, das ist das Kleid, in dem sich meine kleine Tochter verloben wird."

Elinor hatte das Kleid aus dem Schrank genommen, strich über den weichen Stoff und vergrub ihr Gesicht darin. Sie hatte es mit dem Parfüm ihres Vater besprüht, bevor sie es in den Schrank gehängt hatte. Es duftete immer noch nach ihm und ihr kamen die Tränen. Sie hatte seit Wochen nicht mehr geweint, nicht einmal, wenn sie ihre Mutter besuchte. Aber jetzt quollen die Tränen aus ihren Augen und sie konnte sie nicht mehr zurückhalten. Ein Schluchzen bildete sich tief in ihrem Brustkorb und drang mit einer solchen Wucht aus ihr heraus, dass ihr Oberkörper erzitterte.

Wie glücklich war sie an diesem Tag gewesen, an diesem Tag im Februar vor etwas mehr als vier

Monaten. Ihr Vater hatte sie an der Hand genommen, als sie die Boutique verließen. Sie hatte die kleine Papiertüte mit dem Kleid in der Luft herumgeschwungen und sich so glücklich gefühlt, dass sie meinte, zerplatzen zu müssen.

Sie hatte sich auf die Verlobungsfeier gefreut, die für zwei Wochen später angesetzt gewesen war. Und jetzt fühlte sie den Stoff des Kleids zwischen ihren Fingern, das bis heute unbenutzt war. Wie wenig Zeit musste vergehen, um von einem Zustand vollkommenen Glücks in den Abgrund purer Verzweiflung zu stürzen. Wie schnell ging der Fall und wie schwierig war es hingegen, sich aus diesem Abgrund wieder herauszuarbeiten.

Elinor atmete tief durch und hielt das Kleid auf Armeslänge von sich. Sie musterte es von oben bis unten, straffte die Schultern und entschied sich dann dafür, dass sie weiterkämpfen würde. Sie hatte es geschafft, sich vom Boden des Abgrunds aufzurappeln und damit begonnen, seine steilen Wände zu erklimmen. Es gab Tage, an denen vergaß sie, welche Fortschritte sie in den letzten Monaten gemacht hatte. Aber heute würde kein solcher Tag sein. Heute würde sie sich das nächste kleine Stück an der steilen Wand hinaufarbeiten und an den guten Dingen im Leben festhalten. Sie würde nach oben schauen und sich selbst daran hindern, dass ihr Blick in die tiefe Kluft wanderte, die unter ihr klaffte.

Als Anthony vor Elinors Wohnung ankam, saß sie auf den Stufen der Veranda. Ihr Blick war in die Ferne gerichtet und er bremste bereits einige Meter vor dem Eingang des Hauses ab, um sie zu betrachten. Ihre Haare glänzten in der Abendsonne und es hatten sich kleine Haarsträhnen aus dem Stoffband gelöst, mit dem sie die Haare zurückgebunden hatte. Ihre Lippen sahen in dem dunkelroten Farbton, der perfekt zu ihrem Kleid passte, zum Küssen aus. Ihre Augen leuchteten auf, als sie ihn erblickten und ihm wurde warm ums Herz.

Womit hatte er diese Frau verdient, die so wunderschön war, intelligent, leidenschaftlich und zärtlich? Er hatte sie nicht verdient, da war er sich sicher. Trotzdem konnte er nicht von ihr ablassen und er wünschte sich sehnlichst, vielleicht irgendwann so sein zu können, dass er sie verdiente. Elinor stand von den Treppenstufen auf und ihm blieb die Luft weg. Er konnte im Nachhinein nicht einmal mit Gewissheit sagen, ob sein Mund geschlossen geblieben war.

Er brauchte eine Sekunde, um sich wieder zu sammeln, dann beeilte er sich, stieg aus dem Auto aus und ging auf Elinor zu. Er hatte eigentlich vorgehabt, sie zu umarmen und dann zum Auto zu geleiten. Doch als er bei ihr ankam und die weiche Haut ihres Unterarm unter seinen Fingern spürte, konnte er nicht anders.

Er zog sie an sich, wobei ihr ein überraschter Laut entfuhr, den er mit seinen Lippen zum

Verstummen brachte. Sein Kuss war von einer solchen Leidenschaft erfüllt, dass Elinor schwindlig wurde. Sie klammerte sich an seine Schultern, um den Halt zu bewahren und in ihrem Kopf schwirrte es.

Es war ihr in letzter Zeit so vorgekommen, als wollte Anthony ihr etwas erzählen, was er nicht vermochte, in Worte zu fassen. In diesem Kuss lag viel mehr, als er je mit Worten hätte ausdrücken können. Sie standen mitten auf der Straße, die zum Glück nicht stark befahren war und Elinor verlor ihr Zeitgefühl vollkommen. Sie wusste nicht, wie lange sie so dastanden, doch als sie ihre Lippen von Anthonys löste, sah sie, dass es in seinen Augen verdächtig glitzerte.

Er wandte sein Gesicht von ihr ab und nahm sie stattdessen bei der Hand, um sie zu seinem Auto zu führen. Sie konnte im Rückspiegel sehen, wie er sich mit dem Handrücken über die Augen wischte, während er hinten um das Auto herumging, um auf der Fahrerseite Platz zu nehmen. Elinor musste lächeln, als sie in ihrem kleinen Schminkspiegel sah, dass von ihrem dunkelroten Lippenstift nichts mehr übrig geblieben war. Sie hatte das Kleid zwar nicht zu ihrer Verlobungsfeier getragen, weil die nie stattgefunden hatte, aber ihr schien es, als hätte dieser besondere Moment den bitteren Beigeschmack weggewischt, der ihr beim Anblick des dunkelroten Kleids in ihrem Kleiderschrank auf der Zunge gelegen hatte.

Der Abend mit Anthony war wunderschön. Im

Kino lief „Wie ein einziger Tag" und auch wenn Elinor den Film bestimmt zum zehnten Mal sah, kamen ihr immer noch die Tränen. Gleichzeitig war sie sich nie sicher, ob sie diese romantischen Filme lieben oder hassen sollte. Einerseits trafen sie genau den Nerv und brachten sie dazu, abzuschalten und sich ganz auf die Geschichte der beiden Liebenden zu konzentrieren. Gleichzeitig hasste sie die Filmindustrie dafür, dass Frauen ab einem sehr jungen Alter mit diesen kitschigen Geschichten aufwuchsen und dadurch vollkommen verklärt in ihre eigenen Liebesbeziehungen gingen.

Von solch dramatischen Liebesbekundungen und -beweisen hatte sie in der Realität, die vom Alltag, Stress und Traumata aus vergangenen Beziehungen regiert wurde, noch nie etwas gehört. Trotzdem schaute sie sich den Film gerne noch einmal an und dieses Mal schwirrte es in ihrer Magengegend, als würden dort 100 Schmetterlinge gefangen gehalten werden.

Anthony hatte das Dach des Cabrios geöffnet und einen Picknickkorb mit Wein und allen möglichen anderen Leckereien mitgebracht. Als die Sonne unterging und es schlagartig kälter wurde, breitete er eine Decke über ihnen aus. Elinor fühlte allerdings, dass die Hitze, die sich in ihr ausbreitete, nicht allein von der wärmenden Decke kommen konnte.

Anthony hatte sie über den gesamten Abend hinweg jedes Mal ein Stückchen näher an sich herang-

179

ezogen. Er saß leicht seitlich auf der Rückbank, sodass sie ihren Kopf an seine Brust schmiegen konnte und sein Kinn auf ihrem Hinterkopf lag. Die Nähe zu ihm fühlte sich so vertraut und gleichzeitig aufregend an, dass sie sich für mehrere Minuten überhaupt nicht mehr auf den Film konzentrieren konnte, der über die riesige Leinwand flimmerte. Elinor erschauderte, als seine Hand scheinbar nebensächlich ihren Unterarm streifte und Anthony begann, mit seinem Zeigefinger langsam an ihrem Arm auf und ab zu fahren.

Sie fühlte sich in ihre Zeit am College zurückversetzt, als jeder Kontakt zu einem männlichen Mitstudenten so aufregend gewesen war, dass sie vor Nervosität nicht klar denken konnte und kindisch kicherte, wenn sie sich mit ihren Freundinnen unterhielt.

Sie prustete auf und hoffte, dass Anthony das plötzliche Beben an seinem Brustkorb nicht mitbekam. Sie war 32 Jahre alt, war es nicht absolut kindisch, sich in diesem Alter noch so zu fühlen, wie eine Studentin mit Anfang 20?

Gleichzeitig genoss sie jede Sekunde, in der sie sich so fühlen durfte, denn die Zeit mit Anthony erfüllte sie mit Leben und Emotionen, die sie glaubte, verloren zu haben. Anscheinend waren ihre Gefühle doch nicht so tief in ihr vergraben gewesen, wie sie angenommen hatte. Gleichzeitig machten Elinor ihre Emotionen und ihre Aufregung Angst. Sie bedeuteten, dass sie Anthony wirklich gern hatte. Anfangs hatte sie ihn interessant gefunden und attraktiv war er, daran bestand kein Zweifel. Sie hätte aber nie für möglich gehalten, dass sie sich einem Menschen so verbunden fühlen konnte, den sie so kurz kannte und über den sie so wenig wusste.

Ihre Gedanken wanderten weiter in die Vergangenheit. Max hatte sie kurz nach ihrem Abschluss an der Universität kennengelernt. Sie hatte davor schon einige Beziehungen geführt, aber wirklich verliebt hatte sie sich nie. Mit Max war das anders, so war es ihr damals zumindest vorgekommen. Es fühlte sich alles so leicht, so selbstverständlich an. Sie waren knapp ein Jahr ein Paar, ehe sie sich eine gemeinsame Wohnung suchten und zusammenzogen. Das Zusammenleben hatte gut funktioniert, es gab kaum Auseinandersetzungen und sie fanden schnell eine Routine, in der sich Elinor sicher fühlte. Sie wusste, wie ihr Alltag aussah und konnte sich darauf verlassen, dass Max morgens mit der gleichen Laune aufwachte, mit der er am Abend zuvor ins Bett gegangen war. Sie mochte diese Eigenschaften sehr an ihm und beneidete ihn manchmal für seine emotionale Stabilität. Wenn Elinor in der Mittagspause in ihrem Büro saß und im Internet surfte, stieß sie immer wieder auf Immobilienseiten und schaute sich Einfamilienhäuser an. Ein kleiner Vorgarten, eine Garage, ein Elternschlafzimmer und zwei Kinderzimmer, vielleicht ein kleiner Pool im Hinterhof.

„Sicherheit ist nicht alles im Leben, mein Schatz. Ich vermisse das Strahlen in deinen Augen, deine wilden Zukunftspläne und deine Träume, die dich früher ganze Nächte lang wachgehalten haben."

Elinor musste Schlucken, als sie sich an die Worte ihres Vaters erinnerte. Er hatte sich nie aktiv in ihre Beziehung zu Max eingemischt, er hatte sich für sie gefreut, als sie einen Tages ihre Eltern besuchte und ihnen mitteilte, dass sie sich mit Max verlobt hatte. Aber er hatte ihr mit diesen zwei Sätzen zu verstehen gegeben, dass Sicherheit und Routine in seinen Augen zwar ein wichtiger Bestandteil einer Beziehung waren, aber zusätzlich mit anderen Faktoren kombiniert werden mussten, um wahres Lebensglück auszumachen. Als im Februar die ganze Welt für Elinor zusammenbrach, hatte sie nach wenigen Wochen festgestellt, dass die Beziehung zu Max zwar Stabilität in ihr Leben brachte, sie aber nicht mit Glück erfüllte. Seine emotionale Stärke, um die sie ihn bis vor kurzem noch so sehr beneidet hatte, erschien ihr plötzlich in einem ganz anderen Licht. Sie erkannte in seinen Taten und Worten nicht mehr die Stärke, sondern vielmehr große Gleichgültigkeit und Unsensibilität. Er war da, er hielt sie aus, aber er war nicht die Stütze, für den sie ihn gehalten hatte und die sie in diesem Augenblick so dringend brauchte.

Elinor erinnerte sich immer öfter daran, nach welchem Prinzip ihr Vater sie aufgezogen hatte. Sie hörte seine tiefe, ruhige Stimme, mit der er ihr schon morgens am Küchentisch sagte

„Liebe jeden Tag und nutze jeden Augenblick, Elinor." Was sie als Jugendliche oft belächelt hatte, wurde nun auch zu ihrem Leitsatz.

Als sie wenige Wochen später eines Morgens aufwachte und feststellte, dass sie den Rest ihres Lebens nicht mit Max verbringen wollte, hatte der mit vollkommendem Unverständnis reagiert.

Sie erschauderte bei dem Gedanken an die Diskussionen, die sie geführt hatten. Auch wenn bereits mehr als zwei Monate zurücklagen, hatte sie Angst, wenn sie daran dachte, dass Max sie aufspüren könnte. Die   Streits waren in den letzten Tagen vor ihrem Aufbruch aus Los Angeles so heftig gewesen, dass sie Angst bekommen hatte. Dieser Mensch, von dem sie bis vor kurzem noch überzeugt gewesen war, er würde irgendwann der Vater ihrer Kinder sein, hatte sich innerhalb weniger Minuten in einen Menschen verwandelt, den sie nicht wiedererkannte.

Es hatte Elinor sehr viel Kraft gekostet, sich aus dem Sumpf der Beschuldigungen herauszukämpfen, in den Max sie mit solcher Wucht geworfen hatte, dass sie ihren eigenen Gedanken und Gefühlen nicht mehr traute. Sie war am Ende kurz davor gewesen, zusammenzubrechen und seinen herablassenden Kommentaren Glauben zu schenken.

Ihre Mutter war kurze Zeit zuvor von dem großen Haus, in dem Elinor aufgewachsen war, in eine kleinere Wohnung gezogen. Doch auch dort hatte sich Elinor nach wenigen Tagen nicht mehr sicher gefühlt. Eines Tages wachte sie auf und konnte ihre Augen kaum öffnen, weil sie im Schlaf so stark geweint hatte, dass die salzigen Tränen ihre Wimpern verklebt hatten und ihre Augenlider angeschwollen waren. Das war der Moment, in dem sie entschied, dass sie so nicht weitermachen konnte. Sie würde nicht zulassen, dass die Trauer und die Angst sich durch ihr Leben fraßen, bis davon nichts mehr übrig war. An dem Vorhaben, glücklich zu sein und jeden Tag zu nutzen, hatte sie festgehalten.

Anthonys Arm, der sie näher an sich zog, riss Elinor aus ihren Gedanken. Der Film war zu Ende und es fiel nach seiner Handlung zum Glück nicht auf, dass sich eine Träne aus ihrem Auge gelöst hatte, die ihr langsam über die Wange lief.

Elinor schmiegte sich noch näher an Anthonys Brust, bevor sie sich umdrehte, ihn anlächelte und ihm einen Kuss auf die Lippen drückte.

„Vielen Dank für den wunderschönen Abend", murmelte sie, die Lippen noch auf seinen. Er erwiderte den Kuss, öffnete ihre Lippen, indem er leichten Druck mit seiner Zunge ausübte und es dauerte einige Minuten, bis sie wieder voneinander abließen.

Als sie sich umblickten, stellten sie fest, dass das Kino mittlerweile beinahe leer war. Nur vereinzelt standen noch Autos auf ihren Plätzen und leise Motorgeräusche waren zu vernehmen. Elinor bemühte sich, möglichst elegant wieder auf den Beifahrersitz des Autos zu gelangen, was in ihrem Kleid gar nicht so einfach war. Der

Stoff rutschte ihr vom Bein und der lange Schlitz offenbarte mehr, als ihr lieb war. Anthony, der bereits ausgestiegen war und sich nun zu ihr umdrehte, konnte seinen Blick nicht von ihr abwenden. Der weiche Stoff war verrutscht und er konnte ihr linkes Bein sehen, das sonnengebräunt im schwachen Lichtschein einer nahestehenden Straßenlaterne glänzte.

Den ganzen Abend hatte er damit verbracht, sich verzweifelt auf den Film zu konzentrieren und Elinors Duft, sowie die Wärme, die sie ausstrahlte, auszublenden. Es war ihm nur Phasenweise gelungen. Den Großteil des Abends hingegen war ihm ihre Nähe so präsent gewesen, dass sich seine Atmung der ihren angepasst hatte, während sie ihren Kopf an seine Brust lehnte.

Anthony wusste, dass er mit ihr sprechen musste, ehe er den nächsten Schritt wagte. Gleichzeitig erwischte er sich dabei, wie er insgeheim hoffte, sie würde ihn noch auf einen Kaffee hineinbitten, wenn sie bei ihrer Wohnung ankamen.

Die Straßen waren beinahe leer, aus dem Autoradio ertönte leise Musik und Elinors Haare wehten im Fahrtwind. Die Straße führte direkt am Meer entlang und die Kulisse war atemberaubend. Anthony schluckte, als er die Silhouette ihres Gesichts sah, während die dunklen Schatten der Palmen an ihr vorüberzogen und sich im Hintergrund der Mond auf den Wellen des Meeres spiegelte. Wie gerne hätte er die Zeit genau in diesem Moment angehalten.

Elinors Handy klingelte und er sah, wie sie sich versteifte, als sie auf den Bildschirm sah.

„Willst du nicht rangehen? Vielleicht ist es etwas wichtiges", sagte er, als das Handy zum dritten Mal begann, zu vibrieren und die Melodie eines eingehenden Anrufs ertönte. Doch sie schüttelte nur wortlos den Kopf. Ihre Fingerknöchel waren weiß, so fest umklammerte sie das Handy. Nach einigen Minuten, in denen das Smartphone weitere zweimal geklingelt hatte, verzog sie den Mund zu einer entschlossenen Linie, warf es in ihre Handtasche und verschränkte die Arme vor der Brust.

Anthony war den ganzen Abend bereits aufgefallen, dass Elinor schweigsamer war als sonst. Er hatte es aber auf ihre Müdigkeit geschoben und geglaubt, sie würde sich auf den Film konzentrieren. Auch wenn die Stimmung nicht ausgelassen gewesen war, hatte sie das Gefühl von Frieden in ihm ausgelöst. Das änderte sich in diesem Moment von einer Sekunde auf die nächste. Elinor sagte kein Wort mehr, bis der Wagen vor ihrer Wohnungstür hielt. Anthonys Hoffnung, noch hineingebeten zu werden, war längst verflogen. Trotzdem begleitete er sie zur Tür und merkte, dass in ihrem   Abschiedskuss keine Unbefangenheit lag, wie an anderen Tagen. Stattdessen schmeckte er auf ihren Lippen Verzweiflung und Angst.

„Brauchst du noch etwas?", er hatte sie am Unterarm festgehalten, denn sie wollte bereits in ihrer Wohnung verschwinden.

„Nein", sie schüttelte den Kopf, während sie sich an der Tür umdrehte und sich gegen sie lehnte.

„Es ist alles okay, mach dir keine Sorgen."
Mit diesen Worten ging sie in das Innere ihrer Wohnung und schloss die Tür hinter sich. Aber er machte sich Sorgen, sehr große sogar. Was war passiert? Wer rief sie um diese Uhrzeit unerwartet an und versetzte sie in solche Angst, dass sie blass wurde und nichts mehr sagen wollte?

Elinor sank zu Boden, sobald sie die Tür hinter sich geschlossen hatte. Sie hörte, wie Anthony einige Sekunden auf der anderen Seite der Tür verweilte, dann entfernten sich seine Schritte über die Veranda, der Motor seines Autos startete und er fuhr davon.

Sie blieb auf dem Boden sitzen, bis das Zittern etwas nachgelassen hatte. Als sie sich endlich aufrappelte, war es weit nach Mitternacht, ihre Beine waren von dem langen Sitzen auf dem harten Holzboden steif und sie fror. Langsam ging sie zu ihrem Kleiderschrank, zog sich das Kleid aus und legte es über den Stuhl, der neben dem Bett stand. Dann nahm sie sich einen Bademantel, ging ins Badezimmer und ließ sich ein heißes Bad ein. Das Handy hatte vor zwei Stunden zum letzten Mal geklingelt, aber der Gedanke an die unbekannte Nummer ließ sie auch zu diesem Zeitpunkt noch erschaudern. Er hatte in den letzten

Tagen nicht angerufen und sie stattdessen in dem Glauben gelassen, dass es sich womöglich doch nur um einen Streich gehandelt hatte. Doch heute Abend hatte er sich nicht mehr zurückhalten können. Sie war sich sicher, dass nur Max hinter den seltsamen Anrufen stecken konnte. Wer sonst sollte den Wunsch haben, ihr solche Angst einzujagen.

Während Elinor in der Badewanne lag, durchwanderte ihre Seele die verschiedensten Stadien von Selbstmitleid und Angst, bis hin zu wilder Entschlossenheit. Anfangs hatte der Schock sie gelähmt. Die Gewissheit darüber, dass es nur Max sein konnte, der ihre neue Nummer herausgefunden hatte und ihr nachstellte. Aber nach einiger Zeit hatte sich die Panik aufgelöst und an ihre Stelle war die Entschlossenheit getreten, die sie brauchen würde, um diesen Konflikt mit ihm ein für allemal aus der Welt zu schaffen. Sie hatte sich verkrochen, hatte ihren Wohnort und ihren Arbeitsplatz gewechselt. Nicht allein seinetwegen, aber zu einem großen Teil war die Angst davor, ihm schutzlos ausgeliefert zu sein, die treibende Kraft gewesen, die sie schließlich die Koffer packen ließ.

Sie hatte alles versucht, war ihm mit Verständnis und Neutralität entgegengekommen, es war zwecklos gewesen. Wenn er sich die Mühe gemacht hatte, sie hier aufzuspüren, dann war der Moment gekommen, an dem sie sich ihm stellen musste. Sie würde nicht ihr Leben lang ängstlich über ihre Schulter schauen, wenn sie das Haus verließ. Sie würde sich von diesem Mann, mit dem sie bis vor kurzem sogar noch Zukunftspläne gehabt und sich das Bett geteilt hatte, nicht einschränken lassen. Sie hatte versucht, den Konflikt friedlich zu lösen und war ihm aus dem Weg gegangen. Aber wenn er dieses Friedensangebot nicht hatte annehmen können, dann war das sein Pech.

Trotzig strich sie sich eine Haarsträhne aus dem Gesicht und blies eine große Seifenschaumblase von ihrem Handrücken. Sie würde sich ihr Leben nicht von diesem Mann zerstören lassen, der scheinbar immer noch der Auffassung war, dass sie entweder mit ihm zusammensein musste oder mit niemandem.

Kapitel 22

Anthony hatte den Tag damit verbracht, einzukaufen, aufzuräumen und am Strand zu sitzen. Es war Montag und somit war Elinor weder bei der Arbeit, noch sonst irgendwie zu erreichen. Sie stellte ihr Handy montags für gewöhnlich aus.

Nach dem wunderschönen gemeinsamen Date am Freitag, das so seltsam geendet hatte, machte er sich Sorgen um sie. Er hatte sie bisher als ausgesprochen selbständig und unerschrocken wahrgenommen, aber ihre Reaktion auf das Klingeln ihres Handys hatte ihm gezeigt, dass sie auch noch eine andere Seite hatte. Eine verletzliche Seite.

Anthony erwischte sich dabei, wie er darüber nachdachte, auf welche Art und Weise er Elinor helfen konnte. Denn er hatte das große Bedürfnis, sie zu beschützen. Wer hatte überhaupt einen Grund, dieser Frau Angst zu machen und sie zu bedrohen? Er wollte es herausfinden, hatte gleichzeitig aber das Gefühl, dadurch ihre Privatsphäre zu missachten. Wenn sie ihn nicht einweihen wollte, welches Recht hatte er dann, sich in ihre Angelegenheiten einzumischen? Hinzu kam, dass er ihr immer noch nichts von seiner

Krankheit erzählt hatte. Er versuchte es wirklich jedes Mal, wenn sie sich sahen, aber er fand einfach nicht den passenden Moment.

Anthony schaute in den Kühlschrank. Er hatte noch nicht zu Mittag gegessen und der Nachmittag neigte sich bereits dem Ende zu. Sein Magen hatte schon vor einigen Stunden ein Grummeln von sich gegeben, das er aber geflissentlich überhört hatte. Es klingelte. Er nahm das Geräusch zunächst gar nicht richtig wahr, aber beim zweiten Klingeln war er sich sicher, dass er sich nicht verhört hatte. Die grünen Bohnen und die Champignons, die er gerade aus dem Kühlschrank gezogen hatte, stellte er noch schnell auf der Küchenanrichte ab, dann machte er sich auf den Weg zur Tür.

Es war beinahe 18 Uhr und Anthony erwartete keinen Besuch. Er hatte zwar mehrmals versucht, Elinor zu erreichen, vielleicht wollte sie ja doch noch zum Abendessen vorbeikommen, aber ihr Handy war aus. Als er die Tür aufmachte, hörte er ein Schluchzen.

„Hallo Anthony, es tut mir Leid, dass ich einfach so gekommen bin, aber ich wusste nicht, wohin ich sonst gehen sollte."

Elinor schluchzte und lehnte sich an den Türrahmen, während sie versuchte, die Tränen zu unterdrücken. Er konnte ihr ansehen, dass sie sich große Mühe gab, nicht vollständig zusammenzubrechen. Sie war kein Mensch, der sich von einem kleinen Problem derart aus der Fassung bringen ließ, was Anthony Angst machte. Denn wenn sie weinend vor seiner Tür auftauchte, dann nur, weil es ihr wirklich schrecklich ging.

„Elinor, was tust du denn hier? Geht es dir gut?"

Hörte er sich sagen und hätte sich für seine Wörter Ohrfeigen können. Es war mehr als offensichtlich, dass es ihr nicht gut ging. Was zum Teufel redete er da eigentlich?

„Komm rein", setzte er zu einem neuen Versuch an und fügte „möchtest du auch etwas trinken? oder was essen? Ich wollte gerade kochen", hinzu, während sie gemeinsam durch den Hausflur in die Küche gingen.

Wie gerne hätte er sie hingesetzt und so lange mit Fragen gelöchert, bis er jedes Detail seiner Sorgen und Ängste kannte. Doch er wusste, dass er das nicht tun konnte. Wenn sie ihm erzählen wollte, warum sie so aufgelöst war, dann würde sie das tun. Und wenn nicht, dann musste er das akzeptieren und versuchen, einfach für sie da zu sein. Warum um alles in der Welt fiel es ihm so verdammt schwer, sich nicht in ihre Angelegenheiten einzumischen?

Weil er mehr von ihr wollte. Weil er wollte, dass sie sich auch in seine Angelegenheiten einmischte, wurde ihm in diesem Moment schlagartig bewusst. Anthony beobachtete, wie sich Elinor aufs Sofa plumpsen ließ und eine Flasche Wein unter ihrem Arm hervorholte.

„Kannst du die öffnen?", fragte sie ihn mit einem Blick, der ihr verriet, dass sie vorhatte, an diesem Abend mehr als nur ein Glas Wein zu trinken.

Nachdem er den Wein geöffnet und in zwei Gläser gegossen hatte, ging er durchs Wohnzimmer zu Elinor und ließ sich neben ihr in die Kissen des Sofas sinken. Der Wein, den sie mitgebracht hatte, passte zwar nicht zu der asiatischen Gemüsepfanne, die er zubereiten wollte, aber wahrscheinlich war die Flasche eh leer, ehe das Essen fertig war. Seit er Elinor kannte, hatte er damit begonnen, neue Rezepte auszuprobieren und er musste zugeben, dass er Gefallen daran gefunden hatte, selbst zu kochen. Es entschleunigte ihn, gab ihm die Möglichkeit, aus seiner Gedankenwelt auszusteigen und sich stattdessen ganz und gar auf die Lebensmittel zu konzentrieren, die er verarbeitete.

Elinors Augen waren geschwollen, was ihm verriet, dass sie bereits vor ihrer Ankunft in seinem Haus geweint haben musste.

„Möchtest du darüber reden?", fragte er sie schließlich, nachdem sie einige Minuten schweigend nebeneinander gesessen hatten.

Sie schaute ihn aus ihren traurigen Augen an, zog dann jedoch einen Mundwinkel hoch und schüttelte den Kopf.

„Vielleicht später, jetzt möchte ich erstmal nur tanzen und trinken und …hast du vorhin etwas von Essen gesagt?", antwortete sie, stand auf und ging zielstrebig auf die Musikanlage zu.

Einige Sekunden später ertönten lateinameri-
kanische Klänge aus den Boxen. Er beobachtete
fasziniert, wie Elinors Hüften sich im Rhythmus der Musik bewegten. Am Anfang noch etwas
zurückhaltender, aber nach dem zweiten Lied
hatte sie ihre Tanzeinlage auf das gesamte Wohnzimmer ausgeweitet, wobei sie das Bett, welches
weiterhin vor dem großen Fenster stand, gekonnt
umging.

Anthony hatte bereits einige Minuten zuvor
versucht, sich von der Couch zu erheben und in die
Küche zu gehen, um mit der Zubereitung des Essens zu beginnen. Aber er konnte seinen Blick nicht
von Elinor abwenden, die den Raum mit einer
solchen Energie durchströmte, dass sie ihn vollständig einnahm. Sie drehte sich und wirbelte zu
dem Rhythmus der Salsamusik durch den Raum,
wobei sie ihre Hüften mit einer solchen Leichtigkeit im Takt bewegte, dass ihm die Luft wegblieb.
Also blieb er auf dem Sofa sitzen, schenkte ihr
Wein nach, als sie mit dem leeren Glas bei ihm
angetanzt kam und ließ sich von ihren Bewegungen hypnotisieren.

Nach einer gefühlten Ewigkeit schaffte er es
endlich, sich von ihrem Anblick loszumachen,
aufzustehen und zur offenen Küche zu gehen. Auf
halbem Weg fing sie ihn jedoch ab, wirbelte ihn
herum und zog ihn dann in eine enge Umarmung.

Anthony taumelte und sie wären gemeinsam zu
Boden gegangen, hätte er es nicht in der letzten
Sekunde noch geschafft, sich an der Küchenzeile

abzustützen. Elinor knallte ungebremst gegen ihn, sodass die Luft aus seinen Lungen gepresst wurde. Ein Kichern drang aus ihrer Kehle, dann fing sie an, laut loszuprusten und schließlich konnte sie sich gar nicht mehr beherrschen. Sie lachte, wie er es noch nie von ihr gehört hatte, ungehemmt und losgelöst.

„Es", begann sie, wurde von einem weiteren Lachanfall geschüttelt und rang nach Luft „es tut mir wahnsinnig Leid."

Er sah sie stirnrunzelnd an „was tut dir Leid?" Elinor unterdrückte einen weiteren Lachanfall, konnte das tiefe Glucksen aber nicht mehr zurückhalten, das ihr entwich.

„Du musst mich für vollkommen durchgeknallt halten! Erst bin ich nicht erreichbar, dann tauche ich hier tränenüberströmt auf und zum krönenden Abschluss kann ich nicht mehr aufhören, zu lachen."

Sie gluckste immer noch vor sich hin. Er schüttelte den Kopf „du bist nicht durchgeknallt. Ich wusste gar nicht, dass du so tanzen kannst! Aber ich hoffe du weißt, dass du mir auch gerne erzählen kannst, was passiert ist" und ich hoffe du weißt, dass ich dich so gerne vor allem beschützen würde, fügte er in Gedanken hinzu.

Er sah sie an und sein Blick wurde zärtlich. Ihre Wangen waren vom Tanzen und vom Rotwein gerötet, ihre Augen waren ein wenig abgeschwollen, ihre Haare hatten sich aus ihrem hohen Pferdeschwanz gelöst und standen wild ab. Sie stand hier vor ihm, so voller Leben, so voller Leid und so voller Ehrlichkeit.

Aus einem inneren Impuls heraus zog er sie noch enger an sich und presste seine Lippen auf ihre. Sie war überrascht, denn mit einer solchen Leidenschaft hatte sie in dem Moment wahrscheinlich nicht gerechnet. Er konnte es ihr nicht übel nehmen, denn er war selbst verwirrt. Elinor öffnete ihren Mund und begann, ihn mit ihrer Zunge zu necken. Immer wieder strich sie ihm weich über seine Lippen, nur um dann in seinen Mund einzudringen und sich zurückzuziehen, sobald er mehr forderte. Ihre Hände fuhren seinen Rücken hinauf, bis sie schließlich die Fingernägel in seinen Haaren vergrub.

Er spürte, wie er unter ihren Berührungen eine Gänsehaut bekam und die Hitze in seine Lendengegend schoss. Er war verrückt nach ihr, das hatte er in den letzten Tagen immer wieder festgestellt und es erschütterte ihn, wie sehr er ihr verfallen war. Er wollte die Frau, in diesem Augenblick und in jedem weiteren seines Lebens. Elinor presste sich an ihn und er ließ seine Hände zu ihren Hüften wandern, um sie noch näher an sich zu ziehen. Sie bog sich ihm entgegen und brachte ihn damit vollkommen um den Verstand.

Er hatte sich vorgenommen, nicht mit ihr zu Schlafen, ehe er reinen Tisch gemacht hatte. Mit dieser Frau, deren Lippen er in diesem Augenblick auf seinem Mund und seinem Hals spürte, wollte er ehrlich sein. Sie hatte es nicht verdient, angelogen zu werden und sie musste wissen, in wen sie sich gerade verliebte, mit wem sie es zu tun hatte.

Während in seinem Kopf ein Wirbelsturm aus Gedanken tobte, taumelten sie eng umschlungen ans andere Ende des Raumes, wo das Bett stand. Anthony musste sich mit der flachen Hand an der Wand abstützen, weil sie sonst gegen eins der Bilder gestoßen wären und es heruntergerissen hätten.

Sie waren beide außer Atem, als sie endlich bei dem großen Bett ankamen. Trotzdem ließen sie nicht voneinander ab. Anthony nahm Elinors Hände wahr, die überall gleichzeitig zu sein schienen. Ihre rechte Hand wanderte an seinem Rücken hinunter, bis hin zu seinem Hintern, die andere verweilte in seinen Haaren und er spürte, wie sich ihre Fingernägel leicht in seine Kopfhaut bohrten. Er selbst hatte keine Ahnung, wo er seine Hände eigentlich hatte. Überall auf ihr und gleichzeitig nirgendwo. Er wollte sie um sich spüren, wollte sie ausfüllen und um den Verstand bringen, wie sie es mit ihm tat.

Während Anthony verzweifelt versuchte, sich an seinen Vorsätzen festzuhalten, merkte er, wie alle Gedanken aus seinem Kopf gespült wurden und nur ein einziger zurückblieb, der nun alles bestimmte:

Er brauchte sie und er wollte, dass sie ihn ebenso brauchte, dass sie sich auf ihn verließ. Ganz gleich, wer sie bedrohte und ihr die Tränen in die Augen trieb, er würde sie beschützen. Die Liebe zu ihr und die Leidenschaft überkamen ihn mit einer solchen Wucht, dass er es nicht mehr länger aushielt, sie nur zu küssen.

Er wollte ihren Körper erforschen, sie liebkosen, ihr mit seinen Bewegungen und seinen Küssen zeigen, wie sehr er sie begehrte. Mittlerweile waren sie am Bett angekommen und Anthony machte einen letzten Schritt, wodurch Elinor die Bettkante in den Kniekehlen spürte, sich fallen ließ und ihn mit sich zog.

Er schaffte es gerade noch, seine Hände aus ihrem Haar zu lösen und sich neben ihr abzustützen, um nicht mit seinem ganzen Körpergewicht auf ihr zu landen. Anthony nutzte diesen Moment, in welchem sich sein Gesicht einige Zentimeter über ihrem befanden, um sie zu betrachten. Er war jedes Mal aufs Neue fasziniert von ihren Augen, die ihn einluden, ihr direkt in die Seele zu blicken. Von ihren Lippen, die von seinen Küssen angeschwollen waren und von der Ausstrahlung, die sie hatte.

Es war, als wäre sie von einer besonderen Aura umgeben. Einer Aura, die ihn mit Haut und Haaren verschlang und ihm nicht die Möglichkeit gab, sich ihr zu entziehen. Wenn er ehrlich war, dann wollte er sich ihr auch gar nicht entziehen. Er war ihr sowieso verfallen, mit allem, was er war, mit allem, was er zu geben hatte.

Sie schaute ihn fragend an, als könne sie seine Gedanken nicht durchschauen und wolle sich vergewissern, dass er zu diesem Zeitpunkt nicht doch zu einem Rückzieher ansetzte. Aber er lächelte sie nur an „du bist so wunderschön Elinor, so wunder-wunderschön!"

Er konnte sehen, dass ihre Wangen erröteten, ehe sich seine Lippen wieder auf ihre senkten. Vergessen waren die Bedenken und die Ängste. Alles, was in diesem Augenblick zählte, waren er und sie. Ihre Körper, die zusammenfanden, ihre Herzen, die zu einem verschmolzen.

Anthony hatte sich noch nie in seinem Leben so gefühlt, wie in diesem Augenblick. Er hatte nie an die wahre Liebe geglaubt. An die Liebe, die Berge versetzt, die Jahrzehnte überdauert und die vollkommen bedingungslos ist. Aber in diesem Moment hatte er das Gefühl, diese Art der Liebe greifen zu können. Er wollte Elinor, nicht nur ihren Körper, sondern auch all ihre Träume, Gedanken und Ängste. Es war ihm egal, dass er sie erst seit so kurzer Zeit kannte. Es war ihm egal, dass er so wenig über sie wusste. Es war ihm alles egal. Denn er war sich sicher, er spürte es in seinem Herzen, ganz gleich, was auch kommen würde, er würde sie lieben.

Die Welle der Emotionen überflutete ihn mit einer solchen Wucht, dass er sich vollkommen verlor. Er spürte nur noch Elinor. Ihre Lippen auf seinen, ihre Zunge, die immer fordernder wurde und ihre Hüften, die sich an ihn pressten. Plötzlich drehte sie ihn auf den Rücken, sodass sie rittlings auf ihm saß, reckte sich und zog sich die Bluse über den Kopf.

Ihre helle Haut und ihre perfekten Kurven, die von schwarzer, dünner Spitze gehalten wurden, raubten ihm den Atem. Anthony musste nach Luft schnappen, denn auch wenn er sie beim Schwimmen am Strand bereits etliche Male im Bikini gesehen hatte, so fühlte er sich jetzt, als würde er sie zum ersten mal richtig betrachten.

Ihm fiel auf, dass sie ein kleines Muttermal auf ihrer linken Rippe hatte, das unter der Spitze ihres schwarzen BHs zu erkennen war. Ihre Brust hob und senkte sich, denn auch sie war vollkommen außer Atem. Elinor schien zu erkennen, welche Leidenschaft in seinen Augen brannte, denn ihre Mundwinkel zogen sich leicht nach oben. Wie sehr liebte er das kleine Grübchen, dass sich auf ihrer linken Wange bildete, wenn sie lächelte. Anthony hob eine Hand und strich langsam über ihre Brust und über ihre Hüfte. Jetzt war er es, der lächeln musste.

Er stützte sich auf seine Ellenbogen, während sie ungeduldig an den Knöpfen seines Hemds nestelte. Als sie alle Knöpfe geöffnet hatte, öffnete sich der dunkle Stoff und gewährte ihr den Blick auf seinen Oberkörper. Zärtlich strich Elinor ihm mit ihren Fingerspitzen über die Brust, dann wanderten ihre Hände an seinem Bauchnabel hinab bis zu seinem Hosenbund. Sie bewegte sich langsam, zu langsam. Er wollte mehr, wollte seine Hände über ihren Hintern gleiten lassen und sie noch näher an sich spüren. Also packte er sie an der Taille, drehte sie auf den Rücken und stellte sich neben das Bett. Mit einer schnellen Bewegung hatte er ihre Hose geöffnet und zog sie ihr von den Beinen. Während er seine eigene Jeans öffnete und sie zu abstreifte, wanderte sein Blick hungrig von ihren Füßen, an ihren Beinen empor, bis zu dem Spitzenhöschen. Dort blieben seine Augen für den Bruchteil einer Sekunde hängen, ehe sie die Reise über ihren Körper wieder aufnahmen. Als er ihr schließlich direkt in die Augen sah, konnte er das verlangende Lodern, das ihn selbst durchzuckte, auch bei ihr erkennen.

„Elinor, du bist so wunderschön" entwich es ihm erneut mit einer Zärtlichkeit, die ihn überwältigte.

Sie lächelte verschmitzt und antwortete dann „du bist auch nicht gerade unansehnlich."

Anthony senkte sich langsam auf sie, sodass Elinor seine Erektion deutlich zwischen ihren Beinen spürte. Mit einer Hand fuhr er unter ihren Rücken, während sie sich ihm entgegenbog. Mit einem kleinen Klick öffnete sich ihr BH und sie streifte sich hastig die Träger von den Schultern. Als er begann, erst ihren Hals mit leichten Küssen zu bedecken und dann langsam weiter nach unten zu ihren Brüsten wanderte, entwich ihr ein genussvolles Stöhnen. Anthony wollte nicht nur mit ihr schlafen, er wollte jeden Zentimeter ihres Körpers erkunden und erobern.

Seine Lippen wanderten weiter über ihren Körper, bald waren sie an ihrem Rippenbogen, dann verteilten sich die Küsse um ihren Bauchnabel und Elinor spürte, wie die Ungeduld in ihr wuchs. Sie wollte ihn noch enger an sich spüren, wollte, dass er sie ausfüllte!

Doch er dachte gar nicht daran, sein Tempo zu erhöhen. Seine Lippen küssten ihren Bauch in einer   Linie am Rand ihres Slips entlang und es verging eine gefühlte Ewigkeit, ehe er seine Daumen unter den dünnen Stoff schob und die schwarze Spitze langsam über ihren Hintern und ihre Oberschenkel nach unten zog.

Als er sie nackt vor sich liegen sah, ihre Wangen gerötet, ihre leuchtenden Augen auf ihn gerichtet, stockte ihm der Atem. Das letzte bisschen Widerstand und Verantwortungsbewusstsein wich aus ihm. Zurück blieb sie, mit ihrem wunderschönen Körper und ihrem noch schöneren Herzen. So sehr er sich auch bemühte, einen klaren Kopf zu bewahren und seine Vernunft wieder an die Oberfläche seines Bewusstseins zu holen - es wollte ihm einfach nicht gelingen.

Es würde für alles eine Lösung geben, es **musste** für alles eine Lösung geben. In diesem Augenblick zählten nur er und sie, gemeinsam, vereint.

Anthony hatte es plötzlich sehr eilig. In einer geschmeidigen Bewegung streifte er sich die Boxershorts ab, während sie ihre Beine für ihn spreizte und drang in sie ein. Ihm entwich ein Stöhnen, denn sie empfing ihn mit einer feuchten Hitze, die ihn vollkommen aus der Fassung brachte. Innerhalb von Sekunden nahm er nichts mehr wahr, nur noch ihre Körper, die einen gemeinsamen Rhythmus fanden.

Ihre Lippen trafen aufeinander und vereinten sich mit einer solchen Leidenschaft, dass sie innerhalb kurzer Zeit vollkommen außer Atem waren. Anthony spürte, dass er sich dem Höhepunkt mit rasender Geschwindigkeit näherte und es nicht schaffen würde, sich länger zu konzentrieren. An Elinors unregelmäßiger Atmung und dem rasenden Herzschlag, den er unter ihrer Brust ausmachte, konnte er deutlich erkennen, dass sie ebenso erregt war, wie er. Verdammt, diese Frau brachte ihn um den Verstand. Er wollte so sehr, dass sie ebenfalls den Höhepunkt erreichte, wollte sie glücklich machen und sie verwöhnen. Aber er würde es nicht schaffen, nicht dieses Mal, denn er wurde von seinen Emotionen vollkommen überrumpelt und ihre Schönheit, sowie ihre ungebändigte Leidenschaft entwaffneten ihn.

Als er erneut zustieß, rollte die Welle der Erregung mit einer solchen Wucht über ihn hinweg, dass er beinahe ertrunken wäre. Er keuchte auf, bevor er schließlich auf Elinor sank, ihr einen Kuss auf den Mund drückte und Sie eng umschlugen hielt.

„Es tut mir Leid", sagte er leise.

Sie lagen nebeneinander auf dem Rücken, einen Arm hatte er hinter seinem Kopf verschränkt, der andere lag auf seinem Oberkörper, der sich weiterhin in unregelmäßigen Abständen hob und senkte. Eine Weile schwiegen sie beide. Dann drehte sich

Elinor auf die Seite, stützte ihren Kopf auf ihre Hand und sah ihn nachdenklich an.

„Was tut dir Leid? Dass wir gerade Sex hatten?" Sie hob fragend eine Augenbraue.

„Nein", er schüttelte schnell den Kopf, damit sie erkannte, wie ernst er seine Verneinung meinte.

„Es tut mir Leid, dass ich nicht länger durchgehalten habe. Dass du nicht gekommen bist..."

Bei seinen Worten spürte er, dass er rot wurde. Sie waren sich bis vor wenigen Sekunden noch so nah gewesen, aber nun drohte diese Nähe zu zerbrechen.

„War es das letzte Mal, dass wir miteinander schlafen?" Fragte Elinor in die Stille hinein, die er für sehr unangenehm hielt. Er schüttelte erneut den Kopf.

„Na dann", sie zuckte die Achseln „sehe ich das Problem nicht."

Und mit einem einzigen Satz hatte sie die Nähe zwischen ihnen wieder hergestellt.

Nach einer Weile standen sie auf und zogen sich an.

„Hattest du vorhin etwas von Essen gesagt?" Fragte Elinor, als sie aus dem Bad kam.

Anthony stand hinter der Küchenzeile, schnitt Zucchini und Champignons und hatte sich gerade ein Stück Möhre in den Mund geschoben. Er schmunzelte und fragte sie dann „Reis oder Nudeln, Sojasoße oder Kokos?"

Sie ging einige Schritte auf ihn zu, stellte sich hinter ihn und schmiegte ihre Wange an seinen

Rücken. Ihre Geste war eigentlich etwas ganz all-
tägliches. Doch genau das war es, was Anthony aus
der Fassung brachte. Der Alltag mit ihr, er wäre so
schön. Anthony musste schlucken.

Er hatte einen Entschluss gefasst, er würde
die Therapie beginnen. Aber er hatte immer
noch nicht den richtigen Zeitpunkt gefunden,
um Elinor von seiner Krankheit zu erzählen und
seiner Ungewissheit darüber, ob es überhaupt
eine gemeinsame Zukunft geben konnte.

Kapitel 23

Das Sonnenlicht schien Elinor grell ins Gesicht und sie brauchte einen Augenblick, ehe sie wusste, wo sie sich befand. Sie fühlte sich zerknautscht, was zum Teil daran liegen konnte, dass ihr Gesicht auf einem Arm lag. Einem Arm, den sie nicht als den ihren identifizieren konnte. Irgendwo zwischen den Kissen neben ihr brummte jemand. Langsam richtete Elinor sich auf, strich sich mit der Hand übers Gesicht und öffnete die Augen. Vor ihr erstreckte sich der Ozean in einem tiefen Blau. Auf den kleinen Wellen glitzerte die Sonne, die schon sehr hoch am Himmel zu stehen schien.

Moment mal, wie spät war es? Elinor stolperte aus dem Bett und lief barfuß zum Sofa, wo sie ihre Handtasche am Abend vorher abgelegt hatte. Nach einigem Suchen fand sie ihr Handy. Das Display zeigte 10:23 Uhr an. Fluchend machte sich Elinor auf den Weg ins Badezimmer. Warum hatten sie keinen Wecker gestellt?!

Sie schlief normalerweise mit einem Zopf und als sie sich im Spiegel betrachtete, wurde ihr auch schlagartig wieder bewusst, warum das unbedingt notwendig war. Ihre Locken hatten sich vollkommen verselbständigt und standen wild zu allen Seiten ab. Sie feuchtete ihre Haare an und band sie dann mit dem Band zusammen. In dem großen Spiegelschrank über dem Waschbecken fand sie eine unbenutzte Zahnbürste, sodass sie sich schnell die Zähne putzen konnte. Als sie einige Minuten später wieder ins Wohnzimmer kam, öffnete Anthony ein Auge und schaute sie fragend an.

„Ich bin viel zu spät, verdammt, meine Schicht hat vor über zwei Stunden begonnen. Warum haben wir keinen Wecker gestellt?"

Sie konnte sehen, wie er seine Augenbraue hob, bevor er sich verschlafen aufrichtete.

„Elinor, so betrunken kannst du doch nicht gewesen sein?!"

Seine Mundwinkel verzogen sich zu einem schiefen Grinsen, während sie verzweifelt versuchte, ihre Erinnerungen an den Vorabend zurückzuerlangen.

Sie hatten gegessen, eine zweite Flasche Wein geöffnet, was ihre Kopfschmerzen erklärte und sich bis tief in die Nacht hinein unterhalten. In ihrem Kopf ratterte es weiter, aber sie erinnerte sich an kein Detail, das seine Gelassenheit in diesem Moment rechtfertigen würde. Anthony konnte an ihrem Gesichtsausdruck erkennen, dass es bei ihr immer noch nicht Klick gemacht hatte.

„Dein Chef hat dir gestern ne Nachricht geschrieben." Sie konnte sich immer noch nicht erinnern.

„Zugegeben", fügte er hinzu „es war schon recht spät, aber immerhin hat er dir die Nachricht überhaupt geschrieben, sonst hättest du heute vor dem geschlossenen Restaurant gestanden."

Elinor schaute ihn weiter fragend an.

„Himmel, Elinor, erinnerst du dich überhaupt noch an irgendetwas von gestern?"

Anthony musste lachen.

„Wir können den Abend sonst gerne nochmal wiederholen", er wackelte mit den Augenbrauen und lächelte süffisant.

Jetzt endlich fiel es ihr wieder ein. Um kurz vor 1 hatte sich die Nachricht ihres Chefs mit einem Pling angekündigt. Der Restaurantbesitzer war kein Mann vieler Worte, das war ihr schon bei ihrem Bewerbungsgespräch aufgefallen. Trotzdem hatte er alle wichtigen Informationen auf den Punkt gebracht.

Hallo Elinor, es wurden Kakerlaken in der Küche gefunden. Muss erstmal Gift ausgelegt werden. Restaurant bleibt bis auf weiteres geschlossen. Gruß!

„Nun ja", Anthony räusperte sich und fuhr sich mit einer Hand durch die vom Schlafen ganz zerzausten Haare „wie wäre es, wenn wir auf der Terrasse frühstücken? Jetzt, wo du einen unvorhergesehenen freien Tag hast."

Elinor musste schmunzeln, als sie den Kühlschrank öffnete. In den letzten Wochen hatte sich in dem nämlich so einiges geändert. Als sie zum ersten Mal gemeinsam am Strand gewesen waren, hatte er zwar einen vollen Kühlschrank gehabt, doch sie sah sofort, dass er nur für ihr Date eingekauft hatte. Es handelte sich größtenteils um Feinkost, die niemand unter normalen Umständen in seinem Kühlschrank hatte. Doch jetzt, wenige Wochen später, waren unzählige ganz alltägliche Lebensmittel hinzugekommen. Es machte sie glücklich, zu sehen, dass er ihre gemeinsame Zeit genauso genoss, wie sie selbst. Dass er sich endlich einzuleben schien und sich Gedanken um seine Ernährung machte. Er aß kaum noch in Restaurants und freute sich stattdessen jedes Mal darauf, mit ihr gemeinsam zu kochen und neue Rezepte auszuprobieren.

Während Anthony duschte, bereitete Elinor das Frühstück vor. Sie machte Rührei, backte Brötchen auf, drapierte Käse und Wurst auf einer großen Platte und richtete alles draußen auf dem Terrassentisch an. Als sie den Orangensaft in die Gläser goss, schweifte ihr Blick über den weiten Ozean, der sich unter ihr erstreckte. Sie atmete tief ein und wieder aus, stellte die Saftkanne ab und schloss die Augen, um das Gesicht in die Sonne zu strecken. Ruhe durchströmte ihren Körper und sie bemerkte erst jetzt, wie angespannt sie immer noch war.

Sie hatte versucht, die Erlebnisse des Vortags nicht an sich herankommen zu lassen. Sie musste stark sein, nicht nur für sich selbst, sondern auch für ihre Mutter. Nach dem riesigen Verlust, den ihre Mutter verarbeiten musste, sollte sie sich nicht auch noch Sorgen um ihre einzige Tochter machen. Sie nahm sich vor, im Laufe des Tages mit Anthony zu sprechen. Anfangs hatte sie versucht, stets stark zu sein. Wieso sollte sie einer fremden Person von ihren Ängsten und Problemen erzählen?

Aber sie hatte in den letzten Tagen gemerkt, dass sie sich damit nur selbst belog. Wenn sie nicht über ihre Probleme sprach, dann konnte sie sich einbilden, diese hinter sich gelassen zu haben. Ihre Zeit mit Anthony war unbeschwert und von Strandbesuchen, sowie leckeren Mahlzeiten geprägt. Aber so unbeschwert diese Momente sich anfühlten, so unecht waren sie eigentlich. Eine Illusion, nichts weiter. Anthony hatte ein Recht darauf, die Wahrheit über sie zu erfahren. Denn auch wenn sie sich große Mühe gab, um selbstbestimmt und glücklich durchs Leben zu gehen, so hatte sie auch andere Seiten. Seiten, die sie am liebsten vor der Außenwelt verbarg.

Die Sonne, die ihr eben noch ins Gesicht geschienen hatte, hat sich plötzlich verdunkelt. Zunächst dachte sie, eine Wolke sei aufgezogen, doch dann bewegte sich der Schatten vor ihren geschlossenen Augenlidern, sodass sie die Augen erschrocken öffnete. Sie konnte kaum etwas sehen und musste mehrmals blinzeln, bis sich ihre Augen an das Licht rund um den Schatten gewöhnt hatten. Als sie erkannte, dass es Anthony war, der dort vor ihr stand, entspannte sie sich wieder.

Seine Haare waren noch nicht ganz trocken und in den Shorts, die er trug, sah sein Hintern besonders knackig aus. Elinors Blick blieb an seinem langärmligen, dünnen Sweatshirt hängen, unter denen sich seine Rückenmuskeln abzeichneten, als er sich drehte und zum Geländer der Terrasse schlenderte. Wusste er, dass sie den Blick nicht von ihm abwenden konnte? Machte er das womöglich extra?

Nach dem frühstück entschieden sie sich dazu, hinunter zum Strand zu gehen. In den letzten Wochen hatte Elinor dort so viel Zeit verbracht, dass sie jeden der großen Steine, die aus dem Sand ragten, selbst im schwachen Schein des Mondes erkannt hätte. Der Strandabschnitt war nicht besonders lang, trotzdem fühlte sie sich hier so abgeschottet von der Welt, dass sie alle Gedanken abschalten konnte. Hier unten gab es weder die Trauer ihrer Mutter, noch ihre eigene. Es gab nur den Sand, in dem sie ihre nackten Zehen vergrub und das kühle Wasser, dass in kleinen Wellen heranschwappte. Und es gab Anthony, bei dem sie sich unterhakte, während sie langsam an der Wasserkante entlang schlenderten.

„Glaubst du eigentlich an Schicksal?"

Elinor brummte kurz. Sie saßen auf der Bank im Schatten der Terrasse. Das Meer rauschte leise unter ihnen, in der Ferne konnte man die Schreie der Möwen hören. Elinor war müde. Die Nacht war zwar schön, aber keinesfalls erholsam gewesen und die Anspannung des Vortages, die ihren Adrenalinspiegel in die Höhe katapultiert hatte, fiel nun ab, was für zusätzliche Müdigkeit sorgt.

Nach ihrem Strandspaziergang waren sie ausgehungert über die Reste des Frühstücks hergefallen. Doch jetzt, mit vollem Magen und dem Kopf auf Anthonys Schulter, hatte Elinor das Gefühl, am liebsten 24 Stunden zu schlafen. Sie hatte schon viel zu lange nicht mehr gut geschlafen. Früher war das nie ein Problem gewesen. Sobald ihr Kopf das Kopfkissen berührt hatte, war sie bereits im Tiefschlaf angekommen. In den letzten Monaten hatte sich das geändert. Anfangs war es nur die Schwierigkeit gewesen, einzuschlafen.

Nach einigen Wochen fühlte sie, wie ihr der Schlafmangel zusetzte. Anfangs hatte sie ihre Kopfschmerzen der Trauer zugeschrieben. Sie trank zu oft Alkohol, weinte zu viel ... da waren pochende Kopfschmerzen wirklich nichts, worüber man sich wundern konnte. Der Zustand war ihr damals so vorgekommen, als könnte sie ihn unmöglich lange aushalten. Doch im Rückblick wünschte sie sich, es wäre bei den Einschlafschwierigkeiten geblieben.

Der Umzug nach Malibu hatte ihr zwar in vielen Aspekten weitergeholfen. Sie fühlte sich freier und verließ die Wohnung wieder, ohne sich auf dem Weg zur Arbeit ständig über die Schulter zu schauen.

Sie machte abends Spaziergänge am Strand,

wenn die Luft kühler wurde und die meisten Touristen verschwunden waren. Aber nachts wenn sie in ihrem Bett lag, wälzte sie sich weiterhin von einer Seite auf die andere. Wenn sie dann schließlich einschlief, wurde sie von Albträumen geplagt. Immer und immer wieder fand sie sich in ihrer ehemaligen Wohnung in Los Angeles wieder. Sie saß auf dem Sofa und es war abends, der Lärm der Stadt drang durch das angelehnte Fenster ins Wohnzimmer. Plötzlich hörte sie ein Geräusch im Flur. Bestimmt war Max nach Hause gekommen, streifte soeben seine Schuhe im Flur ab und würde dann zu ihr ins Wohnzimmer kommen. Aber dann versteifte sich ihr Körper. Max wohnte nicht mehr hier. Er hatte in der Wohnung nichts mehr zu suchen. Sie hatte ihn bereits vor Wochen um den Schlüssel gebeten, den er ihr widerwillig in die Hand gedrückte hat, bevor er die Tür hinter sich ins Schloss zog.

In ihrem Magen begann es zu flattern. Das seltsame Gefühl, das sich in einem ausbreitete, wenn man die Anwesenheit eines anderen Menschen an einem Ort spürte, an dem man eigentlich allein sein sollte. Sie erhob sich mit angehaltenem Atem vom Sofa, immer darauf bedacht, keinen Lärm zu machen. Die Geräusche kamen mittlerweile aus der Küche. Es hörte sich an, als würde jemand die Schubladen durchwühlen. Als Elinor auf die dritte Diele im Flur trat, knarrte diese. Das tat sie immer, schon seit ihrem Einzug vor einigen Jahren. Elinor wusste das eigentlich, aber sie hatte ihre Konzentration so sehr auf die Küche gerichtet, dass sie nicht auf den Holzboden unter ihren Füßen geachtet hatte. Verdammt, zischend entwich ihr die Luft. Die Geräusche in der Küche hatten schlagartig aufgehört. Sie überlegte fieberhaft, was sie tun sollte. Ihr erster Reflex war, die Flucht zu ergreifen. Sie heftete den Blick auf die Tür. Sechs Meter lagen zwischen ihr und dem rettenden Ausgang, aber sie musste an der Küche vorbei. Sie holte tief Luft und konzentrierte sich auf das Ende des Flurs, auf die dunkelgrüne Wohnungstür. Im Treppenhaus angelangt würde sie schreien, wenn er ihr folgte. Mrs. Sanders von Gegenüber war bestimmt noch wach und würde sie hereinlassen, dann würde sie die Polizei rufen.

Elinor holte tief Luft. Langsam ging sie durch den Flur, während ihre Augen die Wände nach einem Gegenstand absuchten, den sie als Waffe benutzen konnte. Ihr Blick blieb an dem schwarzen Regenschirm an der Garderobe hängen. Sie atmete ein letztes Mal tief ein und sprintete dann auf die Wohnungstür zu. Im Laufen griff sie auf halbem Weg nach dem Schirm und umklammerte den Griff so stark, dass sich der kleine Haken, der zum Öffnen des Schirms diente, in ihre Hand bohrte.

Noch zwei Schritte, dann war sie an der Tür angekommen. Ihre Finger zitterten, als sie den Schlüssel im Schloss umdrehte. Das Blut rauschte in ihren Ohren, sodass sie nicht hören konnte, ob aus Richtung der Küche Geräusche kamen. Mit angehaltenem Atem öffnete sie die Tür, schlüpfte hindurch und wollte sie hinter sich zuziehen. Doch es gelang ihr nicht. Sie spürte, wie die Tür gegen einen Widerstand stieß. Mit aufgerissenen Augen drehte sie sich um, aber sie konnte das Gesicht der Person, die dort in der Tür stand, nicht erkennen. Sie holte tief Luft, wollte schreien, doch es gelang ihr nicht. Innerlich stieß sie einen gellenden Schrei aus, aber es war nichts zu hören. Ihre Verzweiflung wich blanker Angst. Sie konnte sich nicht bewegen und dann legte sich von hinten eine Hand auf ihren Mund, sodass ihr die Luft wegblieb. Es war egal, dass sie das Gesicht des Angreifers nicht sehen konnte. Diese Hand, die kannte sie, die hätte sie unter hunderten erkannt. Sie hatte sie unzählige Male auf ihrer nackten Haut gespürt. Mit zärtlichen Berührungen waren sie über ihren Körper gewandert und hatten sie liebkost. Sie hatte diesen Händen blind vertraut, hatte sie geliebt.

Doch die Zärtlichkeit war aus ihnen gewichen und ihre Stelle war Wut getreten. Elinor spürte, wie sich seine andere Hand mit einziger Kälte um ihren Hals legte und leicht zudrückte.

„Na, hast du mich vermisst?" Hauchte er ihr ins Ohr und eine Gänsehaut breitete sich auf ihren Armen aus.

„Ich habe dir gesagt, du kannst mir nicht entkommen."

Auch aus seiner Stimme war die Zärtlichkeit verschwunden, stattdessen klang er ebenso kalt, wie er sich anfühlte. Hohn und Überlegenheit, er liebte es, sie zu jagen und er genoss es, ihr Herz schlagen zu hören. Aus Angst, Angst vor ihm.

Elinor versuchte mit der einen Hand, seinen Griff um ihren Hals zu lockern. Mit der anderen suchte sie verzweifelt nach etwas, an dem sie sich festhalten konnte. Doch sie schaffte es nicht und spürte, wie mit einem Ruck zurückgezogen wurde. Sie fühlte die Kälte auf ihrer Haut, dann wurde alles schwarz.

Sie schreckte immer an der gleichen Stelle auf. Manchmal war es kein Regenschirm, sondern ein Schürhaken, den sie im Flur fand. Und manchmal saß sie nicht auf dem Sofa im Wohnzimmer, sondern lag bereits in ihrem Bett, wenn sie das Geräusch in der Küche hörte. Aber der Ablauf des Traums wiederholte sich jede Nacht aufs neue.

Sie hatte seit Februar nicht mehr richtig geschlafen. Mit jeder Nacht die verging, in der sie von den Albträumen heimgesucht wurde, wurde sie wütender. Sie war sauer auf Max und seinen Einfluss auf sie. Aber noch viel wütender war sie auf ihr eigenes Unterbewusstsein. Warum ließ es sie tagsüber in dem Glauben, die Kontrolle über ihr Leben zu haben, um sie jede Nacht wieder mit ihren Ängsten zu konfrontieren?

„Elinor, bist du eingeschlafen?"

Anthonys Stimme drang aus weiter Ferne an sie heran. Er schüttelte sie vorsichtig, unsicher, ob er sie wecken sollte. Mit einem Finger schob er ihr eine Haarsträhne beiseite, die ihr in die Stirn gefallen war. Es kam ein solches Gefühl von Zärtlichkeit über ihn, dass er gar nicht wusste, wohin mit seinen Emotionen. Es war das erste Mal, dass sie 24 Stunden am Stück miteinander verbrachten. Sie hatten nichts aufwendiges geplant, aber genau das war es, was ihn aus dem Konzept brachte. Es fühlte sich alles so alltäglich an, so gewohnt, so vertraut.

Er räusperte sich unwillkürlich als er sich dem Ausmaß seiner Gefühle bewusst wurde. Von dem plötzlichen Geräusch wurde Elinor wach. Sie zuckte kurz zusammen, rieb sich die Augen und richtete sich dann auf. Ihre Blicke trafen sich und ein schüchternes Lächeln huschte über ihre Lippen.

„Hab ich geschnarcht?"

Das war nicht die Frage, die Anthony erwartet hatte.

„Nein", er lachte auf und schüttelte verneinend den Kopf „wäre das denn so schlimm gewesen?"

„Für mich nicht, ich schlafe ja und kann es nicht hören", sie grinste ihn breit an.

Bei ihrem Lächeln machte sein Herz einen Sprung.

„Ich glaube, du könntest wie eine Bärin schnarchen und ich würde mich trotzdem für den glücklichsten Mann der Welt halten."

Das Grinsen auf Elinors Gesicht wurde noch breiter. Aber das war nicht alles, denn Anthony konnte sehen, dass ihr vorher noch spöttischer Ausdruck nun einem Strahlen Platz machte, das aus ihrem Innersten an die Oberfläche brach.

„Du bist also glücklich mit mir?", fragte sie ihn. Wieder überkamen ihn die Emotionen. Sie überrollten ihn wie die Wellen die hundert Meter entfernt rauschend gegen die Steine der Brandung stießen. Er nickte und wollte sie gerade fragen, ob sie mit ihm ebenso glücklich war, da wurde sein Mund durch den ihren versiegelt. Ihre Lippen trafen aufeinander. Neben Meersalz und Wärme schmeckten sie nach Leidenschaft und noch etwas, was er nicht sofort benennen konnte.

Als ihm bewusst wurde, dass es Vertrauen war, brach auch die letzte Mauer, die er noch aufrecht gehalten hatte, in sich zusammen. Zurück blieb ein kleiner Haufen aus Schutt und er fühlte sich, als würde sein Herz von strahlendem Licht eingenommen werden. Er hatte die Mauern zum Schutz erbaut, aber in diesem Moment kam es ihm so vor, als hätte er sich dadurch nicht vor den Gefahren beschützt, sondern vielmehr die Liebe ausgesperrt, die sein Herz und seinen gesamten Körper nun mit rasender Geschwindigkeit eroberte.

Elinor konnte im Nachhinein nicht mehr genau sagen, wann sich ihre Lippen wieder voneinander getrennt hatten. Sie nahm verschwommen wahr, dass sie sich von der Bank erhoben, die Schiebetür zum Wohnzimmer öffneten, hinein stolperten und auf das Bett fielen. Sie spürte Anthonys Lippen auf ihren, seine Finger, die rastlos ihren Körper erforschten und dann die Hitze seines Körpers.

Seine nackte Haut auf ihrer. Die Lust zog sich in ihrem Bauch zusammen und wanderte von dort nach unten, bis sie sich zwischen ihren Beinen konzentrierte.

Es gab nur noch sie und ihn. Es war egal, was gestern geschehen war und es war egal, was morgen geschehen würde. Diesen Moment, die Gefühle, die Elinor in diesem Augenblick durchströmten, die konnte ihr niemand mehr nehmen. Sie spürte, wie sie von Zuversicht und Lebenslust emporgehoben wurde, bis sie einen Meter über dem Bett schwebte. Plötzlich wurde sie wieder in ihren Körper gesogen, während sich die Lust immer stärker in ihr ballte. Ihr Körper krampfte sich zusammen, erzitterte und entließ sie dann mit einer solchen Wucht in ihren Orgasmus, dass sie nicht mehr wusste, wie lange sie anschließend ineinander verschlungen dalagen.

„Ich liebe dich", hörte sie Anthonys Stimme.

Sie dachte, sie hätte sich verhört. Bestimmt war sie eingeschlafen und hatte geträumt. Aber dann sagte er es nochmal.

„Ich liebe dich, Elinor", murmelte er in ihr Haar. Leise zwar, aber trotzdem ganz deutlich. Und sie wusste, dass sie ihn auch liebte.

Sie hatte bis vor wenigen Wochen geglaubt, sie könnte nie wieder einem Mann so sehr vertrauen, dass sie sich fallen lassen würde. Sie war fest davon überzeugt gewesen, nachdem sie sich so sehr in Max getäuscht hatte, könnte sie sich nie wieder verlieben. Oder besser gesagt: sie würde nie wieder zulassen, dass sie sich verliebte. Zu tief war die Wunde, die das missbrauchte Vertrauen hinterlassen hatte.

Wie konnte es sein, dass sie sich mit Anthony so sicher fühlte? Wie konnte es sein, dass es ihr plötzlich egal war, ob sie zusammenbleiben würden? Dass sie so wenig über ihn wusste und doch bereit war, all dieses Risiko auf sich zu nehmen, nur um jeden Augenblick an seiner Seite auf sich wirken zu lassen?

Sie spürte in diesem Augenblick, dass er ihr Herz brechen würde. Sie konnte es nicht an einer Beobachtung festmachen, dieses Gefühl. Sie konnte es auch nicht beschreiben. Sie wusste es einfach. Aber es war ihr egal. Jede Minute des Glücks war wie eine Droge. Ein Tropfen frischen Quellwassers mitten in der Wüste. Einer Wüste, durch die sie seit Monaten gewandert war, ohne einen Ausweg zu finden. Ich liebe dich auch, Anthony. Das waren ihre letzten Gedanken, bevor sie in einen tiefen, ruhigen Schlaf fiel.

Kapitel 24

In den nächsten Tagen entwickelten sie ihre ganz eigene, neue Routine. Es stand noch nicht fest, wann Elinor wieder ins Restaurant gerufen werden würde, denn auch wenn alle notwendigen Maßnahmen ergriffen wurden, hielten sich die Kakerlaken in den Nischen und Ecken der Restaurantküche sehr hartnäckig.

Elinor machte das nichts aus. Sie hatte den Job eh vor allem deshalb angenommen, um unter Menschen zu kommen. Sie hatte große Angst davor gehabt, in der neuen Stadt keinen Anschluss zu finden. In den ersten Tagen in Malibu hatte sie sich wahnsinnig einsam gefühlt, obwohl besonders der Strand von Touristen wimmelte. Sie war durch die überfüllten Straßen gewandert, hatte sich in Cafés gesetzt und ist über die Strandpromenade gewandert. Aber es war ganz egal, wo sie sich in dieser Stadt aufhielt, sie fühlte sich einsam.

Dann hatte sie das Schild neben der ausgestellten Menükarte des Restaurants gesehen, auf dem geschrieben stand, dass nach einer Kellnerin gesucht wurde.

„Hallo, du siehst aus, als wärst du wie für diesen Job geschaffen", hatte die Kellnerin gesagt, nachdem ihr Elinor erklärt hatte, dass sie sich auf die Stelle als Kellnerin bewerben wollte.

„Keine Sorge, ist eigentlich egal, wenn du das vorher noch nicht gemacht hast. Ich mache das auch nicht hauptberuflich. Aber ich habe eh gerade Semesterferien und dachte mir, warum sollte ich die nicht am Strand verbringen? Das Trinkgeld ist echt nicht schlecht hier", fügte sie mit einem Zwinkern hinzu und führte sie zum Büro des Chefs. Wenige Minuten später stand Elinor schon wieder draußen im Flur, über ihrem Arm hing eine Schürze.

In den ersten Tagen war sie über ihren neuen Job sehr dankbar gewesen. Sie wurde von ihren Mitarbeitern offen und freundlich empfangen, die Arbeit lenkte sie von den Gedanken ab, die sie überkamen, wenn sie allein war und sie fühlte sich nicht mehr ganz so einsam. Brendan, der Barkeeper, hatte ihr außerdem zu ihrer Wohnung verholfen. Er kam ihr seltsam bekannt vor und sie war sich sicher, ihn irgendwann schon einmal gesehen zu haben. Doch auch wenn er ziemlich gut aussah, waren seine Gesichtszüge keineswegs markant oder auffällig und ihr fiel beim besten Willen nicht ein, wo sie ihn schon einmal gesehen haben könnte.

Sie hatte die ersten Nächte in einem Airbnb verbracht. Es lag schön und war nicht besonders teuer, aber ihr fehlte die Privatsphäre, weil sie sich das Badezimmer mit der Bewohnerin der Wohnung teilen musste. Küche und Wohnzimmer durfte sie zwar in der Theorie mitbenutzen, aber nachdem sie an ihrem ersten Morgen in Malibu in der unteren Küchenschublade nach einer Schale für ihren Joghurt gesucht hatte und stattdessen auf Mäusekot gestoßen war, hatte sie davon abgesehen.

Brandon kannte viele Menschen aus der Gegend, denn wenn er nicht gerade im Restaurant die Drinks mixte, dann tat er dies auf einer der zahlreichen Sommerpartys, die in ganz Malibu stattfanden.

Elinor fühlte sich in der neuen Wohnung sehr viel wohler als im Airbnb. Sie konnte sich entfalten und auch wenn sie kaum etwas aus Los Angeles mitgebracht hatte, durchströmte sie das Gefühl neuer Heimat, wenn sie abends nach ihrer Schicht im Restaurant nach Hause kam. Aber dann kam Anthony in ihr Leben. Genau in dem Moment, in dem sie es am wenigsten erwartet hätte. Er stellte ihr Leben auf den Kopf und löste Emotionen in ihr aus, die sie in den letzten Monaten konsequent aus ihrem Herzen ausgeschlossen hatte.

Sie vermisste die Arbeit deshalb nur wenig und war froh darüber, ihre Tage noch flexibler zu gestalten. An der Seite eines Mannes, der sie zum Lächeln brachte, bei dem sie sich behütet fühlte und der sie mit einem liebevollen Blick ansah, ganz gleich, ob sie sich für ein schickes Abendessen fertiggemacht hatte, oder ob sie gerade erst aufgewacht war und sich die Haare aus ihrem Messybun lösten.

Als sie ihre Mutter in der Woche darauf besuchte, betrachtete diese sie eingehend. Dann lächelte sie, versteckte sich aber sogleich hinter ihrem riesigen Becher mit Tee, um Elinor nicht zu verschrecken. Ihre Tochter hatte sich in den letzten Monaten sehr stark verändert. Sie war nicht mehr die zielstrebige junge Frau, die sie gewesen war, seitdem sie mit einem Jahr anfing zu laufen und die Welt auf ihren eigenen Beinen zu erkunden. Bei den wöchentlichen Besuchen musste sie feststellen, dass sich ihre eigene Trauer auch in Elinors Augen spiegelte. Aber neben Traurigkeit war da noch etwas anderes, was sie am Anfang nicht deuten konnte. Erst nach einigen Wochen wurde ihr klar, dass es sich dabei um Angst handelte. Ihre Tochter, die schon immer ihren eigenen Weg gegangen war, furchtlos Entscheidungen traf und durchaus für kompromisslos gehalten werden konnte, begann, sich wie ein Einsiedlerkrebs zurückzuziehen.

Umso glücklicher machte es sie, zu beobachten, wie Elinor langsam wieder aus ihrem Versteck hervorkroch, den Kopf nicht mehr so stark einzog, sich weniger häufig umschaute und neue Lebensfreude ausstrahlte. Sie hatte neue Sommerbräune gewonnen, aber Elinors Mutter war sich sicher, dass hinter dem Lächeln und den strahlenden Augen ihrer Tochter noch mehr steckte, als nur die

Sonne Malibus.

Als Elinor an diesem Abend in Anthonys Villa ankam, die im Laufe der letzten Woche übergangslos zu ihrem eigenen zu Hause geworden war, wartete Anthony schon auf sie. Er hatte gekocht, was er mittlerweile wirklich gut konnte, und sie war so hungrig, dass sie das Geschnetzelte mit grünem Spargel und Reis am liebsten direkt aus der Pfanne gegessen hätte. Sie hatte einige Kilos zugenommen, dessen war sie sich ziemlich sicher. Sie hatte sich zwar nicht gewogen, denn bei ihrer Ankunft in Malibu hatte es andere Dinge gegeben, die ihr weitaus wichtiger gewesen waren.

Früher hatte sie penibel auf ihr Gewicht geachtet, aber in den letzten Monaten hatte es wichtigeres gegeben, als sich einmal in der Woche auf die Waage zu stellen. Weitaus wichtigeres, ihre Sicherheit und ihre psychische Gesundheit zum Beispiel. Sie hatte mehrmals überlegt, ob sie Anthony davon erzählen sollte, wie sie früher einmal gewesen war.

Der Februar, der mittlerweile knapp sechs Monate zurücklag, erschien ihr wie etwas, was sich Lichtjahre von ihrer jetzigen Realität entfernt hatte. Einerseits konnte sie nicht begreifen, dass wirklich bereits sechs   Monate vergangen sein sollten. Sie erinnerte sich erneut an den Tag, an dem sie mit ihrem Vater gemeinsam durch die Straßen in Los Angeles geschlendert war. Kurz bevor alles zusammenbrach. Dies alles war doch gerade erst geschehen? Gleichzeitig kam es ihr so vor, als habe sie sich damals in einem vorherigen Leben befunden. Sie fühlte sich jetzt so anders und war gerade erst dabei, sich an ihre neue Persönlichkeit und ihre neuen Werte zu gewöhnen.

Sie hatte sich viele Gedanken darüber gemacht, ob sie Anthony von ihrer Vergangenheit erzählen sollte. Davon, warum sie wirklich hier in Malibu war, was sie angetrieben hatte, Los Angeles zu verlassen. Aber sie hatte es nicht über sich gebracht. Sie vertraute ihm, aber die gemeinsame Zeit kam ihr vor wie ein Traum, der dann zerplatzen würde, wenn sie die Realität hineinließ.

„Worüber denkst du denn so konzentriert nach?"

Anthony hatte sie eine ganze Weile beobachtet, wie sie auf der Bank in der Ecke der Terrasse saß, der Blick auf das Meer unter ihnen gerichtet.

Die Sonne war bereits untergegangen und die Wellen glitzerten im Licht des Mondes, der die Sonne abgelöst hatte und dessen kühles Licht sich im Wasser spiegelte. Gedankenverloren nippte Elinor immer wieder an ihrem Weinglas. Bei seinen Worten zuckte sie zusammen, als hätte er sie bei den Gedanken an etwas erwischt. Sie fasste sich schnell wieder und antwortete „du hast mich neulich gefragt, ob ich an das Schicksal glaube."

Er nickte. Ja, daran konnte er sich noch erinnern. Bei dem Gedanken daran, was sie anschließend getan hatten, huschte ein bübisches Grinsen über seinen Mund. Sie konnte ihm anscheinend am Gesicht ablesen, worüber er nachdachte, denn sie zog die Augenbraue hoch.

„An der Stelle war ich noch nicht, mein Lieber. Ich war gerade noch bei der Frage nach dem Schicksal!"

Er zog seine Mundwinkel mit gespielter Enttäuschung nach unten.

„Warum hast du mich danach gefragt?" Fragte sie nun. Er zuckte mit den Schultern.

„Ach, ich weiß es gar nicht mehr. Das war eher eine ganz allgemeine Frage."

Dass es absolut keine allgemeine Frage gewesen war und er an diesem Nachmittag vor einer Woche sehr kurz davor gewesen war, Elinor von seiner Krankheit zu erzählen, erwähnte er lieber nicht. Er hatte sich ihr nach ihrer ersten gemeinsamen Nacht so verbunden gefühlt. Als würde er ihr direkt in die Seele sehen und als könne sie dies auch bei ihm. Er wusste, dass sie Sachen vor ihm verheimlichte. Nicht aus einer bösen Absicht heraus. Nicht, weil sie ihm nicht vertraute. Sondern weil sie keine Lust hatte, ihre Sorgen in ihre Beziehung zu tragen und dadurch diesen magischen Zufluchtsort ihrer Seelen zu zerstören.

Er verstand dies deshalb so gut, weil es ihm ebenso ging. Aber dann hatte er Elinor doch nichts gesagt, wie schon so häufig. Es gab ein dutzend Momente allein in den letzten Tagen, in denen er ihr am liebsten alles erzählt hätte. Von seiner Krankheit und von dem wahren Grund dafür, dass er seine Karriere im Krankenhaus von einem Moment auf den anderen aufgegeben hatte. Es gab so vieles, was er mit ihr teilen wollte. Er wusste, dass dies notwendig war, um eine ehrliche Beziehung überhaupt möglich zu machen.

Gleichzeitig hatte er Angst. Vor seinen eigenen Sorgen, aber vor allem vor dem Schmerz, der Elinor ins Gesicht geschrieben stehen würde. Er befürchtete, den Traum, den er in den letzten Wochen gelebt hatte, durch sein Geständnis zunichte zu machen. Das erste Mal in seinem Leben hatte er wirklich Angst davor, einen Menschen zu verlieren.

Das Verhältnis zu Harry war in den letzten Monaten deutlich besser geworden. Trotzdem wusste er, dass sein Bruder sein eigenes Leben hatte und natürlich durch ihn leiden würde, wenn Anthonys Krankheit weiter fortschritt. Aber es würde seinen Alltag nicht auf den Kopf stellen. Das war bei Elinor anders. Er wollte eine Zukunft mit ihr, dachte über Kinder nach und ihr gemeinsames Leben. Und er wusste, dass es ihr ebenso ging. Er hatte sie dabei beobachtet, wie sie die Babys in den Kinderwagen ansah, wenn sie an der Strandpromenade unterwegs waren. Hatte gesehen, wie sie den Kindern hinterher blickte, die ihre Drachen jagten und dabei über den Sandstrand rannten und lauthals lachten. Er wollte Elinor vor den Gefahren beschützen, die draußen lauerten. Wollte ihr Halt geben und ihre Zuflucht sein.

Stattdessen würde er derjenige sein, der ihr Schmerz zufügte, der Rückhalt von ihr brauchte und sich   schutzlos fühlte. Und auch wenn ihm bewusst war, dass dies in einer Beziehung etwas normales war, dass man gab und nahm, dass man in manchen Momenten beschützte und in anderen Fürsorge brauchte, hatte er es bisher nicht geschafft, über seinen Schatten zu springen und das Märchen, das er mit Elinor lebte, durch die harte Realität zu trüben.

Kapitel 25

Anthony war in den letzten Wochen nur sehr selten in Los Angeles gewesen. Einmal, um mit Martha in seiner Villa nach dem Rechten zu sehen.

Auf den Möbeln hatte sich eine dicke Staubschicht gebildet, denn er hatte das Haus wochenlang nicht betreten. Doch nachdem sie den gesamten Tag damit verbracht hatten, Kleidung in Tüten und Kartons zu verpacken, diese zu beschriften und fein säuberlich im Wohnzimmer zu stapeln, fühlte sich Anthony weitaus besser.

„Ist es nicht Wahnsinn, wie man so lange in einem Haus gewohnt haben kann, nach wenigen Monaten zurückkehrt und feststellt, dass es sich nicht mehr wie ein zu Hause anfühlt?" Hatte er Martha gefragt.

Er erhielt nicht sofort eine Antwort, weshalb er sich fragend zu ihr umdrehte. Da sah er, dass die Augen seiner Haushälterin verdächtig schimmerten.

„Ich werde Sie wirklich sehr vermissen, Dr. Taylor", schniefte sie und fuhr sich mit dem Handrücken über die Augen.

„Dann wollen wir mal sehen, was wir für dich machen können", Anthony hatte in der letzten Woche alle notwendigen Untersuchungen durchführen lassen und saß nun nach einigen Monaten erneut vor seinem Arzt.

„Gut, gut", Dr. Fraser nickte mehrmals, während er die Blätter nacheinander studierte und die Ergebnisse der Untersuchungen analysierte.

Elinor hatte nachgefragt, ob sie Anthony begleiten sollte. Letzte Woche, als er für die eingehenden Untersuchungen ins Krankenhaus gefahren war, um die Dr. Fraser gebeten hatte. Es war ihm schwer gefallen, den wahren Grund für seinen Krankenhausbesuch vor ihr geheimzuhalten. Aber er befand sich so kurz vor dem Ziel und wollte auf keinen Fall Aufregung erzeugen, bevor er Sicherheit hatte. Also hatte er sich eine lahme Ausrede einfallen lassen. Er wolle einen Studienfreund im Krankenhaus besuchen, den er seit Jahren nicht mehr gesehen hatte und der dort nun angestellt war. An Elinors Gesichtsausdruck und ihrer hochgezogenen Augenbraue hatte er erkannt, dass sie ihm nicht wirklich glaubte. Sie fragte aber auch nicht weiter nach, wofür er sehr dankbar war. Denn er hätte es nicht geschafft, ihr standzuhalten und seine Lüge aufrecht zu erhalten, wenn sie es darauf angelegt hätte, die Wahrheit herauszufinden.

Anthony war nervöser, als er sich eingestehen wollte. Er fühlte sich wohl, bei diesem Arzt, den er seit seiner Kindheit kannte. Es kam ihm so unwirklich vor, dass auf diesem Schreibtisch, auf den Unterlagen, die Dr. Fraser durchging, die Antwort stand, die über sein Leben entscheiden würde. Er wollte nicht ungeduldig wirken, wirklich nicht. In Gedanken ohrfeigte er sich dafür, nicht gleich nach seiner Diagnose mit der Therapie begonnen zu haben. Was zum Teufel hatte er sich dabei gedacht, monatelang zu warten und sein Leben an sich vorbeiziehen zu lassen, wo er doch wusste, dass ihm nur noch wenige Monate und dann sogar nur noch wenige Wochen zum Leben blieben. Warum hatte er so viel Zeit verstreichen lassen?

Es war ihm unbegreiflich, wie sein Weltbild und seine Einstellung in so wenig Zeit einen solchen Richtungswechsel durchlaufen hatte. Elinor war zu einem festen Bestandteil seines Lebens geworden, dabei kannte er sie doch gerade einmal einen Monat?! Er war nicht einer dieser Menschen, die sich verliebten und plötzlich die Welt mit anderen Augen sahen. So einer war er nie gewesen und er war sich sehr sicher gewesen, niemals zu dieser Gruppe Männer gezählt werden zu können.

Hier saß er nun, am Schreibtisch seines Arztes, als einen Monat nachdem er eine Frau kennengelernt hatte und bat darum, seine vorherige Einstellung zu revidieren und wenn möglich noch am selben Tag mit der Behandlung zu beginnen. Er versuchte, sich die Gründe wieder in den Sinn zu rufen, die ihn davon abgehalten hatten, mit einer Therapie zu beginnen. Er dachte an die Patienten im Krankenhaus, die er während ihrer Behandlungen häufig in den Krankenhausfluren beobachtet hatte. An ihre Gesichter, die jedes Mal müder wurden und die Hoffnung, die langsam aus ihren Augen verschwand. Er hatte sich vor einigen Monaten überlegt, niemals in dieser Situation stecken zu wollen. Er wollte sein Leben bis zum letzten Atemzug genießen und sich nicht in falscher Hoffnung verlieren.

Aber jetzt hatte er sein Leben genossen und währenddessen eine Frau kennengelernt, mit der er noch so viel mehr erleben wollte. Es konnte doch nicht jetzt einfach vorbei sein und keine Hoffnung mehr geben! Er hatte sich eingeredet, er hätte keine Angst vor dem Tod. Aber er hatte Angst davor, Elinor allein zu lassen. Er wollte noch so viel mit ihr erreichen, ihr Lächeln weitere 1000 Mal sehen. Und er hatte Angst vor dem Schmerz, den sie empfinden würde, wenn er stirbt.

Er wusste, dass er noch am selben Tag mit ihr reden musste. Er wollte ihr von seiner Krankheit erzählen und endlich alle Karten auf den Tisch legen. So oder so würde die Neuigkeit ein Schock für Elinor sein. Aber in den nächsten Minuten würde sich entscheiden, ob sie eine gemeinsame Zukunft haben konnten. Ob es die Möglichkeit gab, mit einer Behandlung zu beginnen, oder ihre Tage gezählt waren.

Anthony richtete seinen Blick wieder auf Dr. Fraser, der die Unterlagen zurück in den Briefumschlag steckte und die Hände auf dem Schreibtisch überkreuzte. Der Blick des Arztes war undurchdringlich. Weder Freude noch Schmerz, Anthony hatte diesen Gesichtsausdruck selbst hunderte Male aufgesetzt, wenn er den Angehörigen seiner Patienten gegenüberstand. Er hatte früher immer gedacht, es handel sich dabei um einen unparteiischen Ausdruck, aber er hatte sich auch noch nie auf der Seite eines bangenden Patienten befunden. Sein Bein begann zu wippen, auch wenn er diese Eigenschaft bei anderen hasste.

„Es gibt gute Nachrichten, aber auch weniger gute", begann Dr. Fraser händeringend.

„Können Sie bitte mit den guten Neuigkeiten beginnen, Doktor?"

Anthony hatte sich immer für jemanden gehalten, der starke Nerven hatte. In Stresssituationen hatte er die Ruhe bewahrt und sich auf die wichtigen Fakten konzentriert. Seit wann war er jemand, der mit dem Fuß wippte und spürte, wie ihm der Schweiß ausbrach, der dann langsam an seiner Wirbelsäule entlang rann, bis er von dem weichen Stoff seines Hemdes aufgesaugt wurde.

„Ja ja, selbstverständlich, das wollte ich eh", der Arzt rückte sich die Brille zurecht und sah Anthony dann direkt in die Augen.

„Also Anthony, die Untersuchungen haben ergeben, dass es für eine Behandlung noch nicht zu spät ist."

Die Luft wich mit einem lauten Zischen aus Anthonys Lunge. Er hatte gar nicht gemerkt, dass er sie in den letzten Sekunden angehalten hatte. Aber noch bestand kein Grund zur Freude. Das musste alles einen Haken haben.

„Okay", er machte eine kleine Pause, um nach den passenden Worten zu suchen „aber ich habe die Behandlung so lange nicht gemacht. Das wird doch sicher Auswirkungen haben?"

Dr. Fraser nickte „Ja, Anthony, das hat es. Es ist noch nicht zu spät für eine Therapie, aber du müsstest noch dieses Wochenende mit der Behandlung beginnen. Je nachdem, wie gut dein Körper reagiert, wirst du in den ersten Tagen noch nach Hause können. Du solltest dich jedoch auf einen längeren Krankenhausaufenthalt vorbereiten. Nicht nur organisatorisch, sondern vor allem auch mental."

Dr. Fraser blickte ihn ernst an.

„Ich weiß, dass du in den letzten Monaten kaum Symptome hattest. Dein Körper hat sehr gut auf die Medikamente reagiert. Aber du weißt, dass du dich in diesem Fall nicht darauf verlassen kannst, wie du dich fühlst. Die Medikamente, die ich dir verschrieben habe, behandeln lediglich deine Symptome, nicht jedoch die Krankheit an sich."

Anthony nickte. Er wusste, dass sich seine Krankheit in den letzten Monaten weiter in seinem Körper eingenistet hatte. Während er sich Tag für Tag an den Strand setzte, mit Elinor kochte und von der gemeinsamen Zukunft träumte, hatte sich sein Feind in ihm ausgebreitet und jeden Winkel seines Körpers eingenommen.

Das Schlimmste war, dass er es gewusst hatte. Er konnte nicht sagen, dass er von einem Tag auf den anderen ohne Vorwarnung aus dem Leben gerissen worden war. Er hatte monatelang mit diesem Monster zusammengelebt, das ihn von innen zerfraß. Aber er hatte sich davor verschlossen, hatte den Gedanken an den Tod ausgeblendet und stattdessen jeden noch so kleinen Moment aufgesaugt, der ihn mit Glück füllte.

„Wie dein Körper auf die Behandlung reagieren wird, das wissen wir noch nicht. Aber zu diesem Zeitpunkt sieht es eigentlich recht gut aus, auch wenn die Krankheit bereits weit fortgeschritten ist. Sprach Dr. Fraser," Anthony nickte und atmete tief ein und wieder aus.

„Es gibt also noch eine Chance, nicht wahr?", fragte er und sah, wie sich ein kleines Lächeln auf die Lippen seines Arztes schlich.

„Ja, die gibt es. Und ich weiß, ganz gleich, was passieren wird, du wirst bis zu deinem letzten Atemzug alles geben und kämpfen."
Die Fahrt zurück nach Malibu dauerte nur eine Stunde. Trotzdem merkte er, wie er von Hoffnung durchströmt wurde, umso mehr er sich Elinor näherte. Die Anspannung fiel von seinen Schultern ab und wurde durch Energie abgelöst. Anthonys Atemzüge wurden immer tiefer und ruhiger, während er die Straße entlang fuhr.

Es war bereits früher Abend und auch wenn ihm das Gespräch mit Elinor noch bevorstand und er merkte, wie er immer aufgeregter wurde, so freute er sich. Er würde sie in die Arme schließen, würde ihr endlich davon erzählen können, was ihn in den letzten Monaten zurückgehalten hatte. Er machte sich große Sorgen über ihre Reaktion. Was würde sie sagen? Würden sich ihre Augen zuerst vor erstaunt weiten und dann mit Tränen füllen?

Bei dem Gedanken an ihren schmerzverzerrten Gesichtsausdruck und die Besorgnis in ihrem Blick musste er schlucken. Er wollte ihr keinen Schmerz zufügen und schon gar nicht der Grund für ihre Tränen sein. Gleichzeitig würde er ihr erzählen können, dass es Hoffnung gab und dass er für sie und ihre Liebe kämpfen würde. Anthony schüttelte die Gedanken an einen Misserfolg ab. Er würde kämpfen, jeden einzelnen Tag. Und er würde siegen.

Holst du mich in meiner Wohnung ab?

Elinor hatte ihm eine SMS geschrieben. Seltsam, sie war schon seit zwei Wochen nicht mehr in ihrer Wohnung gewesen. Vielleicht hatte sie dort die Blumen gießen müssen und einige Klamotten abgeholt? Bereits 20 Minuten später war Anthony in Malibu angekommen. In einem kleinen Laden kaufte er eine Flasche Champagner. Auch wenn es eigentlich noch nichts zu feiern gab, denn der größte Kampf seines Lebens stand Anthony noch zuvor. Trotzdem hatte er das Gefühl, dieser Tag sei etwas wichtiges. Er würde endlich alle Karten auf den Tisch legen und Elinor alles erzählen und ihnen damit die Möglichkeit geben, ihre Beziehung auf eine ganz neue Ebene zu bringen. Außerdem war heute sein Geburtstag, auch wenn es kaum Anlass zum Feiern gab.

Harry hatte ihm am Morgen bereits eine Nachricht geschrieben, in der er ihm einen schönen Tag wünschte und sich dafür entschuldigte, nicht anwesend sein zu können, an dem Tag, an dem sein großer Bruder 40 Jahre alt wurde. Er hatte sich über die Nachricht gefreut, auch wenn er viel zu angespannt gewesen war, um über seinen Geburtstag weiter nachzudenken.

Seit Tagen hatte er schlecht geschlafen, hatte sich nachts im Bett herumgewälzt und darüber nachgedacht, welches Ergebnis ihm Dr. Fraser auftischen würde. Er hatte die Hoffnung nicht aufgegeben, eine gute Antwort zu erhalten. Dennoch konnte er den Gedanken an eine schlechte Nachricht nicht vollkommen beiseite schieben. Immer wieder hatte sich die Angst wie eine kalte Faust um seinen Hals gelegt und zugedrückt. Was, wenn dies die letzten Tage in seinem Leben waren?

Er hatte gewusst, dass die Wahrscheinlichkeit dafür durchaus groß war. Umso erleichterter war er nun. Auch wenn niemand genau wusste, ob er den Krieg gegen seine Krankheit gewinnen würde, er hatte ihr mit seiner Entscheidung eine Kampfansage gemacht und er würde sich nicht so schnell geschlagen geben. Dadurch hatte er sich aus der Position des abwartenden Opfers in die Position des Kämpfers begeben. Und dieses Gefühl, das gab ihm eine gewisse Macht. Er wusste, er durfte sich darauf nicht ausruhen, aber er spürte endlich, dass er etwas bewirken würde. Diese Energie durchströmte ihn und trug ihn die letzten Meter die Stufen zu Elinors Wohnung hinauf.

Kapitel 26

„**Ü**berraschung!!!" Elinor riss die Tür auf, noch bevor er sie erreicht hatte, lief auf ihn zu und umarmte ihn fest.

„Ich hab mich so auf dich gefreut, den ganzen Tag! Du glaubst gar nicht, wie langsam die Zeit vergangen ist. Andererseits...ich hatte auch ganz schön was zu tun", blubberte es aus ihr heraus.

Anthony schlang seinen Arm um sie und versuchte dabei, den Champagner nicht fallen zu lassen, was gar nicht so einfach war. Er hatte in den letzten Wochen gemerkt, wie sich die innere Unruhe in ihr langsam legte. Während sie am Anfang kaum eine Nacht durchgeschlafen hatte und ständig aufgewacht war oder im Schlaf unruhige, angsterfüllte Geräusche von sich gegeben hatte, war sie in den letzten Tagen immer ruhiger geworden. Sie hatte das Kleid an, was sie am Abend ihres Dates im Autokino getragen hatte und auch wenn sie ihm gar nicht die Zeit gegeben hatte, um sie eingehend zu betrachten, so wusste er, dass sie umwerfend aussah. Anthony vergrub seine Nase in ihren Locken und atmete tief ein. Sie roch nach dem rosigen Parfum, das er so sehr liebte - und nach köstlichem Essen.

Elinor löste sich aus der Umarmung, nahm ihm den Champagner ab und zog ihn dann ungeduldig in die Wohnung.

„Oh wow", entfuhr es Anthony, als er sah, was sie bereits seit einigen Tagen geplant haben musste.

„Zuerst war ich ja ein wenig traurig, dass wir deinen Geburtstag nicht gemeinsam verbringen würden, aber dann habe ich mir gedacht, das ist eigentlich gar nicht so schlimm. So konnte ich wenigstens alles in Ruhe vorbereiten, ohne dass du mir ihn die Quere kommst oder etwas ahnst."

Sie boxte ihm spielerisch in die Rippen und wieder entfuhr ihm nur ein „Oh wow."

Er wusste gar nicht, was er sagen sollte. Doch dann fand er die Worte wieder und fragte „woher wusstest du eigentlich, dass ich heute Geburtstag habe?"

Er konnte sich nicht daran erinnern, dass sie sich darüber unterhalten hatten. In den letzten Tagen schon gar nicht, denn er hatte nicht vorgehabt, aus seinem Geburtstag eine große Sache zu machen.

Als er am Morgen aufgewacht war und auf sein Handy gesehen hatte, war er froh darüber gewesen, dass ihn nur Harry beglückwün- scht hatte. Unter normalen Umständen wäre er empört darüber gewesen, dass sich keiner seiner Freunde gemeldet hatte, um ihm zu gratulieren. Aber jetzt waren die Umstände alles andere als normal und die Zeiten, in denen er anlässlich seines Geburtstags große Partys schmiss, waren längst vorbei. Er hatte vor einigen Wochen das Geburtsdatum in seinem Facebook-Account auf privat umgestellt und mit seinen engeren Freunden hatte er seit Monaten keinen Kontakt mehr gepflegt. Sie wussten nichts von seiner Diagnose, was hätte das auch geändert. Anfangs hatten sie ihm noch geschrieben und Anthony wusste auch, dass sich dahinter durchaus echtes Interesse verbarg. Aber was konnten sie schon ausrichten? Sie hatten alle ihre ganz eigenen Sorgen und seit mehreren Jahren nicht mehr durchgeschlafen, weil sie kleine Kinder hatten. Deshalb verwunderte es ihn auch nicht, dass die Nachrichten nach wenigen Wochen immer seltener wurden und schließlich ganz ausblieben.

„Wir haben kurz nach unserem Kennenlernen über unsere Geburtstage gesprochen", holte ihn Elinor in die Gegenwart zurück.

„Besser gesagt, eigentlich über unsere Sternzeichen. Weißt du das nicht mehr?"

Sie schaute ihn mit gespielter Entrüstung von der Seite an, aber ihr breites Grinsen verriet sie. Jetzt konnte sich Anthony auch wieder erinnern. Das musste bei ihrem zweiten oder dritten Date gewesen sein. Aber er hatte ihr nicht ganz folgen können, als sie anfing, über Sternzeichen und ihre Bedeutung zu sprechen. Er hatte sich nie Gedanken darüber gemacht, ob sein Sternzeichen Einfluss auf seinen Charakter und seine Eigenschaften haben könnte und er würde mit 40 Jahren nicht anfangen, es zu tun.

„Das war doch wirklich ganz kurz nach unserem Kennenlernen, das hast du dir gemerkt?"

Fragte Anthony deshalb ungläubig. Wenn er ehrlich war, konnte er sich nicht mehr an Elinors Geburtstag erinnern, auch wenn sie ihm den bestimmt genannt hatte.

„Ja ich weiß, ich bin ein kleiner Freak", ihr Grinsen wurde noch breiter „aber ich hatte einfach schon immer ein Faible für Geburtstage."

Für einen kurzen Augenblick huschte ein nostalgischer Ausdruck über ihr Gesicht, dann wandte sie sich dem Wohnzimmer zu, in dem sie standen und fragte mit einer ausladenden Geste „gefällt es dir denn?"

„Ob es mir gefällt?" Anthony schnaubte, „ich finde es umwerfend!!"

Der gesamte Raum war in Kerzenlicht gehüllt, was für eine wahnsinnig romantische Atmosphäre sorgte. Trotzdem konnte er keinen Kitsch erkennen. Er trat näher an den Tisch heran, den Elinor in die Mitte des Raumes geschoben hatte. Mit einem Finger strich er über die dunkle Serviette, die auf dem beigen Teller lag. Elinor hatte sich sehr viel Mühe gegeben und mit großer Hingabe nicht nur gekocht, sondern auch alle Köstlichkeiten wunderschön angerichtet. Der Tisch quoll gerade zu über und Anthony sah nicht nur Weintrauben, Erdbeeren und Himbeeren zwischen Aufschnitt, Käse, Oliven und verschiedenen Brotsorten, sondern auch eine kleine Torte. Er war überwältigt von der Kulisse und von der Liebe, die Elinor in jedes Detail gesteckt hatte.

Sie nahm eine kleine Fernbedienung vom Schrank und kurz darauf ertönte leise Musik aus den Boxen, die er noch nie vorher gehört hatte. Sie war langsam, melodisch und gleichzeitig unglaublich rhythmisch. Er wollte sich zu Elinor umdrehen, aber sie fing ihn mitten in der Bewegung ab, schlang ihren Arm um seine Taille und drehte ihn in die andere Richtung.

Er war kein toller Tänzer und bei dem Gedanken daran, wie sie gerade aussehen mussten, konnte er sich ein Lachen nicht verkneifen. Es war doch eigentlich egal, dachte er sich. Ganz egal, wie sie aussahen. Worauf es ankam war, wie er sich fühlte, wie sie beide sich fühlten. Zuversicht durchströmte ihn, als Elinor ihm ins Ohr flüsterte „ich liebe dich, Anthony, weißt du das?"

Sie würden einen Weg finden und gemeinsam stark sein. Es gab nichts, was diese Liebe und ihr Vertrauen zueinander zerstören könnte. Wärme durchströmte ihn und er überlegte, dass er die Zeit am liebsten anhalten würde. In diesem Augenblick, in dem er an Elinor geschmiegt durch ihr Wohnzimmer tanzte und sich so wunschlos glücklich fühlte.

Nachdem sie angefangen haben zu essen, äußerte sich Anthony „Ich muss dir etwas sagen".

Er hatte keine Ahnung, wo er anfangen sollte. Wie sollte man der Liebe seines Lebens erklären, dass man an einer Krankheit litt, die einen vielleicht in einigen Wochen oder Monaten das Leben kosten würde?! Er rang mit den Worten, hob die Serviette von seinem Schoß und tat so, als müsste er sich noch sehr sorgfältig etwas Soße aus dem Mundwinkel wischen. Elinor hob dem Blick von ihrem Teller und lächelte ihn fragend an. Aber ihr Lächeln verschwand schlagartig, als sie Anthonys Gesichtsausdruck sah. Er würde ihr einfach die Wahrheit sagen. So schwer konnte es doch nicht sein, oder?! Alles war besser, als seinen Zustand weiter vor ihr geheim zu halten. Wenn sie alles wusste, dann würden sie gemeinsam in den Kampf gehen. Sie würde ihn begleiten und stärken, zuversichtlich sein und ihm gut zusprechen. Und er würde neue Kraft schöpfen und mit aller Macht kämpfen, um mit ihr zusammen sein zu können. Er holte tief Luft.

„Ich, Elinor, ich weiß nicht, wo ich anfangen soll", seine Stimme versagte.

Verdammt noch mal, er hatte dieses Szenario doch in Gedanken schon so häufig durchgespielt. Er hatte sich genau zurechtgelegt, wie er ihr alles erzählen würde, hatte die richtigen Worte gefunden, um sie nicht vor den Kopf zu stoßen und ihr deutlich zu machen, dass er voller Hoffnung war. Aber als er sie jetzt ansah, ihre fragenden Augen und die Zärtlichkeit in ihrem Blick wahrnahm, da war sein Kopf wie leergefegt. Er holte erneut tief Luft, atmete geräuschvoll aus und wollte zu einem neuen ersten Satz ansetzen, da klingelte es an der Tür. Elinor nahm das Geräusch erst nicht wahr. Sie schaute ihn weiterhin fragend an, die Augenbrauen hochgezogen und die Stirn in Falten gezogen. Sie wusste nicht, worauf er hinauswollte, aber sie spürte, dass es nichts Positives sein konnte.

Erneut klingelte es. Die Gedanken kehrten langsam in Anthonys Gehirn zurück und er fragte sich, wer um diese Uhrzeit noch klingelte. Schließlich wusste doch eigentlich niemand, dass sie hier waren und Elinor war in den letzten Wochen so gut wie nie hier gewesen. Es klopfte dreimal in regelmäßigen Abständen. Vielleicht war es eine Nachbarin, die sich nach Elinor erkundigen wollte, vielleicht die ältere Dame aus dem zweiten Stock, die ihre Nase viel zu gern in die Angelegenheiten anderer Leute steckte, aber freundlicherweise die Aufgabe übernommen hatte, Elinors Pflanzen in den letzten Wochen zu gießen.

Elinor war aufgestanden und geistesabwesend zur Tür gegangen, während sie Anthony weiterhin mit einem unergründlichen Blick musterte. Als sie die Tür öffnete, wurde diese von außen aufgestoßen, sodass sie mit einem lauten Knall gegen die Wand knallte. Erst dieses unerwartete Geräusch sorgte dafür, dass sich Elinor der Tür zuwandte. In ihre Augen, die bis eben noch besorgt geschaut hatten, trat blanke Angst. Anthony kannte den Mann nicht, der mit einem großen Schritt ins Wohnzimmer trat und sich dann torkelnd an der Tür festhielt, die ihm entgegenkam, nachdem sie von der Wand abgeprallt war. Er hatte diesen Mann noch nie gesehen, aber der Beschreibung nach zu urteilen konnte es sich dabei nur um einen bestimmten Mann handeln.

„Max?!" Elinor hatte ihre Stimme wiedergefunden.

Sie sah blass aus, als würde sie einem Gespenst gegenüberstehen. Mit ihm hatte sie eindeutig nicht gerechnet. Wie kam er hier überhaupt her? Woher wusste er, wo sie wohnte?

„Hallo Sweetie", antwortete Max, während sich ein selbstgefälliges Grinsen auf seinem Gesicht ausbreitete.

„Nanu, du tust ja so erstaunt? Aber ich sehe schon ihr habt wohl was zu feiern? Wie schön, aber gleichzeitig wahnsinnig schade, dass du mich gar nicht eingeladen hast!"

Max musste einiges getrunken haben und Anthony fragte sich, wie er überhaupt noch so eloquent sprechen konnte. Er schwankte beträchtlich, weil ihm die Haustür anscheinend nicht den gewünschten Halt bot. Elinor war bei dem Anblick von Max einen Schritt zurückgewichen und hatte sich gegen die Wand gedrückt. Sie hatte Max vor Monaten das letzte Mal gesehen, aber nun stand er vor ihr, als wäre er gerade einem ihrer Albträume entsprungen. Sie hatte ihn etwas breiter in Erinnerung. Er musste in den letzten Monaten abgenommen haben, aber er war immer noch einen knappen Kopf größer als sie und auch wenn er sehr viel Alkohol getrunken hatte, durfte sie ihn nicht unterschätzen.

„Hallo Max," Elinors Stimme war zunächst zaghaft, aber dann fasste sie Mut.

Der Angriff war in diesem Fall wahrscheinlich die beste Möglichkeit der Verteidigung, die ihr blieb.

„Ich wüsste nicht, warum ich dich einladen sollte. Du bist nicht mehr ein Teil meines Lebens, das haben wir vor Monaten bereits besprochen."

Er wandte seinen Blick bei ihren Worten schwerfällig von Anthony ab und sah sie nun direkt an. Naja, so direkt, wie das bei seinem Zustand möglich war. Sie konnte ihn nicht ernst nehmen, diesen Mann, der früher so kontrolliert gewesen war. Jetzt stand er hier vor ihr, das Hemd war aus seiner Hose gerutscht, der Kragen weit geöffnet und zerknittert. Sie konnte den Alkohol riechen, auch wenn sie mindestens zwei Meter von ihm entfernt stand.

Sein Blick blieb an ihr hängen und wanderte von ihrem Gesicht nach unten. Sie fühlte sich nackt unter seinen Augen und hätte sich am liebsten versteckt, um seinem spöttischen, gierigen Blick zu entgehen. Aber sie würde sich von ihm nicht einschüchtern lassen. Ein kurzer Blick zu Anthony verriet ihr, dass er genauso überrumpelt war wie sie. Er hatte sich halb von seinem Stuhl erhoben, unschlüssig, was er als nächstes tun sollte.

„Ich bitte dich, zu gehen. Jetzt sofort!" Sagte Elinor und hoffte inständig, dass Max das Zittern in ihrer Stimme nicht bemerkte.

Er blickte weiter gierig an ihr auf und ab und

man konnte sehen, dass es in seinem Kopf zu arbeiten begann.

„Ich kenne dieses Kleid, ja klar kenne ich das."

Mit einem Blick zu Anthony fügte er hinzu „Das ist das Kleid, indem sie sich verloben wollte. Mit mir verloben wollte. Aber das wissen Sie sicher alles, nicht wahr Herr Doktor? Das hat sie Ihnen doch sicher alles erzählt!"

Sein Lächeln wurde süffisanter, denn auch wenn sich Anthony alle Mühe gab, eine ausdruckslose Mine aufzusetzen, hatte Max sehr gut erkennen können, dass er nicht wusste, dass dieses das Kleid für ihre Verlobung gewesen wäre.

„Ich sehe schon, sie hat es dir also nicht erzählt. Es gibt bestimmt eine ganze Menge Dinge, die sie dir nicht erzählt hat. Zum Beispiel, dass wir heute geheiratet hätten", bei diesen Worten richtete er seine Augen wieder auf Elinor, die sich immer noch nicht von der Stelle bewegt hatte.

Sie hätte Max am liebsten vor die Brust gestoßen, ihn rückwärts durch die Tür gedrängt und die Tür hinter ihm zugeschlagen. Wie einen Albtraum, den sie zurückspulen konnte und er wäre verschwunden. Aber sie wusste, dass sie keine Chance gegen ihn hatte. Und sie wollte sich ihm nicht ausliefern, indem sie sich ihm näherte. Sie musste verhindern, dass er sie berühren konnte. Ja, es stimmte, heute wäre ihr Hochzeitstag gewesen.   Deshalb war es ihr auch so leicht gefallen, sich das Datum zu merken. Zum Einen hatte sie Anthony einen schönen Geburtstag bescheren wollen, zum anderen war es aber auch ihre Chance gewesen, um aus diesem Datum noch etwas schönes zu machen, um die zertrümmerten Träume mit neuen Erlebnissen und neuen Träumen zu überschreiben.

Der anfängliche Schock, den sie bei seinem Anblick empfunden hatte, wurde nun durch Wut abgelöst. Was fiel ihm ein, hier aufzutauchen und ihre Ruhe mit seinem Auftritt zu zerstören. Was fiel ihm ein, sich mit roher Gewalt zurück in ihr Leben zu kämpfen und sie dermaßen aus dem Gleichgewicht zu bringen.

„Verschwinde von hier Max, du hast hier nichts mehr zu suchen, du bist nicht mehr Teil meines Lebens. Verschwinde, oder ich rufe die Polizei."

Bei den letzten Worten war ihre Stimme angeschwollen. Ja, es stimmte, sie hatte Angst vor diesem Mann und seinem Verhalten, aber dies war auch ihre Chance, die Albträume ein für alle mal zu durchbrechen und dieses riesige Chaos, das seit Monaten in ihr herrschte, mit einem Schlag zum Stillschweigen zu bringen.

Anthony hatte sich erhoben und war langsam näher gekommen. Er musste vorsichtig sein, denn er hatte keine Ahnung, ob dieser Mann eine Waffe bei sich trug. Er war betrunken, das sah man auf den ersten Blick. Aber hatte er die Kontrolle wirklich vollkommen verloren oder konnte er sich zur Not schnell genug bewegen, um eine Waffe zu zücken? Anthony wollte Elinor unbedingt außer Reichweite dieses Mannes bringen und die Situation entschärfen. Doch dazu kam es gar nicht, denn Max richtete sich jetzt an ihn und fuhr fort:

„Moment mal, Herr Doktor. Bleiben Sie schön da stehen, wo Sie jetzt sind. Ich bin nämlich noch lange nicht fertig."

Anthony hielt in der Bewegung inne. Moment mal, woher wusste dieser Max, dass er Arzt war? Max schien seinen Gesichtsausdruck erkannt zu haben.

„Überrascht Herr Doktor? Ja, da können Sie mal sehen, ich weiß nämlich so einiges."

Er wackelte herausfordernd mit den Augenbrauen und blickte von Anthony zu Elinor.

„Was für ein schönes Paar ihr doch seid. Wirklich   herzerwärmend. Aber ist es nicht wahnsinnig spannend, was das Leben so für einen bereithält?"

Elinor starrte ihn ungläubig an. Worauf wollte Max hinaus? Er kostete es in vollen Zügen aus, mehr zu wissen als sie und es machte ihm Freude, es ihr unter die Nase zu reiben. Wie hatte sie sich jemals in diesen Mann verlieben können? Wie hatte sie glauben können, den Rest ihres Lebens mit ihm verbringen zu wollen? Wo waren diese Boshaftigkeit und diese Kontrollsucht gewesen, als sie mit ihm zusammen war? Warum hatte sie diese Seite an ihm vorher nie wahrgenommen? Oder hatte er sie tatsächlich so gut vor ihr geheimgehalten? Fragen über Fragen prasselten auf Elinor ein und ihre Gedanken wurden dadurch unterbrochen, dass er erneut begann, zu sprechen.

„Ist es nicht ein äußerst witziger Scherz des Schicksals, dass du gerade dem Mann in die Arme läufst, der dich mir entrissen hat?"

Sein Blick wandte sich von ihr ab und heftete sich auf Anthony, der unbemerkt einige Schritte näher gekommen war.

„Ganz richtig Herr Doktor, wenn Sie nicht wären, dann wären Elinor und ich nämlich noch ein Paar. Wir hätten uns verlobt und geheiratet, ganz so, wie es geplant war. Aber was rede ich denn da", er lachte auf und hätte Anthony sicherlich am liebsten angespuckt, wenn es nicht gegen seine guten Manieren gesprochen hätte.

„Was sieze ich dich eigentlich?! Du bist Abschaum und einer von der ganz schlimmen Sorte noch dazu."

Elinor bewegte sich und augenblicklich lagen die volltrunkenen Augen wieder auf ihr. Sie verstand immer noch nicht, worauf Max hinaus wollte.

„Max, du hast kein Recht, so mit Anthony zu sprechen. Du musst endlich akzeptieren, dass wir kein Paar mehr sind. Das hat mit Anthony nichts zu tun, das lag an dir und mir."

Der Ausdruck in Max Augen veränderte sich. Bis vor einer Sekunde war es vor allem Spott und Überheblichkeit gewesen, aber jetzt mischte sich noch etwas anderes darunter: Hass, blanker Hass.

„Du liebst ihn, nicht wahr?"

Fragte Max in die Stille, denn weder Elinor noch Anthony wussten, wie sie mit der Situation umgehen sollten. Elinor antwortete nicht, sie wollte Max nichts preisgeben, was ihn nichts anging. Aber sie musste gar nicht antworten.

„Ich kann sehen, dass du verliebt in ihn bist. Vergiss nicht Sweetie, ich kenne dich. Diese Augen haben   jahrelang mich so angeschaut, wie du ihn jetzt anschaust."

Seine Stimme nahm wieder einen höhnischen Tonfall an.

„Ich habe euch beobachtet. Bei eurem Date im Autokino, da sahst du übrigens sehr entzückend aus. Wie schade, dass es bei diesem Mann eine absolute Verschwendung war. Du glaubst, du hast dich in mir getäuscht, nicht wahr? Du hast mir gesagt, ich sei obsessiv und kontrolliere dich. Du hast gesagt, mit einem Mann, der dir keine Freiheit schenkt, kannst du nicht glücklich werden. Aber mit einem Mörder, mit dem willst du glücklich werden?"

Er lachte auf, als Elinor einen erschrockenen Schrei ausstieß.

„Verdammt nochmal Max, du hast keine Ahnung, was du da sagst. Du hast kein Recht dazu, mich weiter zu kontrollieren und meine Zukunft mit deinem beschissenen Verhalten zu zerstören."

Elinor hatte sich vorgenommen, ruhig zu bleiben und sie hatte versucht, die Situation zu entschärfen, indem sie sich gleichgültig gab und Verständnis vortäuschte. Aber mit seinen Anschuldigungen war Max zu weit gegangen und sie konnte nicht länger an sich halten.

„Max, hör mir gut zu."

Sie schaute ihn wutentbrannt an und ihre Stimme bebte.

„Verschwinde aus diesem Haus und aus meinem Leben. Ich sage es dir zum letzten Mal, das schwöre ich. Ich werde die Polizei rufen!"

Aber Max dachte gar nicht daran. Er hatte noch so vieles zu sagen.

„Du bist mit ihm ins Bett gegangen, nicht wahr Elinor?"

Sie schnaubte entrüstet, doch auch das hielt ihn nicht davon ab, weiter zu sprechen.

„Vor etwa zwei Wochen, nicht wahr? Du fragst dich, woher ich das weiß? Nun ja, ich habe meine Augen überall. Ich muss doch auf dich aufpassen, meine Liebste."

Elinors Wut verpuffte und wich blankem Entsetzen. Hatte er sie die ganze Zeit beschattet?

„Wie hast du mich gefunden, Max?"

Irgendwer musste sie verraten haben und sie wollte wissen, wer. Aber Max schüttelte nur den Kopf und schnalzte verächtlich.

„Das ist jetzt nebensächlich. Du würdest nur wieder sagen, dass ich obsessiv bin und in deine Privatsphäre eindringe. Dabei geht es eigentlich doch um etwas ganz anderes. Ich war nämlich nie die Person, die eine Bedrohung für dich darstellen würde."

Bei seinen letzten Worten zeigte er mit seinem Finger auf Anthony, wobei er verdächtig schwankte und einen Fuß nach vorne setzen musste, um nicht aus dem Gleichgewicht zu geraten.

„Dieser Mann hier, der ist die eigentliche Bedrohung. Kannst du dir vorstellen, mein Mäuschen, dass du dir dein Bett mit dem Mörder deines Vaters geteilt hast?"

Max kostete die eisige Stille aus, die sich nach seinem letzten Satz im Zimmer ausbreitete. Anthony hatte ihn unterschätzt. Auch wenn Max stockbesoffen war, hatte er seine Geschichte ausgesprochen eindrucksvoll vorgetragen. Ein Blick zu Elinor verriet Anthony, dass sie versuchte, die Puzzleteile zusammenzufügen.

„Max, verschwinden Sie aus diesem Haus. Sie haben hier nichts zu suchen!"

Anthony ging einen Schritt auf Max zu und als dieser hinter sich griff, hob er abwehrend die Hand.

„Ich möchte nicht handgreiflich werden, aber wenn Sie uns nicht in Ruhe lassen, dann werde ich die Polizei rufen."

Anthony ging noch einen Schritt auf Max zu. Er wusste, dass er keine unüberlegten Bewegungen machen durfte. Ein Mann, der sich in die Enge gedrängt fühlte, war unberechenbar. Hinzu kam der hohe Alkoholpegel, der die Hemmungen senkte. Nein, er durfte kein Risiko eingehen, dass Max sie angriff. Gleichzeitig konnte er aber auch nicht einfach danebenstehen und zuschauen, wie dieser Mann ihr Leben in tausend Stücke trat

Langsam schienen Max die Worte bei Elinor durchzusickern und auch Anthony fiel es nicht leicht, die Geschichte zusammenzuführen.

„Ich merke schon, ihr habt immer noch Schwierigkeiten, mich zu verstehen."

Max schaute zwischen ihnen hin und her. Er hatte sich lange auf diesen Moment vorbereitet, hatte Elinor beschattet und auf den richtigen Augenblick gewartet. Er würde sich seinen Spaß durch nichts auf der Welt nehmen lassen. Elinor wirkte ungläubig, also würde er ihr noch ein wenig auf die Sprünge helfen. Er wollte schließlich, dass seine arme, hilflose kleine Maus alles verstand und sich ihrer Fehleinschätzung bewusst wurde.

„Du hast ganz richtig gehört, Sweetie. Aber mir scheint, ihr habt euch noch gar nicht richtig vorgestellt."

Sein Lachanfall wurde durch ein keuchendes Husten abgelöst und er schüttelte sich, bevor er weitersprechen konnte.

„Dann werde ich das mal übernehmen. Darf ich vorstellen? Dr. Taylor, ehemaliger Chirurg im Cedar-Sinai-Hospital", er machte eine Handbewegung in Anthonys Richtung.

„Dies hier ist Elinor Wellington, die Tochter des Herren, den Sie umgebracht haben."

Elinor schnappte nach Luft.

„Anthony, ist das wahr?" Anthony wusste nicht, was er sagen sollte.

Er war geschockt.

Wie konnte es sein, dass sie ausgerechnet die Tochter des Patienten war, dessen Herzoperation er im Februar verpfuscht hatte? Aber nach und nach fügten sich die Puzzleteile zusammen.

Deshalb war ihre Fröhlichkeit stets von großer Trauer und Nachdenklichkeit getrübt worden. Deshalb musste sie ihre Mutter jeden Montag in Los Angeles besuchen und kam danach erschöpft nach Hause. Deshalb hatte sie ihre Verlobung und ihre Hochzeit abgesagt und war aus der Stadt geflohen, an einen Ort, an dem sie sich einen Neustart wünschte.

Anthony hatte Angst davor gehabt, Elinor von seiner Krankheit zu erzählen, weil er nicht der Grund für ihr Leiden sein wollte. Dabei war er es längst gewesen. Ihr Vater war unter seinen Händen gestorben, was er sich niemals verzeihen würde. Und sie würde es erst recht nicht tun. Die Gedanken ratterten in Anthonys Kopf, während er sah, wie sich Elinors Ausdruck von Unglaube hin zu Verletztheit wandelte. Tränen bildeten sich in ihren Augen, aber sie versuchte mit aller Kraft, sie zurückzuhalten. Dann wandte sie sich wieder Max zu, der sie triumphierend betrachtete.

„Ich will, dass du sofort aus meiner Wohnung verschwindest. Augenblicklich, raus mit dir, sofort!"

Sie schrie, wies mit dem Finger auf die Tür und Tränen liefen ihr über die erröteten Wangen.

„Du hast meine Wünsche nicht respektiert, hast mich monatelang beschattet und dir einen Spaß daraus gemacht, mich ins offene Messer laufen zu lassen. Ich will dich nie wieder in meinem Leben sehen, Max. Du bist krank, du brauchst Hilfe!"

Max breites Grinsen verschwand. Langsam verwandelte sich sein Gesicht zu einer wutverzerrten Grimasse.

„Du verdammte Schlampe! Ich habe dich beschützt, seit Monaten habe ich nicht mehr gearbeitet, weil ich auf dich aufgepasst habe. Am Anfang hast du dich auch gut benommen, warst arbeiten, hast viel Zeit allein verbracht und warst auf einem wirklichen guten Weg. Aber dann, dann hast du dieses Arschloch kennengelernt. Ich habe wirklich versucht, dich zu beschützen. Habe dich bei deiner Mutter aufgesucht, aber du wolltest mir nicht zuhören. Ich habe alles für dich getan Elinor, habe nächtelang nicht geschlafen, nur deinetwegen. Und so dankst du mir?! Du solltest mir in die Arme fallen! Der Mann, den du als Bedrohung gesehen hast, ist in Wirklichkeit dein Schutzengel. Und der Mann, den du dir ins Bett geholt hast, hat dich aufs übelste hintergangen. Siehst du denn nicht, dass ich derjenige bin, dem du danken solltest?"

Max hatte die Kontrolle mittlerweile vollkommen verloren. Wild gestikulierend lehnte er sich mit dem Rücken an die Tür, die immer noch offen stand.

„Verschwinde Max!"

Elinor sagte es erneut. Sie würde es so oft wiederholen, bis er es verstand. Sie würde kämpfen, um diesen kontrollierenden, kranken Mann aus ihrem Leben zu verbannen.

Dann ging alles ganz schnell. Max lehnte sich nach vorne und machte zwei Schritte auf sie zu. Noch bevor sie zurückweichen konnte, baute er sich bedrohlich nah vor ihr auf. Elinor entfuhr ein Schrei. Sie war zwischen Max und der Wand gefangen, an der sie Schutz gesucht hatte. Sie versuchte, einen Schritt nach hinten zu machen, doch die Kante der Kommode bohrte ihr dabei schmerzhaft in den Rücken. Sie konnte ihm nicht entweichen, die Tür war zu weit entfernt und hinter ihr schnitt die Kommode den Weg ab. Sie war gefangen, wie ein Reh, dass sich einem hungrigen, skrupellosen Tiger gegenüber sieht.

„Weißt du, was am schlimmsten ist?"

Max hatte nur noch Augen für sie, er blendete den Rest des Zimmers komplett aus.

„Dass ich dich gewarnt habe und wirklich um dich gekämpft habe. Ein richtiger Mann, der um die Frau seiner Träume kämpft. Und das ist der Dank für all die Mühe, die ich mir gemacht habe? Du kleines Flittchen, ich habe dich verehrt, wie eine Göttin. Habe mein   gesamtes Leben für dich aufgegeben, nur damit du dich einem anderen in die Arme wirfst! Aber das wirst du nicht mehr tun können, wenn ich mit dir fertig bin."

Elinors Augen weiteten sich vor Angst. Sie sah, wie Max in seine hintere Hosentasche griff, dann blitzte etwas in seiner Hand auf. Elinor duckte sich instinktiv und verschränkte die Hände über ihrem Kopf. Sie bereitete sich auf einen Fausthieb vor und auf den Gegenstand, der wie ein Messer aussah.

Stattdessen hörte sie einen Schrei, dann zerriss Stoff und schließlich folgte ein ersticktes Gurgeln, das langsam leiser wurde. Elinor wagte es nicht, die Hände von ihrem Gesicht zu nehmen. Sie wollte nicht sehen, was gerade passiert war. Schließlich sackte sie in sich zusammen und rutschte an der Kommode hinunter, bis sie auf dem Boden kniete. Ein kleines Häufchen Elend, das sich vor der Außenwelt abschirmte und die Realität nicht wahrhaben wollte.

Sie konnte Stimmen hören, verstand die Worte aber nicht und als sie merkte, dass es eine Polizistin war, die sie an der Schulter berührte, um ihr aufzuhelfen und sie zu untersuchen, entfuhr ihr schließlich ein Schluchzen. Sie hatte das Gefühl, zu hyperventilieren. Die Tränen rannen über ihre Wangen und die Taubheit, die bis vor einigen Minuten noch in ihrem Innern gewesen war, wich einem lauten Wirbelsturm. Sie atmete immer schneller, schluchzte und die Tränen wollten einfach nicht versiegen. Eine Panikattacke, wie der Arzt bei späteren Untersuchungen auf Grund ihrer Beschreibung feststellte.

Sie kam erst wirklich zu sich, als sie die Hand und die Stimme ihrer Mutter erkannte, die neben sie an das Krankenhausbett getreten war, in das man sie gelegt hatte. Elinor hatte glücklicherweise keine körperlichen Verletzungen davongetragen, aber sie sollte mindestens für eine Nacht zur Beobachtung im Krankenhaus   bleiben.

Auch Tage später erschien ihr das Geschehene wie etwas vollkommen Unwirkliches. Als sie die Aussage bei der Polizei machen musste, kam es ihr vor, als sei das alles einer anderen Frau passiert. Als habe sie nur die Rolle einer Zuschauerin besetzt, die sich die Entwicklung eines Dramas angesehen hatte.

Kapitel 27

Eine Woche war vergangen, seit sie Anthony das letzte Mal gesehen hatte. Eine Woche, seit dem verhängnisvollen Tag, der eigentlich ein Tag voller Liebe und Hoffnung hatte werden sollen.

Ein Tag, der in einem vollkommenen Desaster geendet hatte. Die freundliche Polizistin, die Elinor in jener Nacht in einer Ecke zusammengekauert vorfand, hatte versucht, die Geschehnisse zusammenzufügen, an die sich Elinor nicht erinnern konnte. Mrs. Sanders aus dem zweiten Stock hatte die Polizei gerufen. Sie hatte Max in den vergangenen Wochen mehrmals dabei beobachtet, wie er um das Haus schlich und in die Fenster spähte. Einmal hatte er sogar versucht, durch das Badezimmerfenster, dass in den Hinterhof hinauszeigte, in die Wohnung zu gelangen. Als Mrs. Sanders ihn von oben aus ihrer Wohnung gefragt hatte, wer er sei und was er wollte, hatte er keine Antwort gegeben und sich stattdessen zurückgezogen. Seitdem war er vorsichtiger gewesen, aber sie hatte ihn trotzdem mehrmals dabei erwischt, wie er sich an der Straßenecke aufhielt oder möglichst unauffällig am Haus vorbeiging. Als sie ihn an diesem Abend erneut auf der anderen Straßenseite gesehen hatte, wie er sich schließlich der Wohnung von Elinor näherte und es kurz darauf laut wurde, hatte sie nicht lange gezögert und die Polizei gerufen. Keine Sekunde zu früh, denn als die Polizisten kurze Zeit später ankamen, fanden sie Max und Anthony ineinander verschlungen auf dem Boden im Eingangsbereich. Es benötigte drei Polizisten und mehrere Minuten, bis sie die beiden Männer voneinander getrennt hatten. Anthony hatte es geschafft, Max das Messer zu entwenden, war dabei aber verletzt worden. Als die Polizisten Max zum Polizeiauto brachten, wehrte sich dieser immer noch.

„Elinor, ich kriege dich irgendwann! Glaub ja nicht, dass du mir auf Dauer entkommen kannst. Ganz gleich, wohin du gehst, ich finde dich!"

Die heiseren Schreie hatten sich in Elinors Unterbewusstsein eingebrannt. Auch wenn die Polizistin ihr versicherte, dass Max für lange Zeit nicht aus dem Gefängnis kommen würde, erschauderte sie bei dem Gedanken daran, ihm irgendwann wieder gegenüberzustehen.

Als Anthony vergangene Woche mit schweren Verletzungen im Brustbereich in die Notaufnahme kam, hatten die Ärzte Elinor nicht zu ihm gelassen. Sie war außer sich vor Sorge gewesen. Die erste Nacht im Krankenhaus hatte ihre Mutter ihre Hand gehalten und als sie am nächsten Morgen entlassen wurde, hatte sie sich augenblick-

lich auf die Suche nach Anthony gemacht. In ihr
herrschte ein riesiges emotionales Chaos. Sie konnte nicht glauben, dass Anthony der Mensch war,
der ihren Vater fahrlässig getötet hatte. Ihr Anthony, dem sie blind vertraut hatte. Sie hatte zwar
herausfinden können, wo er sich befand, aber die
Ärzte konnten sie nicht zu ihm lassen. Also hatte
sie sich in den Flur gesetzt. Irgendwann musste sie
eingenickt sein.

„Elinor?", eine Männerstimme war leise zu ihr
durchgedrungen und sie hatte verwirrt aufgeschaut. Verwirrt hatte sie ihn angeschaut.

„Hab ich mir doch gedacht, dass du Elinor bist.
Ich bin Harry, Anthonys Bruder."

Auf den zweiten Blick war die Ähnlichkeit nicht
zu leugnen. Beide Brüder hatten den gleichen Ausdruck und eine sehr ähnliche Körperhaltung. Auch
wenn Harrys Augen sehr viel wärmer waren als die
seines Bruders, wodurch er Elinor sofort sympa-
thisch war.

„Woher wusstest du, dass ich Elinor bin?", wenn
er ihr schon das Du anbot, würde sie es nicht auss-
chlagen.

„Weil du die einzige Frau bist, von der Anthony
mir jemals erzählt hat" hatte Harry geantwortet
und dabei beobachtet, wie sich ihr Gesichtsausdruck bei seinen Worten veränderte.

Er konnte sehen, dass sie beim Namen seines
Bruders mit einer Mischung aus Trauer und Misstrauen reagierte.

„Ich kann verstehen, dass du sauer, enttäuscht

und verwirrt bist. Das wäre ich an deiner Stelle auch.   Wahrscheinlich hätte ich zusätzlich auch noch irgendeine Mülltonne getreten", sagte er und zog entschuldigend die Achseln hoch.

Sie hatten noch lange in der Cafeteria des Krankenhauses beisammengesessen und Elinor hatte ihre Emotionen immer weniger auseinanderhalten können. Als sie verstand, welche Krankheit Anthony hatte und das Ausmaß seiner Trauer und Ausweglosigkeit erkannte, mischte sich ihre Wut mit einem ungeheuren Schmerz. Harry konnte ihr nicht genau erklären, warum sein Bruder anfangs keine Behandlung in Betracht gezogen hatte, aber er betonte immer wieder, dass es Elinor gewesen war, die Anthonys Einstellung grundlegend verändert hatte. Sie war in sein Leben getreten und hatte es innerhalb weniger Wochen um 180 Grad gedreht, ohne sich dessen überhaupt bewusst zu sein. Elinor hatte versucht, das Chaos, das in ihr herrschte, zu unterdrücken. Als Harry sich schließlich verabschiedete, wusste sie, dass sie wiederkommen musste, sobald Anthony auf ein Zimmer verlegt worden war.

Die Krankenhausflure waren leer, aber Elinor konnte am Ende des Flurs ein Telefon klingeln hören. Sie ging den Gang entlang, während die Kälte langsam in ihr aufstieg, die sie spürte, wann immer sie nach dem Tod ihres Vaters vor sechs Monaten einen Krankenhausflur betrat. Es kam ihr vor, als sei es erst eine Woche her, dass sie mit ihrer Mutter nach der Operation ihres Vaters auf den Bericht des Arztes wartete. Stattdessen kam ihnen eine Krankenschwester entgegen, die versuchte, die Nachricht so schonend wie möglich zu überbringen. Elinor spürte erneut den Schmerz, der damals in ihr implodiert war, als sie sah, wie ihre Mutter neben ihr zusammenbrach. Es kam ihr vor, als hätten sich die Tränen, die sie an diesem Tag vergossen hatte, für immer in ihre Wangen eingebrannt.

Trotzdem hatte sie sich vorgenommen, diesen Krankenhausbesuch hinter sich zu bringen. Die Krankenschwester hinter dem Tresen hatte ihr gesagt, auf welchem Zimmer sich Anthony befand. Langsam ging sie die Flur entlang, um das Zimmer nicht zu verpassen. Ihre Absätze klapperten auf dem harten Boden und das Echo hallte durch die Flure.

Sie kam sich verlassen vor. Ihre Mutter hatte ihr angeboten, sie zu begleiten, aber sie wusste, dass sie diesen Schritt nur allein hinter sich bringen konnte. 313, 314 und die 315, hier war es. Elinor schloss die Augen und holte tief Luft. Dann öffnete sie leise die Tür und schlüpfte in das Zimmer. Sie musste sich erst an die Lichtverhältnisse gewöhnen.

Vor ihr lag ein kurzer Flur, der sich in das eigentliche Zimmer öffnete. Von dem Ort, an dem sie stand, konnte sie das Krankenhausbett nicht sehen, in dem Anthony lag. Aber sie hörte die

Maschinen, die seine Atmung unterstützten und sie hatte freie Sicht auf das Fenster. Aber auch wenn draußen die Sonne schien, war es hier angenehm dunkel und kühl. Elinor atmete erneut tief ein und dann langsam aus, um sich zu beruhigen. Sie trat ins Zimmer und als ihr Blick auf das Krankenhausbett fiel, zog sie scharf die Luft ein.

Anthony sah so viel kleiner und schmaler aus, als sie ihn in Erinnerung hatte. Vor einer Woche hatte er doch noch vor ihr gestanden, sie umarmt, sich zu ihr heruntergebeugt, um sie zu küssen. Dieser Mann, der dort mit Bartstoppeln und ungekämmten Haaren im Bett lag, die Augen geschlossen und die Hände auf der Brust verschränkt, das konnte unmöglich der Mann sein, den sie liebte.Den sie geglaubt hatte, zu lieben, berichtigte sie sich in Gedanken.

Sie trat neben das Bett, legte ihre Hand vorsichtig auf seine verschränkten Hände und kniete sich neben ihn. Auf diese Weise befand sie sich auf der Höhe seines   Gesichts. Ihr Blick wanderte von seinen geschlossenen Augen über seine gerade Nase, bis hin zu seinen Lippen. Die Lippen, die sie unzählige Male geküsst hatten. Die Lippen, in denen sie sich verloren hatte und von denen sie gedacht hatte, sie ganz sicher bis zum Ende ihres Lebens auf den ihren zu spüren. Die Lippen, die sie zum Lachen gebracht hatten und die sie so sehr vermisste.

Anthony öffnete die Augen und drehte vorsichtig den Kopf in ihre Richtung.

„Na du", sagte Elinor mit brüchiger Stimme.

Sie strich ihm zärtlich mit der Hand über die Stirn und durch die Haare. Als sie sah, dass er den Mund zu einem schwachen Lächeln verzog, löste sich eine Träne aus ihrem Auge. Sie wischte die Träne weg. Es war jetzt kein Platz für Schwäche, denn wenn sie einmal anfing zu weinen, dann würde sie nicht mehr aufhören können.

„Ich", ihre Stimme brach erneut und sie brauchte einige Sekunden, ehe sie sich gefangen hatte „ich weiß nicht, wo ich anfangen soll. Innerhalb einer Woche war ich verliebt, verletzt, erfüllt von Angst und dann plötzlich voller Wut."

Sie holte tief Luft und versuchte, ihre Stimme unter Kontrolle zu bringen. Anthony hob eine Hand und legte sie auf ihre, sodass ihre Hand von seinen umschlossen wurde.

„Diese Situation kommt mir noch immer so unwirklich vor. Ich habe mit deinem Bruder gesprochen. Er war es, der mir alles erzählt hat."

Sie spürte, wie sich Anthonys Druck auf ihre Hand verstärkte.

„Du hättest es mir sagen müssen, Anthony. Aber das weißt du und ich bin nicht gekommen, um dir Vorwürfe zu machen."

Sie musste sich räuspern, weil ihre Stimme erneut versagte.

„Nach dem Tod meines Vaters bin ich in ein tiefes Loch gefallen. Er war der wichtigste Mensch in meinem Leben. Alles, was ich heute bin, das bin ich nur seinetwegen. Als er gestorben ist, ist meine

Welt zusammengebrochen. Aber nicht nur, weil er plötzlich nicht mehr da war, sondern weil all die Sachen, die er mir immer gesagt hat, plötzlich einen Sinn ergaben. Das war der Grund, warum ich einen Neuanfang brauchte und auch der Grund dafür, dass ich mich von Max getrennt habe. Was mich in den letzten Monaten wahnsinnig traurig gemacht hat war, dass mein Vater nicht mehr mit ansehen konnte, wie ich mich verändert habe. Dass sein Tod notwendig war, damit ich endlich mein Leben in die Hand nehme. Und in den letzten Wochen war ich besonders traurig darüber, dass er den Mann nicht kennenlernen konnte, in den ich mich Hals über Kopf verliebt habe."

Der Druck von Anthonys Hand wurde noch etwas stärker und Elinor kamen erneut die Tränen.

„Ich weiß, dass du nichts für den Tod meines Vaters kannst. Sicher, du hast Fehler gemacht, aber ich weiß, dass du niemals eine böse Absicht hattest. Du hättest nicht mehr operieren dürfen, doch das lässt sich im Nachhinein alles sehr leicht sagen. Du hast mich mal gefragt, ob ich an Schicksal glaube. Ja, das tue ich. Auch wenn ich immer noch nicht verstehen kann, wie du der Auslöser all meiner Trauer und gleichzeitig mein Retter sein kannst. Vor einer Woche ist meine Welt erneut in sich zusammengefallen. Von der Zukunft, die ich mir ausgemalt habe, bleibt nur noch ein kleines Häufchen Asche zurück. Ich weiß nicht, ob ich dir jemals verzeihen können werde. Ich weiß auch nicht, ob ich dir jemals wieder vertrauen können werde."

Elinor spürte, wie Anthony langsam ihre Hand anhob, sie zu seinem Mund führte und einen Kuss auf ihren Handrücken hauchte. Ihre Blicke trafen sich, dann wanderten seine Augen langsam zu dem Nachttisch neben dem Bett hinüber. Sie folgte der Bewegung und sah einen Briefumschlag, der auf dem kleinen Tischchen lag. Anthony bedeutete ihr, den Umschlag zu nehmen. Dann schloss er die Augen, sein Atem ging flach. Auch wenn die Krankenschwestern Elinor darauf vorbereitet hatten, dass Anthony noch sehr geschwächt war, dass er nicht viel sprechen würde und es sein konnte, dass ihn seine Kräfte verlassen würden, während sie sich im Raum befand, war sie von dem Anblick schockiert. Sie hatte es bisher nicht geschafft, die Krankheit mit dem Bild, was sie von ihm hatte, zu vereinen. Der starke Mann, der voller Lebensfreude steckte, wanderte, schwamm und abends mit ihr gemeinsam kochte, das konnte unmöglich ein Mann sein, der eine Autoimmunkrankheit in sich trug. Erst als sie ihn sah, wie er mit geschlossenen Augen im Krankenhausbett lag, während sich seine Brust in unregelmäßigen Abständen hob und senkte, wurde ihr bewusst, wie ungewiss seine Zukunft und wie verletzlich das Leben war.

Eine Weile stand Elinor unentschlossen neben dem Bett und blickte auf Anthony hinab. Dann nahm sie den Briefumschlag, steckte ihn in ihre

Handtasche und ging aus dem Zimmer. Sie wusste nicht, wann sie Anthony wiedersehen würde, ob sie ihn überhaupt noch einmal wiedersehen wollte. Der Schmerz, der durch die Verbindung von Anthony und ihrem Vater in ihr ausgelöst worden war, saß so tief, dass sie nicht wusste, ob sie Anthony jemals verzeihen können würde.

Elinor wollte mit niemandem sprechen, gleichzeitig hatte sie nicht das Gefühl, in ihrem Zustand allein sein zu können. Deshalb fuhr sie in die Wohnung ihrer Mutter. Dort hatte sie die gesamte letzte Woche verbracht. Entweder zusammengerollt auf dem Gästebett oder mit einer großen Tasse rotem Tee auf dem Balkon. Als Elinor ankam, erwartete ihre Mutter sie schon. Sie drückte ihr einen Becher Tee in die Hand und führte sie zum Balkon.

Auch wenn er klein war, hatte Elinors Mutter es geschafft, ihn gemütlich einzurichten. Er war vor den neugierigen Blicken der Nachbarn geschützt und besonders abends tauchte die Sonne das kleine Sofa und die Bananenpalme in warmes, rotes Licht, bevor sie unterging. Elinors Mutter ging wieder in die Wohnung und lehnte die Balkontür an. Ihr war bewusst, dass ihre Tochter eine Weile brauchen würde, um sich von den Eindrücken des Krankenhauses zu erholen und ihre Emotionen zu sammeln. Elinor saß zwei Stunden reglos da.

Der Tee war längst ausgetrunken und die Sonne kurz davor, unterzugehen, als Elinor sich schließlich doch bewegte. Ihre Beine waren eingeschlafen und ihr war kalt. Ihr gesamter Körper fühlte sich taub an und immer wieder sah sie Anthony vor ihrem inneren Auge. Anthony, der mit ihr durch die Wellen tobte, Anthony, der sie im Kino enger an sich zog, Anthony, der sie küsste und sie anlächelte und schließlich Anthony, der in einem Krankenhausbett lag.

Sie kramte in ihrer Handtasche nach einem Taschentuch, denn es hatten sich bei ihren Gedanken einige Tränen aus ihrem Augenwinkel gelöst. Da stieß sie auf den Briefumschlag, der in ihrer Handtasche lag. Als sie das Blatt aus dem Umschlag zog merkte sie, dass es leicht zerknittert war. Sie faltete es auseinander, strich es vorsichtig glatt und begann zu lesen:

30 Tage mit dir

Liebe Elinor,

Wenn ich sage, du hast mein Leben auf den Kopf gestellt, dann ist dies eine maßlose Untertreibung. Ich dachte, ich hätte schon viel erlebt, hätte eine erfüllende Karriere, Freundschaften und Reisen erleben dürfen.

Als ich dich kennengelernt habe, hast du mich im Sturm erobert und mir gezeigt, dass ich eigentlich noch mein   gesamtes Leben vor mir habe. Ich war überzeugt davon, das Leben habe mir nichts mehr zu bieten. Aber dann kamst du und hast mir gezeigt, dass ich eigentlich noch gar nicht damit begonnen hatte, zu leben.

Ich habe einen riesigen Fehler gemacht, den ich immer bereuen werde. Ich hätte nicht operieren dürfen, nachdem ich die Diagnose erhalten habe. Ich kann es nicht rückgängig machen, doch ich würde es sofort tun, wenn ich könnte. Auch wenn das bedeuten würde, dass ich dich niemals kennengelernt hätte. Ich würde jeden gemeinsamen Augenblick mit dir, der mich mit einer solchen Liebe erfüllt hat, sofort hergeben, wenn ich deinen Vater dadurch zurückholen könnte. Ich würde alles geben, was ich habe, um dir das Leid zu ersparen, das du meinetwegen durchleben musst.

30 Tage mit dir, mehr war nicht nötig, um meine gesamte Weltanschauung umzuschmeißen. Ich weiß nicht, ob ich überleben werde. Aber ich habe große Angst davor, zu sterben. Vor einigen Monaten hatte ich mich mit meiner Krankheit abgefunden. Ich hatte mich in mein Schicksal gefügt, doch du hast mir gezeigt, was ich alles noch erleben könnte. Ich träume davon, mit dir alt zu werden. Ich sehe unsere Kinder, wie sie am Strand herumtollen. Sehe dich vor mir, wie wir gemeinsam kochen und uns gegenseitig erzählen, was unsere Kinder über den Tag hinweg an-gestellt haben.

Ich weiß, es ist egoistisch von mir, an mein Glück zu denken. Ich schöpfe dieses Glück aus dir und es gibt mir die Kraft, die ich benötige, um diese verdammte Krankheit zu besiegen. Ich werde den Rest meines Lebens damit verbringen, dir zu beweisen, dass du mir vertrauen kannst. Ich weiß nicht, ob du mir jemals verzeihen können wirst. Immer, wenn ich die Hoffnung beinahe aufgegeben habe, erinnere ich mich daran, wie du mich an meinem Geburtstag angesehen hast, welche Liebe in deinem Blick lag. Ich werde mich an der Hoffnung festklammern, dass diese Liebe noch in dir ist. Beinahe erstickt, dessen bin ich mir bewusst. Aber ich werde mit allen Mitteln versuchen, neue Momente voller Magie zu schaffen. Momente, die uns zusammenhalten und unsere Liebe stärken. Elinor, meine liebste Elinor, bitte erlaube mir, weiter von uns zu träumen.

Ich liebe dich

Anthony

∞∞∞

Elinor wusste nicht, wie lange sie bewegungsunfähig dasaß, aber als ihre Mutter auf den Balkon kam und eine Decke über ihr ausbreitete, war es bereits dunkel.

„Mum?"

Tränen rannen über ihre Wangen und sie wischte sich mit dem Handrücken über die Nase „es tut einfach so weh. Alles tut so weh. Ich weiß gar nicht, was ich denken oder machen soll, weil ich mich fühle, als würde mein Herz jeden Augenblick zerspringen. Ich versuche, meine Gedanken zu ordnen, aber ganz gleich, an welchem Anfang des Labyrinths ich beginne, ich stoße augenblicklich auf Schmerz und Trauer."

Sie sah zu ihrer Mutter auf und ihre Augen füllten sich erneut mit Tränen. Elinors Mutter nahm tief Luft und seufzte. Dann setzte sie sich zu ihr auf das kleine Outdoorsofa und nahm ihre Tochter in den Arm. Elinor schmiegte sich an sie und genoss die Wärme, sowie die Stille.

„Für deinen Vater war die Liebe das höchste Ziel im Leben. Bedingungslose Liebe, die ich stets belächelt habe."

Auch wenn Elinor das Gesicht ihrer Mutter nicht sehen konnte, wusste sie, dass sie sich ein Lächeln nicht verkneifen konnte.

„Ich habe das lange nicht verstanden oder besser

gesagt: ich habe es nicht so fühlen können wie er. Ich habe mich darüber aufgeregt, wenn Menschen nicht so reagierten, wie ich es vorhergesehen hatte. Ich war frustriert, wenn du dich nicht an Regeln gehalten hast, daran kannst du dich sicher noch erinnern."

Elinor nickte und auch sie musste bei dem Gedanken an die ständigen Streitigkeiten, die während ihrer Jugend den Alltag dominiert hatten, lächeln.

„Du hattest immer dieses ganz besondere Band zu deinem Vater."

Ihre Mutter strich ihr über den Kopf.

„Ich habe euch oft dafür beneidet, auch wenn ich dir das nie erzählt habe. Ich konnte nicht verstehen, wie man so bedingungslos lieben kann, wie man sein Herz öffnen kann, ohne Angst vor dem Schmerz zu haben, der einem zugefügt werden könnte. Ich habe diese Fähigkeit oft mit Naivität verwechselt, aber ich weiß jetzt, dass es sich dabei eigentlich um eine ganz besondere Gabe handelt. Eine Gabe, die du gerade versuchst, zu unterdrücken, weil der Schmerz überwiegt. Ich bin mir sicher, dass dein Vater Anthony verziehen hat. Und ich weiß, dass er dankbar dafür ist, dass Anthony auf seine Tochter aufgepasst und sie im entscheidenden Moment beschützt hat. Ich möchte dich zu nichts drängen, mein Schatz."

Elinors Mutter rückte ein Stück von ihrer Tochter weg und hob deren Kopf leicht an, sodass sie sich in die Augen sahen „nimm dir Zeit, um dir deiner Gefühle bewusst zu werden und all die Eindrücke der letzten Tage zu   sortieren. Aber bitte, weise deine Gabe, die Fähigkeit, so zu lieben, nicht von dir."

Elinor dachte über die Worte ihrer Mutter nach. Obwohl Elinor noch so viel Wut in sich hatte, wusste sie insgeheim, dass sie ohne ihn nicht leben will und dass sie keine Zeit mehr brauchte sich ihrer Gefühle bewusst zu werden. Denn eins war klar, trotz allem was vorgefallen war, sie liebt ihn und will für ihn da sein.

Danksagung

Ich danke dir von ganzem Herzen dafür, dass Du mich auf der Reise von Elinor und Anthony begleitet hast. Für mich ist diese Liebesgeschichte eine ganz besondere: geprägt von unvorhersehbaren Wendungen des Schicksals, Trauer, Hoffnung und einer Form von Liebe, die selbst vor den größten Erschütterungen nicht Halt macht.

Ich würde mich sehr darüber freuen, von deinem Lese-Erlebnis zu erfahren. Welche Stelle der Erzählung hat dich besonders berührt und wie würdest Du dich entscheiden? Könntest Du Anthony verzeihen oder sitzt der Schmerz so tief, dass er selbst durch wahre Liebe nicht gelindert werden kann?

Julika Wöltje

Natürlich freue ich mich sehr über eine Bewertung bei Amazon.
Du findest mich über:

Website: www.julika-woeltje.de
Instagram: @julika_woeltje

About The Author

Julika Wöltje

Wurde 1993 in Hamburg geboren. Sie wuchs in der Nähe von Lüneburg umgeben von Wäldern, Heide und Pferden auf und studierte Betriebswirtschaftslehre. Heute lebt sie mit ihrem Mann, ihrem Sohn und ihrer Dogge in Quito (Ecuador). Sie liebt den Ausblick auf die Berge und Vulkane der Anden, genießt das warme Klima und die kulinarischen Besonderheiten des Landes.

Die schönsten Tage sind für sie die, an denen sie sich ganz dem Schreiben widmen und in ihren Romanen versinken kann. Die Liebe zum Lesen und Schreiben entdeckte sie schon früh und sie ist überglücklich darüber, ihre Leidenschaft zu ihrem Beruf gemacht haben zu können.

Oft denkt sie an ihre Kindheit zurück, in der sie sich stundenlang in den Rhododendron vor ihrem Elternhaus verkroch und Karlsson vom Dach, Mio mein Mio und die Brüder Löwenherz las.